U0918836

天机

Mysterious Messages

蔡骏 作品

第三季

大空城之夜

NIGHT OF EMPTY CASTLE

陕西师范大学出版社

图书在版编目（CIP）数据

大空城之夜/蔡骏著．—西安：陕西师范大学出版社，2008.3
（天机）
ISBN 978-7-5613-4201-5

Ⅰ．大…　Ⅱ．蔡…　Ⅲ．长篇小说—中国—当代　Ⅳ．I247.5

中国版本图书馆 CIP 数据核字（2008）第 026548 号

图书代号：SK8N0159
上架建议：长篇小说/畅销书

天机·第三季
大空城之夜

著　　者：蔡　骏
责任编辑：周　宏
特约编辑：张　奇
封面设计：门乃婷工作室
版式设计：利　锐
出版发行：陕西师范大学出版社
（西安市陕西师大 120 信箱　邮编:710062）
印　　刷：北京市业和印务有限公司
开　　本：787×1092　1/16
字　　数：180 千字
印　　张：15
2008 年 4 月第 1 版
2008 年 5 月第 2 版
2010 年 4 月第 3 版第 1 次印刷
ISBN 978-7-5613-4201-5
定　　价：22.00 元

摩西向海伸杖，

耶和华便用大东风，

使海水一夜退去，

水便分开，

海就成了干地。

以色列人下海中走干地，

水在他们的左右作了墙垣。

圣经·旧约全书·出埃及记

目录

[COMTENTS]

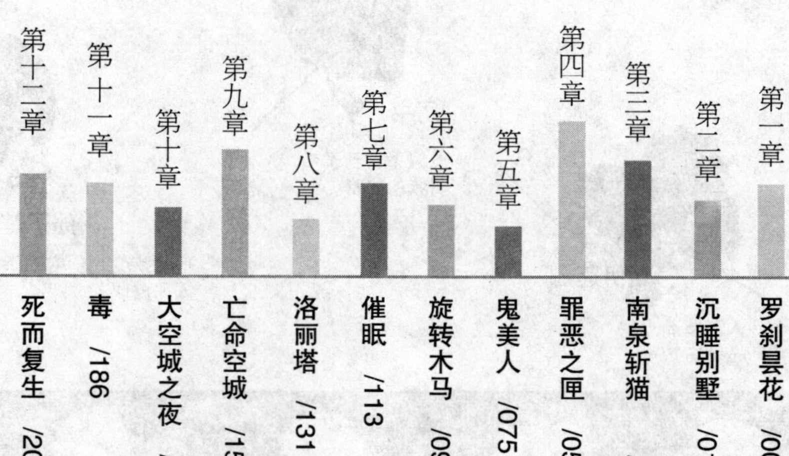

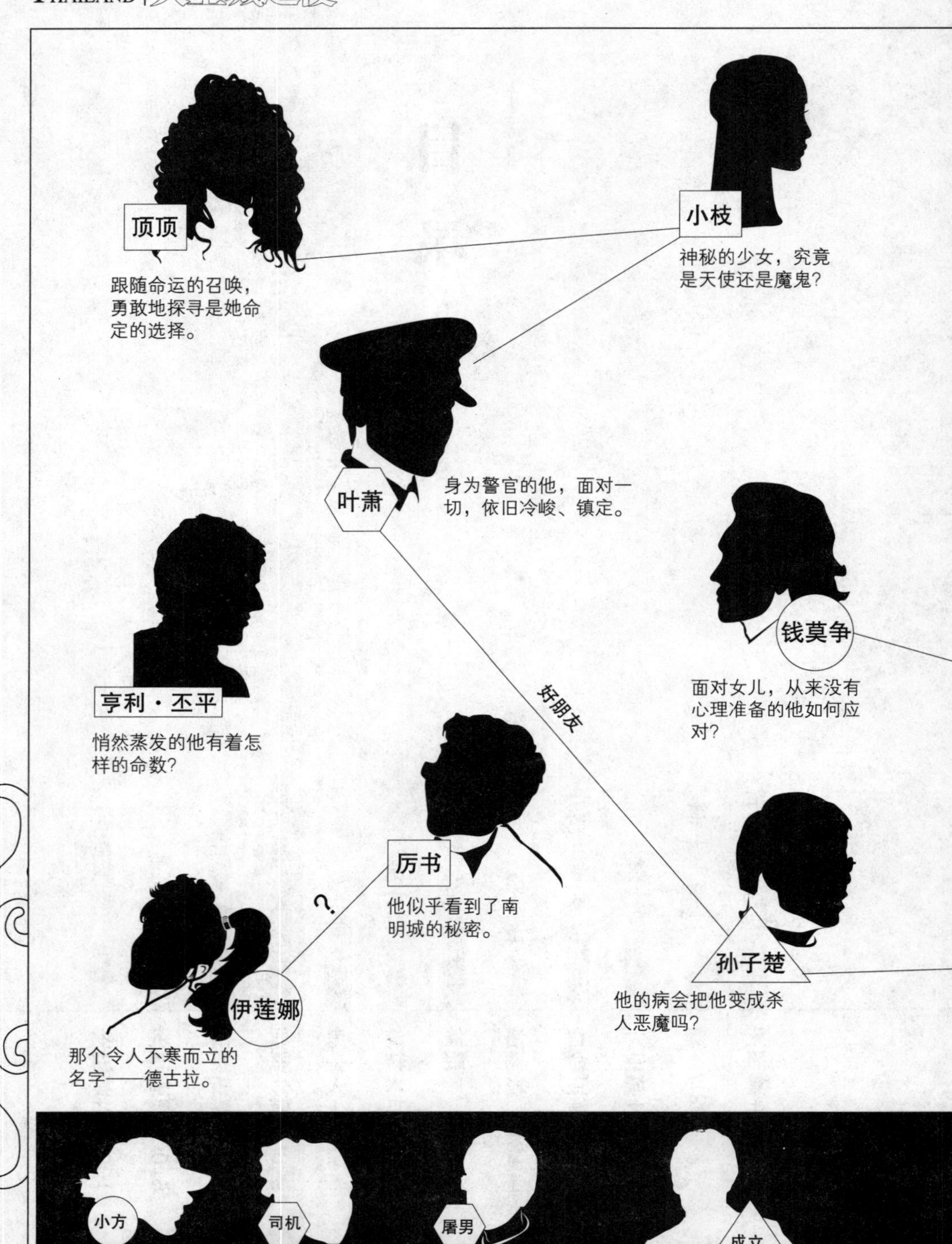
顶顶
跟随命运的召唤，勇敢地探寻是她命定的选择。
小枝
神秘的少女，究竟是天使还是魔鬼？
叶萧
身为警官的他，面对一切，依旧冷峻、镇定。
钱莫争
面对女儿，从来没有心理准备的他如何应对？
亨利·丕平
悄然蒸发的他有着怎样的命数？
好朋友
厉书
他似乎看到了南明城的秘密。
？
伊莲娜
那个令人不寒而立的名字——德古拉。
孙子楚
他的病会把他变成杀人恶魔吗？
小方
司机
屠男
成立

·人物表·

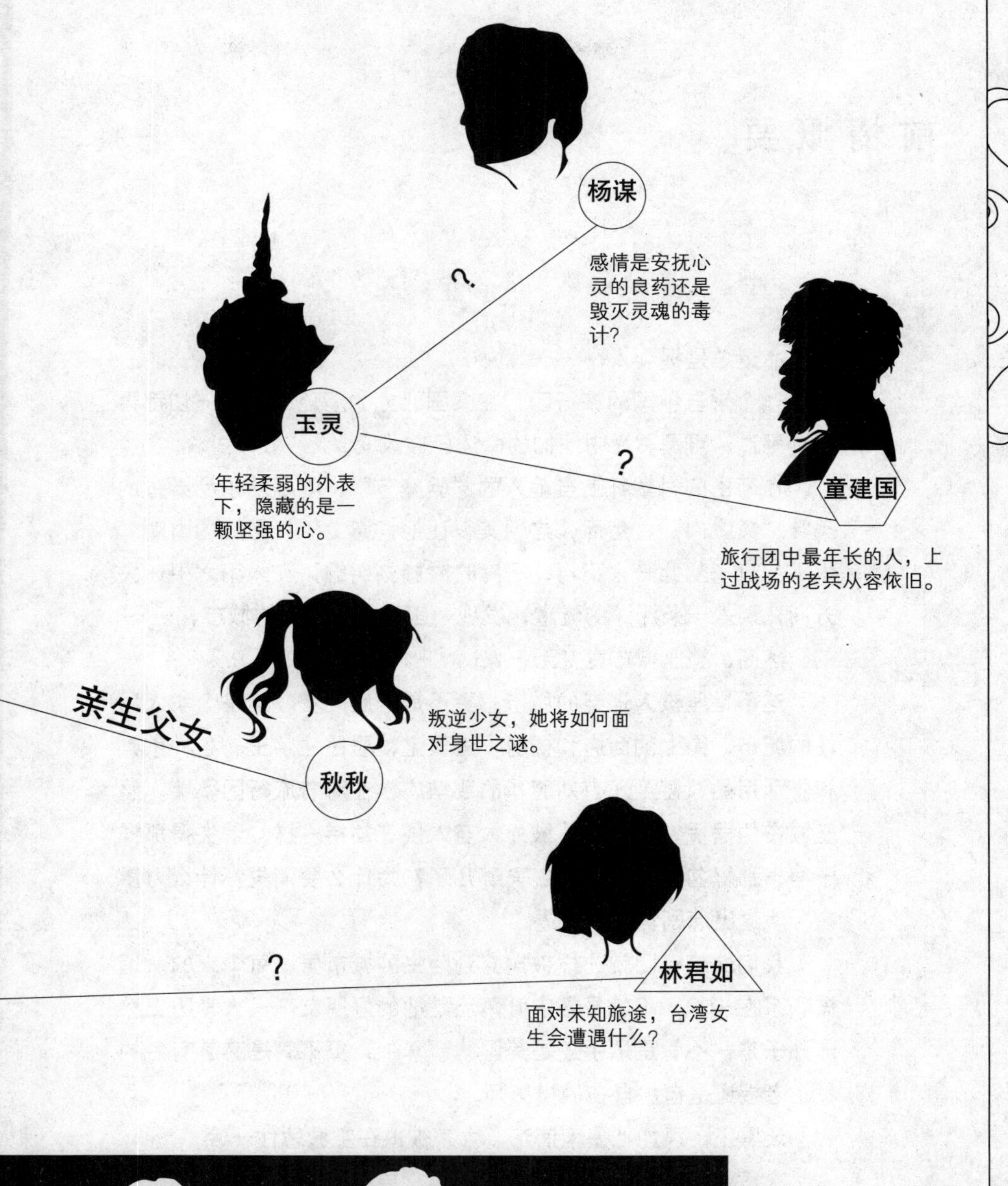

杨谋
感情是安抚心灵的良药还是毁灭灵魂的毒计?
?
玉灵
年轻柔弱的外表下，隐藏的是一颗坚强的心。
?
童建国
旅行团中最年长的人，上过战场的老兵从容依旧。
亲生父女
秋秋
叛逆少女，她将如何面对身世之谜。
?
林君如
面对未知旅途，台湾女生会遭遇什么?
唐小甜
黄宛然
下一个会是谁?!

前情概要

命运总是捉弄人……

一个来自中国的旅行团，在泰国北方的清迈旅行，一切都再平常不过，可冥冥之中他们的命运已被改变。

在陌生的村寨赶上当地人的“驱魔节”，吃了从未品尝过的美味“黄金肉”。然而，这顿美餐让他们惹上了鬼影般的山魈。太平的日子从此一去不再，恶魔时时刻刻纠缠：在大雨之中迷失方向，误入一条深深的隧道，发现一座群山围绕中的城市。

然而，整座城市竟空无一人！

这不是座被人遗弃的城市，更不是一座废墟，这是个华人居住的城市，街上的商店和楼房一应俱全，居民住宅里有各种家具和生活用品，甚至还有刘德华的巨型广告在对着旅行团微笑。整座城市的居民，就像突然被外太空入侵者劫持一样，消失得那样干净，那样匆忙。他们到底去哪儿了？为什么会消失？什么力量在导演这出悲剧？没人知道。

我们的旅行团就这样被抛弃到陌生的城市里，每个人的命运被联系在一起，不管是警官叶萧还是他的好朋友——大学历史教师孙子楚；不管是歌手还是美国的留学生，更不管是赫赫有名的私企老板还是自由自在的摄影师。

天黑了，再加上暴雨滂沱，大家被迫在空城暂住一晚。

次日清晨，地狱的大门如期开放，导游小方神秘死亡，躺在天台上全身糜烂。恐惧刹那笼罩着人们，司机决定开车带领旅行团离开这神秘的不祥之地，但他在给汽车加油时，加油站却突然爆炸……

叶萧等人侥幸捡回性命，找到一辆汽车想离开空城，却在隧道里碰到塌方，出城的道路被完全阻塞。无奈，旅行团只好分成几个小组去寻找生路，这是他们最后的希望。

让人吃惊的是，整座城市虽空无一人，却应有尽有——银行、邮局、商店、警局、医院……这个名叫“南明”的城市原是个繁华和平的城市，但现在这里一片死寂。

最大的问号浮出水面：2005年的9月，南明城遭遇了什么变故？

原因只有一个，但这里天机，不可泄露。

几个小组的"探险队"虽然都没找到逃出的路，但也不是一无所获，他们遇到了各种各样的离奇事件。

叶萧等人遇到一个神秘的年轻女子，她身边跟着一条凶猛至极的狼狗——这唯一能了解这个城市历史和变故的线索，当然不能被我们的警官放过，美女与狼狗吸引着叶萧等人来到一座巨大的体育场，可就在这里，屠男——叶萧小组的成员走散了。

就在那一夜，屠男在回到“大本营”后离奇死亡，成为这出悲剧的第三个受害者，绝望和恐怖再度笼罩在所有人头上，谁会是下一个？这天杀的地方什么时候能出去？

荼蘼花开的小院里，神秘女孩再度出现，叶萧与顶顶将她捕获带回。谁都不知道她从哪里来？她也不肯说出自己的名字，只有她那美丽忧郁的眼神，让人既怜悯又怀疑：也许她是空城唯一幸存的居民。

子夜，楼下响起狼狗凶猛的嚎叫，那是神秘女生的“宠物”，没人敢驱赶它。亨利、顶顶与黄宛然分别陷入恶梦与回忆中，这也是所有人的不眠之夜。

第三天，旅行团到城市周边探路，发现一座山间水库以及隐藏在山洞内的军火库，什么人在这里藏了军火？另一组人来到南明城西侧，竟是一大片中国人的墓地。他们再次遭到山魈突袭，这鬼魂一样的威胁什么时候可以离去？

下午，在城市中央发现一个巨大的广场，矗立着一座故宫太和殿式的“南明宫”，宫中有豪华的办公室，难道这里是一个君主制社会？成立等人辗转至山间水库，食人鱼不失时机地攻击正在游泳的玉灵，幸好得到杨谋救援,她才死里逃生。

当晚，当其他人回到暂住地，奇迹竟然发生，电力供应瞬间恢复，光明重新降临沉睡之城，可这光明能否指引旅行团走出绝地？那些消失的人还会回来吗？一切都是谜！

2006年9月26日，当光明重返沉睡之城，法国人亨利却神秘消失，是那个预言吓倒他了吗——这个旅行团将进入一座奇异的城市，认识一个奇异的女孩，并受到永久的诅咒。

恢复电力都要感谢成立，是他修好了水库的发电机。就当他立下大功时，却得知秋秋不是自己的亲生女儿。而妻子黄宛然竟和老情人——摄影师钱莫争在此重逢并旧情复燃。

清晨，秋秋对妈妈的这个新男人——也就是她的生父无法接受，一气之下逃向城市边缘，意外栽入鳄鱼潭中。两位父亲争着救女儿，就当成立要抓住秋秋时，鳄鱼却死死咬住了他。成立，为了救他的女儿，用身体掩护了秋秋，就这样第四个人离他们而去。

悲剧让这些人的求生欲望变得更强，叶萧等人再次组成小组出去探路。他们穿过结束成立生命的鳄鱼潭，踩到阴森的骷髅头骨，头骨尚未脱落的牙齿间，仿佛挤出几个字："欢迎光临地狱"，更让人吃惊的是，骷髅头骨里藏着一把小匕首，上面雕刻着面目狰狞的女妖。

而顶顶在这次探险中，仿佛得到了神的启示，要救身后的这些人走出地狱。她不顾叶萧的劝阻毅然走入石门，一个神话般的古老世界展现在众人面前。广场中央耸立着一座足以媲美金字塔的建筑，人们目瞪口呆地仰望千年前的高塔，拜倒在人类祖先的智慧脚下。

而另一面，大本营留守的人们正焦虑地等待，失去丈夫的黄宛然不知该如何面对女儿，爱情和母性之间，到底哪一个更让人牵肠挂肚？杨谋的新娘唐小甜正等待她的爱人，但当她感到杨谋与玉灵之间的暧昧时，活下去的勇气顷刻去崩塌……

叶萧他们还在继续求生之旅。大罗刹寺宝塔的背面，是深入黑暗的甬道，不知通向天堂还是地狱？石阶尽头竟然是分岔点——三扇门，每一扇门都意味着人类对命运的选择。生存还是毁灭成了未知数，生命就在这三道门中徘徊。

最后，他们选择了象征"现在"的一扇门。门的尽头有一樽石棺，棺内是沉睡了八百年的灵魂——缺少头颅的白色骷髅。

这又是谁？就在大家争论之时，顶顶又发现了一个密室……

那是走出空城的密道吗？令人绝望的是，密室的石匣中却刻着“踏入密室者，必死无疑”。

此刻，回去的路被塌落的石头堵死，还好众人发现石棺下的隧道通向另一个大厅。石柱上刻着：罗刹之国。

当大家从石柱上得知罗刹国的历史时，没想到大厅顶棚的石块突然坠落，人群在慌忙逃生中被分开。

几经辗转，其他人总算逃出宝塔。可叶萧和顶顶却仍在地下迷宫中转悠，他们在寻找出口时，成堆的尸骨连同盔甲挡在面前，他们也会在此化为白骨吗？

大本营那，小枝的狼狗又堵在楼口等待主人，没人敢去驱走它。楼内，唐小甜对杨谋彻底失望了，她不顾一切地跑了出去，可等在门外的却是可怕的山魈。当空气中的血腥味渐渐散去时，这个可怜的女人也死了，她是第五个。

在绝望中，厉书和伊莲娜度过了疯狂的一夜，可醒来的厉书却无法面对自己，进而发现了沉睡之城里惊人的秘密——他逃向黑夜的深处，没人知道他去了哪里。

白昼来临，秋秋要把自己的亲生父亲钱莫争推下楼去，这是成立在另一个世界的报复吗？秋秋要动手时，母亲黄宛然及时喊住了她。黄宛然知道，现在是和女儿说出真相的时候了，但秋秋无法接受。

在另一个世界，其他人终于找到叶萧和顶顶了。罗刹之国的王宫里，每个人都在思考生存的意义。他们按照前一天的路线，再次回到三扇门前。还是顶顶仿佛受了什么蛊惑，不假思索地推开左边的智慧之门，命运会在这扇门里改变吗？

当叶萧他们在和命运抗争时，旅行团暂住的楼房却神秘失火，留守的人们命悬一线。秋秋趁大家慌乱时又逃跑了，冲向那神秘的罗刹之国。她的母亲黄宛然，为救女儿在第十九层坠落，地狱之门又向一个人开放了……

是 否

罗大佑 作品

是否这次我将真的离开你
是否这次我将不再哭
是否这次我将一去不回头
走向那条漫无止境的路
是否这次我已真的离开你
是否泪水已干不再流
是否应验了我曾说的那句话
情到深处人孤独

多少次的寂寞挣扎在心头
只为挽回我那远去的脚步
多少次我忍住胸口的泪水
只是为了告诉我自己我不在乎

是否这次我已真的离开你
是否春水不再向东流
是否应验了我曾说的那句话
情到深处人孤独

第三季

16:13

第一章 ■ 罗刹昙花

2006年9月28日

罗刹之国。

大雨如注。

电闪雷鸣。

黄宛然从中央宝塔顶上坠落，自由落体了数十米之后，在顶层平台上粉身碎骨。

童建国、林君如、伊莲娜、玉灵、小枝，在塔底目睹了她最后的表演，她为自己打出了人生的最高分。

鲜红的血被雨水冲刷，奔流着倾泻下大罗刹寺，顺着无数陡峭的石头台阶，挂出一道死亡的瀑布，直至冲入古老的广场，浇灌每一寸布满尸骨的泥土。

没人敢走到她身前。模糊的脸庞和扭曲的身体，在死后经受神圣的洗礼。一朵朵红色的水花绽开，是否是她坟头不败的野花？

昨晚，她没能将唐小甜从死神手边救回，今天她自己进入了死神口中。

黄宛然是第六个。

五分钟后，钱莫争搂着十五岁的秋秋，颤栗地从塔内出来了。他们早已浑身湿透，飞快地冲到雨里，扑在黄宛然破碎的身躯上。

钱莫争将她的头轻轻捧起，仿佛一下子轻了许多，他低头吻了黄宛然的唇——还保存得完好无损。口中喷出的鲜血，就像最鲜艳的红色唇膏，令她依然妩媚动人，仍是十七年前香格里拉最美的医生。

她的唇仍然温热，灵魂还不愿轻易离去，缓缓地纠缠在钱莫争嘴边，梦想与他融为一体。

而秋秋将头埋在妈妈怀里，她所有的肋骨都已粉碎性折断，使得身体软绵绵的像一张床。秋秋的泪水打湿了床单，只愿永远裹在这张床里，再也不要分离半步。

“妈妈！对不起！我不会再离开你了。”

十五岁的少女抽泣着，但任何语言都是那么苍白——妈妈是为了救她而死的，只因为她的固执和冒险。她无法宽恕自己的冲动，只剩下一辈子的内疚和悔恨，并且永远都无法偿还。

昨天清晨刚刚失去“父亲”，几分钟前又失去了母亲。短短三十多个小时，她从家庭完整的富家女，变成了“父母双亡”的孤儿。世界仿佛在刹那间崩溃，对自己而言已是末日？

秋秋闭上眼睛任大雨淋湿全身，耳边只剩下哗哗的雨声，黑暗里仿佛见到妈妈的微笑。

几秒钟后，一双手将她拉起来，拖回宝塔内躲避雨点。那是童建国的大手，温暖又充满力量，将女孩紧紧搂在肩头，不再让她看到母亲的尸体。

天空又闪过一道电光，钱莫争绝望地抱起黄宛然，缓缓向顶层平台的边缘走去。脚下的血水几乎都被冲干净了，只有某些残留在雕像间的血痕，还发出惨淡的红光。

“小心！”童建国把秋秋交给林君如，立即冲到钱莫争的身边，“你要干什么？”

他仍面无表情地走了几步，才一字一顿地回答：“我要带她离开这里。”

“你要抱她下去吗？这太危险了，那么大的雨，那么陡峭的石头，你自己都会送命的！”

“我不怕。”

钱莫争回答得异常平静，这让童建国更加着急："我不管你和她到底什么关系，反正我不能让你这么送死。"

情急之下他张望着四周，视线穿过茫茫的雨幕，落到西北角的宝塔上。他马上拉住钱莫争的胳膊，大吼道："快跟我来！"

钱莫争只得抱着死去的黄宛然，跟着童建国来到宝塔内。他们钻进狭窄的塔门，里面是个阴暗干燥的神龛，与外面的世界截然不同。

"就把这里当做她的坟墓吧。"黑暗中童建国无奈地说，"让她与天空近一点。"

钱莫争颤抖了片刻，便放下黄宛然的尸体，两行热泪滚落下来，他深呼吸了一口气说："再见，我的青春。"

他和童建国钻出洞口，随后从周围搬了些碎石头，迅速地把洞口填了起来，整座宝塔就此成为坟墓，矗立在大罗刹寺顶层的西北角，最接近那个极乐世界的角落。

大雨坠落到他们眼里，钱莫争仰望高耸入云的中央宝塔，最高一层已被雷电劈毁，由十九层变成了十八层——**地狱减少了一层，但并不意味着罪孽可以减少一层。**

正如悬疑也不会减少一层。

顶层平台的下面一层。

悬疑在继续。

"世界上最快的速度是什么？"

"光速？"

"不，是念头的速度。"

手电光线再度熄灭了，地宫仅存的狭小空间里，顶顶就像站在舞台上，用磁性的声音划破黑暗。

"念头？"

叶萧疲倦地靠着壁画，心里咯噔的颤了一下，他和孙子楚还有顶顶，仍然被困在壁画地宫内，残留的氧气已越来越少，就像小时候玩捉迷藏的游戏，躲进封闭的大衣橱里的感觉。 "念头会支配你的动机和因果。"

"你现在的念头是什么？"

"命运——"近得能感受到她口中呼出的气息，带着微微的颤动，"命运让我来到罗刹之国，发掘尘封的秘密，窥视自己的灵魂。”

“不单单是你，还有我！”

沉默半晌的孙子楚突然插话，语气却消沉而低落，与平日生龙活虎的他判若两人。

叶萧也补充了一句：“没错，我们所有的人，只要踏入这座沉睡的城市，都将看到自己的秘密和灵魂。”

“只要对你的念头稍做分析，便可了解自己、充实自己、爱自己。”

顶顶一口气连说了三个“自己”，仿佛感受到了那个人的痛楚，也在隐隐刺痛自己的神经。

“也许吧。”

“对于一个想深度找到自己的人来说，念头很重要！”

她最后又强调了一句，然后站起来打开手电，照射着叶萧和孙子楚的脸。

他们俩都用手挡着眼睛，孙子楚低声道：“省着点儿电吧。”

“省到我们都成为枯骨吗？”顶顶忽然怔了一下，抬头看看昏暗的天花板，脸色凝重地说道，“你们有没有听到？”

“什么？”

“刚才，有什么奇怪的声音，就在我们头顶——重重的撞击声，但又隔了几层石板，到这里就很轻很轻了。”

这种描述让孙子楚毛骨悚然，也立刻爬起来说：“我都快要被逼疯了，还是快点逃出去吧。”

顶顶的手电扫到石门上，刚才是几人合力推开了门，现在这堵门又沉又重，再度嵌在门槛里面，不知如何才能打开。叶萧拖着孙子楚，两个人用力去推这道大理石门。顶顶也来帮忙，但无论三个人多么用力，大门却依旧纹丝不动。

“该死！为什么进得来却出不去？”

孙子楚拼命敲打着石门，仿佛祈求外面的灵魂为他开门。叶萧则接过顶顶的手电，仔细照射着门沿四周。

忽然，他发现在石门右侧的墙壁上嵌着一座十几厘米大小的神龛，上面有个匕首状的凹处，就像正好有把小匕首被挖了出来。孙子楚也紧盯着这里，感觉这形状似曾相识，低头思索了片刻，猛然拍了拍脑袋。他立刻打开随身的包，取出了一把古老的匕首。

就是它！

昨天上午在森林中的小径上，发现了一个神秘的骷髅头，死者口中含着一把匕首——连刃带把不过十厘米，一头是锋利的尖刃，另一头却雕着个面目狰狞的女妖，虽然表面已经锈蚀，但历尽数百年依旧精美，乍一看就有摄人心魄的力量。

“怎么会在你的包里？”

叶萧立刻质问孙子楚。他只能红着脸回答：“你知道我是教历史的，特别喜欢这种小玩意，实在忍不住就偷偷藏在了包里。”

“混蛋！”

在叶萧骂完这句之后，顶顶从孙子楚手里夺过小匕首，昨天还是她最早发现这东西的。

瞬间，她想起身边的第七幅壁画——仓央如同荆轲刺秦王，用“图穷匕现”的方法刺死了大法师，画里的凶器不就是眼前的这支匕首吗？

她的心跳又一次快起来，不知什么原因，这把决定了罗刹之国命运的小匕首，被塞入了一个死者的嘴巴里，在森林中沉睡了八百年后，最终落到了顶顶的手里。

她颤抖着将匕首放到眼前，匕首握柄处的女妖雕像，仿佛睁开了双眼，射出骇人目光。

顶顶将小匕首缓缓举起，对准石门旁边的小神龛，小心地塞入那匕首状的凹处。

就像是模子和模具，小匕首竟丝毫不差地安了进去，无论是锋利的刃口，还是锯齿状的女妖雕像，都与凹处的边缘严丝合缝，仿佛就是从这块墙上挖下来的。

她深呼吸了一下，轻轻转动起小匕首。果然，神龛也跟着转动起来，就像钥匙塞进了锁眼里——匕首正是打开地宫大门的钥匙！

当叶萧和孙子楚感到一线生机时，却听到脚下响起一阵奇怪的转动。还没等他们反应过来，脚底的石板已经碎裂，破开一个巨大的陷阱。地心引力如一双有力的大手，将他们彻底拉了下去。

四分之一秒后，三个人都掉下了深渊……

童建国坐在中央宝塔内，似乎听到绝望的呼喊声，来自某个无底的深渊。

大雨，渐渐稀疏了下来。

偌大的罗刹寺顶层平台上，只剩下他一个活着的人了。

十几分钟前，他和钱莫争将黄宛然埋葬在西北角的宝塔内。钱莫争便带着秋秋爬下台基，与黄宛然永远告别了。玉灵、小枝、林君如、伊莲娜都跟随着钱莫争，小心地走下陡峭的金字塔，离开这个古老的伤心地。只有童建国留在了原地，还有三个人被困在地宫，必须想方设法把他们救出来。

此刻，他仿佛是世界上最后一个人，孤独地看着雨水从塔檐滴落，如无数珍珠绽开在石板上。刚才被雨淋湿了的衣服，贴在身上感到阵阵寒冷。他索性把上衣都脱掉了，光着膀子展露着肌肉，虽然他已五十七岁了，却仍像年轻人那样健壮，只是后背有好几道伤疤——那是几次被子弹洞穿留下的纪念，其中有半块弹片还残留在肩胛骨下，每当雨天便隐隐作痛。

那针刺般的感觉又袭来了，瞬间撕裂了背部神经，让他倒吸了一口凉气后咬紧牙关。已经三十年了，弹片深埋在体内无法去除——

1975 年的雨季，与美军特种部队的惨烈战斗，给他留下了累累伤痕。他几乎失去了所有的战友，却意外地捡回了自己的性命。在昏迷了几天之后，他发现自己躺在竹楼里，一张陌生而美丽的脸庞，如天使降临在濒死者身边，并让他奇迹般地死而复生。

她的名字叫——兰那。

这是个大山深处的白夷村寨，就连村民们自己也搞不清楚，他们究竟属于泰国还是缅甸。几百人的村子完全与世隔绝，仍然保持着古老的习俗。据说他们已在这里生活了八百年，就连美国的军用地图上，也没有标出这个地方。

村民们在童建国的伤口上敷了一层特殊的膏药。老僧人用火钳给他做了外科手术。老僧人事先给他服用了一种草药，强烈的腥臭味令他再度昏迷，因此起到了麻醉作用。除了一小块弹片过于接近神经，无法取出外，其余的弹头都被取了出来，让他脱离了危险。

一直照顾他的是兰那，她看起来只有二十岁，穿着白夷人的长裙，时常挽着古典的发髻，连着半个月给他端茶送药。她的眼睛不同于汉人，连同鼻子和嘴唇的形状，明显来自不同的文明。当她在火塘边穿梭时，童建国感觉她并不是真人，而是来自古代的美丽鬼魂，熊熊火光染红她的眼眸，目光闪烁着射向每个男子的心。

越过边境参加游击队很久了，他已学会当地每个民族的语言，每夜都想和兰那说话。但她显得非常害羞含蓄，完全不同于她的同胞们，经常低头不语，答以微笑。

在一个树影婆娑的雨夜，童建国再度用白夷话问道："你为什么对我那么好？"

兰那小心地给他的伤口换了药，破例地轻声回答："因为你很勇敢。"

童建国想想也是，如果其他赞美不敢接受的话，那么"勇敢"二字倒是当仁不让。他裸露着半边后背，咬牙忍住换药的痛楚，他感受到兰那的手指，冰凉如玉地划过皮肤，仿佛一把利刃割开自己。

他猛然回头抓住她的手，双眼被火塘映得红红的，心跳得要蹿出嗓子眼。火热的体温传递到她手上，似乎要融化千年的冰。

兰那立刻挣脱开来，躲在一边说："别，别这样。"

"对不起。"童建国意识到了自己的失态，披起衣服低头说，"谢谢你。"

她躲在火塘的另一端，这么看就好像被火焰包裹着。她娇羞地眨了眨眼睛，便如精灵般退出了竹楼。

当童建国的伤势基本痊愈后，便暂时留在村寨里。他无法联系到游击队，也难以独自走出这片大山。兰那却渐渐疏远了他，几次相遇都只微笑不语。童建国从没见到过兰那的家人，她独自生活在一幢竹楼里，村民们都非常尊敬她，好像她才是村寨的中心。他悄悄问了其他人，才知道兰那是古代王族的后裔，世代统治着附近的村寨。但最近几十年的战乱，将周围的村寨都毁灭了，只剩下最后这片世外桃源。

"这么说来她是公主？"

"是，但大家通常叫她'罗刹女'。"

"罗刹女？"

"传说一千年前，这附近有个古老的国家，名叫罗刹之国，他们的王族就叫罗刹族。后来，罗刹之国起了战乱，王族躲入这一带的深山中，成为这些村寨的统治者。我们最崇拜勇敢的男人，因为当年有一个勇敢的武士，在罗刹之国灭亡的时候，拯救了许多人的生命。"

童建国听到这里才明白，为什么兰那会说"因为你很勇敢"，但自己真的勇敢吗？

就在他发愣的时候，村民继续说："兰那是最后一个罗刹族人。"

游击队员的生涯，已让他成为一部战争机器，他以为自己的心不会再柔软，只剩下杀人不眨眼的铁石心肠。但自从来到这里，荒芜的心开始萌芽，渐渐长出许多绿色的小草，虽然也心烦意乱，却偶尔感到淡淡的幸福——全是因为兰那的手指，曾经在从他的皮肤上划过。

雨季的夜晚，童建国在竹楼里辗转反侧，彻夜难眠。听着外面淋漓的雨声，幻想兰那再度走过火塘，轻轻坐在他的身边。她放下那丝绸般的长发，垂在他的耳边厮磨，透着淡淡的兰花香气，由此沁入脑海的深处。最诱人的是她的指甲，像遥远北国的冰块，在他的背上划出奇异的图案，渗透着男人的鲜血……

可梦醒来心里却无限惆怅，原来梦里不知身是客，他后悔自己为何要来到这里，难道是为了将青春蹉跎在战场上，看着自己渐渐老去吗？黎明时分的无限寂寞，让他走出昏暗的竹楼，雨中有个白色人影一晃而过，他连忙戴上斗笠追上去，在村口的小道赶上了她——那张异域的脸庞沉默无声，嘴角带着神秘的气息，如一朵古老的蓝莲花。

那时候的他语言笨拙，只能盯着她的眼睛，默默地将斗笠戴到她头上。隔着阴暗模糊的雨幕，清晨的村寨寂静无声，就连公鸡也忘记了打鸣。几滴雨点落到兰那脸上，他轻轻地为她拭去，手指便停在了她的面颊上，从她的鼻尖到嘴唇……

突然，身后的庄稼地里有了动静，童建国警觉地回过头来，却见到最熟悉的游击队制服——那个人早已经衣衫褴褛了，头发和胡子乱蓬蓬的，长得就像野人，刚爬上田埂就倒地不起。

童建国急忙扶起他，拨开覆在他脸上的野草，惊诧地喊道："李小军！"

虽然已经瘦得不成人形，但从小一起长大的朋友，还是一眼就能认出来的——他们都是上海的知青，住在同一条弄堂里，共同来到云南插队落户，又一起私越边境参加游击队，在腥风血雨中度过了几年，彼此救过对方的性命，直到一个月前在战场被打散。

他们将李小军抬回竹楼，发现他身上并没有什么大伤，他只是因身体极度虚弱而昏迷。童建国和兰那共同守护着他，直到第二天早上他清醒过来。李小军看到童建国自然分外激动，两行热泪如细流一样，淌个不停。等情绪平复后，他才慢慢道出了自己的经历，原来在整整一个月前，他独自冲出了战场，在莽莽的森林中流浪，渴了就喝溪水，饿了就吃野果，遇到野兽就用手中的自动步枪打。他过了三十多天野人般的生活，终于发现这片山谷，却晕倒在村寨边的田地里。

几天后李小军已完全恢复了，他和童建国一直都情同手足，劫后余生相逢在这里，仿佛获得了第二次生命。于是两人都留在这个村寨，一起与村民们耕田挑水，像回到十多年前的知青生活。

兰那仍保持着矜持含蓄，偶尔和童建国、李小军一起，三个人结伴去山上打猎，李小军的枪里还有不少子弹，经常能打到野猪和山鸡。童建国照旧是言语不多，倒是李小军能说会道，他个头挺拔、身材消瘦，长着一张电影演员似的脸。过去在云南的时候，就惹过不少女知青的暗恋。

那次上山打猎的路上，他们发现了一尊佛像，被大榕树的根须纠缠着，几乎已看不清面目了。兰那莫名地激动起来，抚着佛像的脸庞潸然泪下。童建国第一次见到她如此悲伤，不知该如何安慰她，她突然幽幽地说："我听到它在哭。"

李小军用白夷话回答："我也听到了。"

童建国睁大眼睛，竖着耳朵却什么都没听到。

佛像，确实在哭。

无底洞?

叶萧、顶顶、孙子楚，他们脚下的石板突然碎裂，带着三个人共同坠入深渊。

仿佛坠落了无数个世纪，在黑洞里时间被无限压缩，吞噬着宇宙中的一切物质，直到他们摔在一堆破烂上。

黑暗中扬起亘古的灰尘，仿佛经历了一次重生，他们都感到身下一片柔软，这片柔软让他们没有被摔伤。叶萧第一个爬了起来，幸好手电完好无损，他打开光束照到一张灰色的脸——孙子楚脸上全是各种纤维，仿佛是个捡破烂的，再看顶顶也是差不多的样子，他再摸摸自己的脸，果然三个人都是同一副尊容。

彼此都苦笑了起来，地下是一堆破布烂絮，孙子楚抓起几块看了看说："这是古代的纺织品，大部分是丝绸和棉布，应该分别来自中国和印度，也许这里是布料仓库。"

刚才顶顶转动小匕首，却意外触动了地下的机关，石板碎裂让他们都摔下来。还好摔到了这些破烂上面，就像掉到充气垫子上一样，大难不死。

他们用手电照射四周，发现了一条深深的甬道。三个人立刻往下走去，脚下渐渐变成石头台阶，往下的坡度也在变大。此刻他们反而不再恐惧了，走了将近十分钟，他们感觉越来越接近地面了。

忽然，前方显出一线幽暗的光，叶萧加快脚步跑了过去。甬道尽头传来泥土的气味，那是个不规则的椭圆形出口，只能容纳一个人钻出去。孙子楚第一个爬了出去，立刻在外面兴奋地大喊起来，第二个爬出去的是顶顶，叶萧是最后告别黑暗甬道的。

爬出去便看到傍晚的天空，隔着一层茂密的树冠，枝叶上还残留着水滴。地面全是湿漉漉的，许多地方积着水，说明刚下过一场大雨。

终于逃出来了！叶萧仰天深呼吸了几口，仿佛在黑夜里行走了许久，突然见到了光明——尽管此刻天色已经昏暗，晚风却送来隐秘的花香，三人重新回到了人间。

回过头却见到一个树洞，在一棵大榕树的底下，他们正是从树洞里爬出来的。想必古时候是条秘密通道，以备受到进攻之时逃生所用。

顶顶站在树洞外恍然若失，竟又把头探进了树洞。幸好她没有钻回甬道，只是面对树洞不停颤抖，肩膀上下耸动起来，嘴里发出轻轻的抽泣声。

她怎么哭了？叶萧轻轻走到她身边，而她的脸几乎埋在树洞里，完全看不清她的表情——此情此景让他想起《花样年华》，梁朝伟跑到吴哥窟里，找到一个树洞倾诉并流泪……

还有多少回忆？藏着多少秘密？树洞已被倾诉了千年，不妨再加一个多愁善感的灵魂。也许只有树洞里的神灵，才能知道我们心底的前生今世。

当顶顶离开树洞之时，她已悄悄擦干了眼泪，和叶萧、孙子楚一起，走出茂密的榕树林子。前方又出现了小径，还有残破的佛像和建筑，回头借着傍晚的天光，可以望见大罗刹寺的轮廓。

“这里是兰那精舍！”

孙子楚认了出来，现在是晚上七点半，凄凉的夜风卷过遗址，能听到地底的哭泣。

天空已彻底暗了下来，他们打着手电照亮前路。迎面吹来的柔软的风里，夹着某种浓郁的芳香，几乎让顶顶的嗅觉沉醉。她赶紧快步向前跑去，叶萧拉都拉不住她，已不需要手电照明了，风中的香气指引了她的方向。

终于，她看到了芳香的源头。

叶萧的手电光也迅速赶上，那棵巨大而古老的昙花树，在肥大粗重的枝叶末端，绽开了许多洁白的花朵。

昙花一现？

脑中刹那闪过这个熟悉的成语，再看眼前的景象确实无疑，在叶萧小时候家里养过昙花，他知道这种美丽花朵的形状和颜色，也知道它们绽开的生命只有几个小时。

没错，昙花正在开放——这难得一见的奇景，在罗刹之国的土壤上，在残破的“兰那精舍”里。

顶顶几乎将鼻子伸到了花丛中，浓郁的芬芳瞬间涌入体内，宛如古老的迷幻香料，让脑子变得混沌而舒适，整个身体似乎也轻了许多，背上仿佛生出了翅膀，藉此缓缓飘浮在花间。

叶萧和孙子楚也都已沉醉，手电光照射出的白色花朵，无比艳丽无比奇幻。借用赵传的一首歌《男孩看见野玫瑰》，他们看见野昙花，无论玫瑰还是昙花，都不再是幻想中的影子，而是包裹着身体的香气。

在这令人惊叹的夜晚，顶顶大胆地触摸着昙花，那恍惚的感觉又控制了她。眼前的景象涂上了一层金色，那是八百年前的黄昏，穿着华丽宫装的兰那公主，和风尘仆仆的武士仓央，在这寂静美丽的园子里，种下了一棵神奇的昙花树苗——这是仓央在路过大理时，段誉王爷亲手送给他的。

那电影般的画面，仅仅持续了不到十秒钟，便又回到眼前绽开的花朵，千年劫难后的罗刹之国。顶顶忽然明白了，这是兰那公主与仓央的“爱之花”，它幸运地躲过了八百年前的战乱，在荒凉的花园中孤独地自生自灭。它是兰那精舍里最后的珍宝，当所有人都已化为尸骨和尘土，只有它依然活得那么精神，在被人遗忘的角落茁壮成长，变成一株“昙花之王”。它不用任何人的欣赏，只需要孤独地开放，又迅速地孤独凋谢。每年都会散落无数花瓣，埋葬在泥土中腐烂，又化为来年更美丽的花朵，一直迎来有缘的顶顶……

当顶顶的泪水再度滑落之际，孙子楚却遐想到另一个世界——王阳明曾偶遇一株山间花树，朋友问他：“天下无心外之物，如此花树，在深山中自开自落，于我心亦何相关？”王阳明回答：“你未看此花时，此花与汝心同归于寂。你来看此花时，则此花颜色一时明白起来，便知此花不在你的心外。”

也许，这株昙花一直都在我们心间，它的每次绽放和凋零，陪伴着我们每个人的生命历程。

停顿片刻之后，昙花开始不可逆转地萎缩了，几乎用肉眼就能看到这个过程，一片片花瓣坠落下来。尽管香气仍然浓郁逼人，却是最后的美丽瞬间，似乎世上一切美好的，无论人还是事还是花，都是那么短暂，只有一瞬间能被欣赏。

原来刹那的凋零，就是昙花绽开的意义。

顶顶收集了凋落的花瓣，将它们埋葬在树下的泥土中，这分明是现代版的“葬花”，三个人心中都莫名酸楚起来。

叶萧心底打起一个问号：这是什么预兆？是他们将获得美丽的新生，然后便迅速凋零吗？

他催促着顶顶快点离开，他们匆匆告别了古昙花树，走向通往大罗刹寺的道路。穿过小径和倒塌的建筑，很快来到大金字塔脚下。黑夜里的巍峨宝塔，竟显得鬼影憧憧，让他们本能地加快了脚步。

突然，某个黑色影子晃了过来，难道是传说中的守夜人？

三个人的心都悬了起来，手电光立刻扫过去。只见那魁梧的背影，缓缓回过头来，同样一道手电光照到了他们脸上。

他们眯起眼睛才看清那张脸——居然是童建国！

20:19

雨后

沉睡之城。

在充满潮湿味的空气中，夹杂着淡淡的烟熏之气，那是下午大火残留的痕迹，从马路对面的楼房废墟里飘出。

杨谋站在潮州小餐馆的门口，仰望路灯下寂静的街道，那大火焚烧过的地方，是他的新娘的火化炉兼坟场。几个小时前，瓢泼大雨降临南明城，其他人都跑去寻找秋秋了，只剩下他一个人留在原地。

等到大火完全熄灭之后，他又冲入了危险的大本营。原本的五层楼房已面目全非，房梁荡然无存了，几根钢筋混凝土的承重柱也断了，最上面的两层几乎全部坍塌。剩余的楼板随时可能砸下来，杨谋忍受着难闻的烟味，找到了他和唐小甜的那个房间。但屋子全在瓦砾堆中，到处都是烟熏的痕迹，无数雨点从烧穿的屋顶落下，甚至连半点骨灰都没找到！

而他最宝贝的DV和录像带，也在屋里化为了灰烬，若在平时就等于要了他的命，但在妻子的生命面前，这些又算得了什么呢？这台DV曾给他无穷乐趣，也给他带来了致命的烦恼，唐小甜不就因DV而死的吗？索性就让它给小甜殉葬吧！

杨谋绝望地退出废墟，在大雨中游荡许久，最终回到马路对面，布满灰尘的潮州小餐馆。

就这么看着屋檐外的雨点，直到白天变成黑夜，大雨渐渐停息，昏黄的路灯自动亮起……

终于，钱莫争、秋秋、小枝、玉灵、林君如、伊莲娜——总共就这么点人，从罗刹之国冒雨跋涉回来了。杨谋跑出去喊他们，大家都聚集到了小餐馆。

当林君如看到变成废墟的大本营，目瞪口呆地喊道："我的行李呢！所有的衣服、化妆品、笔记本电脑，还有护照！"

伊莲娜也是同样的表情，在她要冲到对面去时，杨谋淡淡地说道："不要白费力气了，我已经全部检查过了，什么都没剩下来，所有人的行李都完了。"

玉灵将手放到她们的肩上，难过地安慰道："非常抱歉，谁都想不到会发生这种事。"

"这到底是怎么回事啊？"

林君如再也控制不住自己了，就在原地哭了起来，煞是心疼那些漂亮的衣服，接下来的日子该穿什么才好呢？

"是谁放的火？"

伊莲娜也愤怒地喊起来，玉灵尴尬地回答："我们都不知道，也许是电线短路。"

"别再怨来怨去了，"这时小枝突然插话了，她的表情一点都不恐惧，反而卖力地擦了擦椅子，悠闲地坐下来说，"这就是我们的命运。"

"是你干的吧？"

伊莲娜一下子盯上她了，随口用英文说出了几句脏话，这个来路不明的神秘女孩，说不定就是旅行团的祸根。

"不，我证明小枝是无辜的，整个下午我都和她在一起，没有做过别的事情。"

玉灵赶紧走到她跟前来澄清，但伊莲娜蔑视地说道："你也不可靠，中途上了我们的大巴，接下来就发生了那么多古怪的事，说不定你和她是一伙的！"

“够了！”林君如已然心烦意乱，抓着伊莲娜的手说，“还是仔细想想办法吧，看看我们现在的样子，原来一车子有那么多人，现在死的死，失踪的失踪，只剩下我们这几个了！”

这句话让大家心里都一凉，看看彼此颓丧的样子吧，果然是人丁稀少、冷冷清清。杨谋疑惑地问：“还有几个人呢？”

潮州小餐馆里鸦雀无声，钱莫争抓着女儿秋秋的手，噙着眼泪回答：“黄宛然——死了。”

死了——简简单单的两个字却蕴涵着他无限的悲伤，任何词语都不能比这两个字更能准确地表述刚才的事实了。

但他不想再说得更详细，以免增加秋秋巨大的悲伤。空气越来越紧张和压抑，在大家就要窒息的时候，还是玉灵打破了沉默：“都饿了吧，我们想办法吃点东西吧。”

小餐馆里的食物都早已腐烂了，钱莫争把秋秋交给玉灵照看，和林君如、伊莲娜走到大街上。他们找到了一家小超市，把一些没过保质期的食物全都搬回到小餐馆里。几个女生走到厨房，先是彻底清洗了一番，然后简单地做了些饭菜，无非是泡面腌菜之类。但没有了黄宛然掌勺，原本难吃的食物更加索然寡味，只能是单纯地填饱肚子了。

秋秋什么都吃不下去，玉灵在她耳边安慰了许久，总算给她灌了些面汤。林君如和伊莲娜都饿得狼吞虎咽了，杨谋和钱莫争则沉默无语。只有小枝的表情十分轻松，很快就吃完了晚餐，在潮州小餐馆里踱着步子，好像跳着轻快的舞步，让其他人看着很不舒服。

店里有一套音响，插头正接在电源上，小枝好奇地按了一下，响起一段舒缓的吉他声——

你看过了许多美景／你看过了许多美女／你迷失在地图上／每一道短暂的光阴／你品尝了夜的巴黎／你踏过下雪的北京／你熟记书本里／每一句你最爱的真理／却说不出你爱我的原因／却说不出你欣赏我哪一种表情／却说不出在什么场合我曾让你动心／说不出离开的原因……

居然是陈绮贞的《旅行的意义》，音响里放着 2005 年发行的台湾版专辑——这声音和旋律已沉寂了整整一年，却突然飘扬在寂静的夜里，陪伴着陈绮贞的吉他，淡淡的从容和忧伤，让小餐馆从灰尘里渐渐复活。

吃晚餐的人们开始是惊讶，随后又安静地沉醉下来，仿佛又回到上海或台北，眼前的一切如此不真实，时间和空间都是错觉？

只有小枝还在享受着音乐，和着旋律踩起节拍，最后竟跟着陈绮贞哼起来，那最伤感的末尾几句：“勉强说出你为我寄出的每一封信 / 都是你离开的原因 / 你离开我 / 就是旅行的意义。”

你离开我，就是旅行的意义？

钱莫争想起了黄宛然的离开，虽然原本应该离开的是他……

杨谋想起了唐小甜的离开，虽然原本应该离开的是他……

伊莲娜想起了厉书的离开，虽然原本应该离开的不是她……

当小枝和陈绮贞的合唱结束，旅行团的人们都明白了：**也许这次不可思议的旅行，全部的意义就在于“离开”**。

生离死别的离开。

20:30

沉睡之城

旅行的意义。

叶萧、顶顶、孙子楚、童建国正在没有月亮的黑夜旅行。

几十分钟前，他们在大罗刹寺下遇到童建国，彼此都被吓了一跳。今晚总算人马会合了，迅速告别罗刹之国，穿过夜晚恐怖的森林，还有漆黑一片的鳄鱼潭，小心翼翼地回到了南明城。

此刻，四个人走在寂静的街道上，两边的路灯忽明忽暗，宛如鬼火笼罩着他们。又累又饿的孙子楚，刚听童建国讲完黄宛然的死，在这样的夜里不免心寒，他哆嗦着说：“下一个又会是谁呢？”

话音未落，前方传来一阵急促的跑步声，昏黄路灯下有个拉长的身影。几人都紧张起来，叶萧走到最前面打起手电。那人影越来越近了，似乎百米冲刺般狂奔而来，像个发狂的疯子。

当手电直射到对方的脸上，看到的却是一双布满血丝的惊恐眼睛，杂乱的头发覆盖苍白的脸，衣服上都是污黑的痕迹，但叶萧还是喊出了他的名字：“厉书！”

没错，他就是厉书，似乎完全没看见他们，依旧横冲直撞了过来。

叶萧只能拦腰将他抱住，童建国和孙子楚也上前帮忙，像对付野兽一样将他制伏了。

将厉书架到路灯明亮的角落，顶顶掏出手帕擦了擦他的脸，孙子楚又给他喝了几大口水，叶萧抓紧他的胳膊轻声说："别害怕！你看看我们是谁？都是自己人啊，镇定！一定要镇定！"

顶顶也盯着他的眼睛，那混沌而颤抖的眼珠里，藏着某个无法言说的秘密："厉书，到底发生了什么？我知道你看见了！"

厉书已不再挣扎，气息也渐渐平稳，仰头看着对面的路灯，还有同伴们熟悉的脸："你们回来了？"

"是的，早上你去哪儿了？"孙子楚着急地问道，"可把我给急坏了！"

他总算恢复过来了，深呼吸几下说："让我想一想……想一想……"

叶萧示意别人不要再说话了，安静地等待厉书的回忆，直到他猛然睁大眼睛，惊慌地喊道："对！我想起来了！想起来了！"

"什么？"

"我发现了……我发现了……惊人的发现……那是最最惊人的发现……"

"最最惊人的发现？"

孙子楚又复述了一遍，他盯着厉书的眼睛，发现有一种异于常人的红色。

"是，我发现了沉睡之城的秘密！"

这句话让所有人都怔住了，"沉睡之城的秘密"——不正是这几天来苦苦追寻的吗？也是眼前无数个悬疑中，最终极也最致命的那个，谁都想解开这个谜底，这是他们逃出空城的唯一办法。

沉默，持续了十秒钟。

对面的路灯突然一阵闪烁，叶萧感觉有些晃眼，急忙追问道："是什么秘密？是在哪里发现的？赶快告诉我们！"

"今天凌晨我就发现一些端倪，为了找到更多的线索，我就独自跑出了大本营，在南明城各个角落探访，果然又发现了不少秘密，直到今天下午才全部解开——天哪！你们肯定都不敢相信，任何人也无法猜到这个谜底，但这就是我发现的事实！天大的秘密！太不可思议了！也太疯狂了！"

厉书越说越激动，几乎要手舞足蹈起来。而别人都听得云里雾里，反而觉得他故弄玄虚，孙子楚皱起眉头问："喂，到底是什么秘密啊？"

“沉睡之城的秘密就是——”厉书突然停顿下来，紧张地看着他们的眼睛，就像在观察一群敌人，随即摇头说，“不，现在的人还不够多，我得回到大本营，当着所有人的面来公布！”

“切！卖什么关子啊，你难道还要防我们一手？”

孙子楚露出极度厌恶的表情，也许旅行团里早已有了裂痕，彼此饱含着怀疑和不信任。

“这是天机——不可泄露的天机！”

厉书又一次强调，挣脱了他们的包围，走到大街上仰起头，像狼一样狂嗷了两下。

其他人看着都目瞪口呆了，可惜天上没有月亮，否则真以为他变成狼人了！

“先回大本营再说吧。”

叶萧低头走到厉书身边，几个人共同保护着他，忍着饥饿冲向迷离的夜色。

一行人又穿过几条寂静的街道，来到大本营前的马路，当回到熟悉的小巷口时，却一下子惊呆了！

大本营已变成了一堆废墟，残垣断壁矗立在黑夜里，丑陋得像具烧焦的尸体。难道这里也成了罗刹之国？

“怎么回事？”

孙子楚恐惧地大叫起来，端着手电冲进危险的废墟，三楼以上都已经毁了，全部行李都付之一炬，只剩下熏黑的墙壁和破碎的水泥。

剩余的那些人呢？他们都被烧死了吗？当他绝望地走出来时，却看到对面的小餐馆里，钱莫争跑出来大喊：“我们在这儿！”

劫后余生的几个人，终于汇集在了一起，在这间狭窄的潮州餐馆，互相看着对方，还好，起码没有缺胳膊断腿。

当伊莲娜看到厉书时，鼻子感到莫名的酸涩，立刻冲上去紧紧抱住了他。

这一幕让别人都很诧异——什么时候这两个人好上了？

伊莲娜什么都不顾忌了，想爱就爱想恨就恨吧，丝毫不顾厉书身上的污渍，只想听听他火热的心跳。厉书顺势搂住她的腰，他知道她的心里在怨恨，为何凌晨不辞而别？不管此刻是冲动还是爱，短暂的生命再也经不起等待了。

“你去哪了？发生什么了？”

面对伊莲娜的问题，厉书胸有成竹地微笑着，随后走到餐馆的中心，灯光最明亮的地方，其他人都围绕着他，他好像要对大家发表演讲。

他还煞有介事地咳嗽了一下，理了理杂乱的头发说：“现在，我要向大家公布——**沉睡之城的真正秘密！**”

第三季

大空城之夜

第二章 ■ 沉睡别墅

20:45

2006 年 9 月 28 日

刚才这句话让所有人鸦雀无声，都屏着呼吸等待他说话，厉书满意地深呼吸一下。大家的目光集中在他脸上，谜底就在他嘴唇后面，只要一张口便会爆发地震。

“那个秘密就是——”

在厉书拖出一个古怪的长音后，屋里所有的灯光都熄灭了，黑暗刹那覆盖了小餐馆。

与此同时响起林君如恐惧的叫声，每个人都在几乎伸手不见五指的黑暗中乱跑，在互相乱跑中撞在一起，宛如掉到深深的地宫中。距厉书最近的叶萧，只感到有个影子一晃，让他浑身都起了鸡皮疙瘩。

就在大家乱作一团之时，灯光闪烁了几下，便又重新亮了起来。短暂的断电只有几秒钟，是餐馆的电闸老化了吗？

叶萧使劲眨了眨眼睛，发现眼前的厉书面色通红，将手放在自己的喉咙口，随即痛苦地倒在地上。

他的心里一凉，立即扑到厉书身上："你怎么了？"

厉书却什么都说不出，似乎双手双脚都在抽筋，双眼瞪大着要突出眼眶，嘴角吐出一些白沫。

"糟糕！他快不行了！"

这戏剧性的转折让人不寒而栗，只有伊莲娜扑到厉书身上，着急地一把推开叶萧。

她将厉书紧紧抱在怀中，眼泪打落在他的嘴上，深深地送给他一个吻，希望能挽救他的生命。他的嘴唇颤抖了几秒，贴着她耳边轻声说——

"对不起，我不会再离开你了！"

说完他便闭上眼睛，再也没有心跳和呼吸了，任由伊莲娜悲伤地哭泣，再度将吻留在他的唇上。

厉书死了。

他是第七个。

童建国上去摸了摸他的脉搏，确认厉书已经死亡了，便重重地一拳打在墙壁上。林君如拖起了伊莲娜，为她拭去伤心的泪水。

孙子楚则吓得浑身发抖，就这么短短几秒钟的黑暗，厉书便死在了大家眼皮底下，距离第六个牺牲者——黄宛然只有四个多小时，下一个会不会轮到自己？

叶萧走到伊莲娜身边，尴尬地问道："刚才厉书在你耳边说了什么？"

"说他不会再离开我了。"

伊莲娜厌恶地回答他，趴在林君如肩头接着流眼泪。

这就是厉书的临终遗言？叶萧回头看着其他人，无一不是恐惧和惊慌的神色。钱莫争把秋秋带进厨房，不想让她再看到死人了。

厉书的尸体依然躺在餐馆中央，叶萧又蹲下来仔细观察着，想要找到厉书猝死的原因。照道理应该把衣服剥光，仔细查看身体表面有无伤口，但有那么多女生在也实在不便。他细细检查了厉书的面部，翻开死者的眼皮看了看，厉书的眼球居然变成了红色。叶萧过去也参与过法医检验，从未遇到过这种情况，这实在是太不正常了。

然后，他又检查了厉书的左侧脖颈，发现了一个非常微小的红点子。原来是一个极容易被忽略的伤口，看起来就像是被蚊子咬了，或者是个被挤破的粉刺包。

叶萧赶紧取出手电筒，几乎把眼睛贴在死者脖子上，仔细观察着那个小伤口——表面有一层暗红色的结痂，起码已经有几个小时了，绝非刚才断电片刻受的伤。

再看伤口的形状，虽然不到一厘米大小，边缘却有锯齿状痕迹，像被某种动物咬的！

叶萧胆战心惊地站起来，紧张地看了看童建国，然后把他拉出小店，用耳语告诉他这一可怕的发现。

“什么？难道是吸血鬼？”童建国听了也大惊失色，立刻低声说，“此事千万不要声张，否则会把所有人都吓死的！”

他们回到潮州小餐馆里，两人共同抬起厉书的尸体，说要把他暂存在冷库，其他人都留在原地不要动。

就这么给厉书“送葬”去了，叶萧和童建国艰难地抬着他，走到清冷无声的街道上。依然没有月亮也没有星星，只有两个活人和一个死人，组成一支奇特的出殡队伍。

转过几个街角到了冷库，这里已葬着导游小方和屠男，现在又添了一个新鬼。他们挑了个干净的冰柜，小心地将厉书塞进去。

出来后叶萧心里一颤，厉书会不会变成吸血鬼？但他立即又苦笑了一下，这些无稽之谈又怎能当真呢？

五分钟后，他们回到潮州小餐馆，大家的脸色都很差，在这刚刚死过人的地方，手足无措不知如何是好？

陷入困境并不可怕，最可怕的是失去一切希望，不知道自己该做什么。

叶萧环视了大家一圈，算上来路不明的小枝，旅行团总共只幸存十一个人，还丧失了所有的行李，绝望的气息缠绕着所有人。

“完了！彻底完了！”林君如哭丧着脸说，“我们已经与外面失去联络五天了！为什么还没有人来救我们？五天了！”

童建国随即打断道：“别说这些该死的晦气话！”

“你太冷酷无情了吧？你有没有家人？有没有妻子孩子？我妈妈还在台北等着我呢，平时每天都会和妈妈通电话的，现在她一定着急得要命，也许她已经飞到泰国来找我了，正在曼谷甚至清迈的警察局里！”

林君如的话引起了大家的共鸣，孙子楚心头也微微一颤，这几天最痛苦的并不是自己，而是远在上海的爸爸妈妈，只要一天没有他的消息，他们便会寝食难安辗转反侧，说不定老人们也通过旅行社和大使馆，飞到泰国来寻找儿子了吧？

只有童建国面色铁青，那句“你有没有家人？有没有妻子孩子？”深深刺痛了他的心，这比在他心口捅一刀子更难受，他狂怒地吼起来：“对！我这辈子没有家人，也没有老婆孩子，我就是一个冷酷无情的人！”

他说话的同时面部肌肉在颤抖，五十七岁的身体像头野兽，所有人都不敢再说话了。

只有玉灵能打破沉默：“别再吵来吵去了，不管有没有人来救我们，今晚该怎么过啊？”

是啊，大本营已经被烧掉了，他们面临着无家可归的局面——难道要把这里当成家了？

“至少不可能在这里。”

林君如看着肮脏的小餐馆，根本就没法居住。

“我们必须得找一个新的地方，就像对面的居民楼一样。”叶萧走出小餐馆，在街上向大家挥手鼓劲，“不要害怕！带上食物和随身物品，也许外面更安全些！”

于是，所有人都走到了街上。手电光照射着四周，阴冷的风从地底吹来，让孙子楚连打了几个冷战。

十一个人走在街上，像一支足球队的首发阵容，他们彼此都聚拢着，钱莫争抓着秋秋的胳膊，玉灵寸步不离小枝，叶萧和孙子楚走在最前面，童建国则在最后压阵。

夜雾渐渐弥漫在沉睡之城，一路往前走了几分钟，任何风吹草动都会吓到他们。林君如愤愤地说：“该死！我们还是个旅行团吗？真像一群流浪的乞丐！两手空空沿路乞讨。”

她刚说完这句话，小枝却骤然停了下来，玉灵紧张地问：“怎么了？”

“它——来了。”

二十岁的神秘女郎，语气幽幽地说道，仿佛在念什么咒语。

“谁？”

大家都停下了脚步，顶顶走到小枝的跟前，用手电照着她的脸。

这时秋秋也开始颤抖，她靠在钱莫争的身边，指着路边的一堵矮墙，在昏黄的路灯照射下，一个白色的幽灵正行走在墙上。

是的，就是它！

这行走在墙上的精灵，转过头来盯着秋秋——那双绿色宝石般的眼睛，包藏着令人生畏的气息。

那只神秘的猫。

月光，渐渐从浓云中钻了出来。

随着秋秋慌乱的叫喊，大家都看到了那只猫，在几尺开外的矮墙上，每一步都迈得那么优雅，浑身白色的皮毛，只有尾巴尖上有一点红色，如同黑夜里的火星闪烁——上午如幽灵造访秋秋的，就是这只猫！

它的皮毛，它的四肢，它的耳朵，它的眼睛，在路灯下呈现一种诡异的美，墙上危险的行走使它无比诱人，这感觉既亲近又恐怖，像在拍摄一部灵异电影。

秋秋一下子挣脱了玉灵，她有一种难以遏制的冲动，想把这只白猫搂在怀中，像对待自己孩子那样温柔地抚摸。下午她刚失去了母亲，第一次感受到了孤儿的滋味。所以她也能理解猫的孤独，在这样凄凉的夜里，穿梭在无人的街道边……

她跑到矮墙边上，伸手想要去够那只猫，钱莫争飞快地跑上去："别靠近它！"

原以为猫这种敏感的动物会迅速逃跑，没想到它反倒一点都不害怕，朝着秋秋的方向跳上一棵行道树，爪子抓着树枝和树干，灵活地下到了地面上。

它在墙边弓着身子，竖起尾巴悠闲地行走，每一步都悄无声息，还不断回头看看人们。大家都感到十分奇怪，居然有胆子那么大的猫？也许它已经一年多没见过活人了，看到那么多人反而兴奋了？

这回是顶顶走在最前面，用手电照着前面的路。好像那只猫在刻意等他们，只要人往前走两步，它就赶在人的前面走一小段。顶顶索性迈开细碎步子，往前小跑了十几步，而猫也同样小跑起来，重心几乎贴着地面，仿佛伺机要对猎物下爪子。

它往前跑过了一条路口，身后跟着十几个人——这场景实在太奇怪了，凄凉的月光下寂静无声，一只猫领着一群人行走……

后面的人们像被催眠了，乖乖地跟随着这只白猫，抑或是被它的美丽引诱？猫骄傲地走了片刻，忽然转向路边一条小巷，那里面一盏路灯都没有，飘荡着一层灰色的雾气。

童建国仿佛突然清醒了，急忙拦着顶顶说："我们不能进去！人怎么可以被猫牵着走？"

"不，跟着它！"

秋秋又冲到了前面，却被钱莫争一把拉了回来。

叶萧凝神看了看小巷，月光下那只猫也停住了，回过头来看着他们，两眼放射出幽幽的绿光。这目光让他有些恍惚，躲避着转头看向小枝，却撞上了更诡异的表情，她眨了眨眼睛："跟它走吧。"

于是，叶萧带头走进小巷，那猫也识相地继续向前走，身后跟着一道手电光束。看不清两边的景象，只有几棵大树的影子，一只夜宿的飞鸟被惊起。

神秘的猫突然停了下来，前头有个半敞开的铁门，两边是高高的围墙，它回头向旅行团转了一圈，便悄然跳进了门里。

"这是什么意思？要我们也进去吗？"

孙子楚忍不住说了出来，顶顶立刻嘘了一下："轻点，别把猫吓跑了！"

还是叶萧第一个走进铁门，手电照出里面是个院子，种植着一些家养的植物。

在忽明忽暗的月光下，孤独地立着一栋别墅房子。

其余人也小心地走进院子，聚拢着向四周照射手电，他们很快扫到了那只白猫。它轻巧地走了几步，迅速跳上别墅的台阶，像个T台模特一样回过头来，让自己的美丽暴露在手电中。

随即它走到底楼的门口，竟伸出前爪拍了拍房门，好像是晚上访客来敲门了。大家都已目瞪口呆，只等待着别墅房门打开，已化作鬼魂的主人蹒跚而出。

几秒钟后，院里吹过阴冷的风，想象中的主人并未开门，那扇布满灰尘的神秘之门，竟自缓缓打开了……

猫又回头看了一眼，绿色的诱人眼神里，是狡诈还是怜悯？它随即钻进门里的黑暗，把悬念留给了门外的人们。

十一个人都有些心慌，叶萧后退几步看着整栋别墅，建筑样式是最近几年的。冰冷的月光洒在屋顶，上下总共有三层楼，和国内的单体别墅没什么区别。但在这样的环境里，看上去让人忐忑不安——沉睡之城里的沉睡别墅，似乎每一扇窗户里都有秘密，将所有的闯入者吞噬。

他用手电照射底楼的窗户，可能长久没有人居住，玻璃上是一层厚厚的灰，无法看到里面的情况。只有底楼的房门虚掩着，露出一条诱人的缝隙，调动着所有人的好奇心。

就当顶顶要往里走的时候，叶萧赶紧喝住了她："这房子好奇怪，不要轻举妄动！"

"那你自己去露宿街头吧。"

顶顶无情地回敬了他一句，大步走上别墅的台阶，在门口犹豫了几秒钟，小心地打开大门——

淡淡的雾气涌了出来，如地宫内蛰伏的小黑虫。她下意识地蒙起口鼻，用手电照亮前方。光圈扫过黑暗的空间，依稀可辨蒙尘的沙发，布满蛛网的墙壁，寂静无声的电视机……

叶萧和孙子楚都跟进来了，三个人都在玄关里，拿着手电上下左右扫射，看样子是个宽敞的客厅。

他们在墙上摸了一会儿，突然打开了电灯开关。头顶有砰砰作响的声音，像一颗窒息的心脏重新搏动，发出起死回生的剧烈闪烁。叶萧赶紧眯起了眼睛，双手做出保护的动作，似乎随时都会遇到危险。

半分钟后，头顶的吊灯完全亮了，光明重新降临此地。其余的人们也都跑了进来，十一个人挤进这客厅还绰绰有余，大家既害怕又兴奋地互相张望，小心翼翼地检查屋里的每处细节。

这客厅将近三十平方米，摆放着沙发、茶几等日常家具，还有三十多寸的等离子电视机。虽然到处都是灰尘，但仍能看出现代化的装修，想必是富裕或中产阶级的家庭。

旁边紧挨着餐厅和厨房，叶萧尽量打开所有的灯，不想留下任何阴暗的角落。厨房也颇为宽敞，灶台上收拾得很整齐，除了厚厚的灰尘以外，不像居民楼里的乱七八糟。底楼还有个卫生间，抽水马桶里漂浮着一层蟑螂尸体，他立刻放水冲掉了这些。

叶萧仔细检查了一番，并未发现有特别之处。他回到客厅的正中，望着通往二层的楼梯，心里满是狐疑：

那个白色的幽灵——黑夜里的神秘之猫，是它带着他们来到这栋房子，但它此刻又隐匿到哪去了？

顶顶和林君如开始擦沙发了，费了好大的劲才去除了灰尘，疲惫不堪地坐倒在沙发里。孙子楚还找到了一根鸡毛掸子，到处清扫着可怕的蜘蛛网。玉灵跑进厨房清洗烧水器，准备为大家烧热开水喝。

"你们这是在干什么？"

林君如铁青着脸回答："大家都累极了，必须找个地方休息。"

"这里情况还不清楚，再等一会儿！"

叶萧走到楼梯口停顿了一下，童建国走到他身边说："我和你一起上去吧！"

“好！”他又扫视了其余人一圈，目光最后落在了小枝脸上，她的表情和眼神都有些怪异，叶萧也顾不上那么多了，转过头大声说，“留在原地都不要动，不要关门！”

接着他和童建国走上楼梯，手电光向黑沉沉的二楼射去，寂静的雾气里包藏着什么预兆？他们忐忑不安地来到二楼，首先是在墙上摸索开关，好不容易打开电灯，两人都下意识地挡了挡眼睛。

果然是条狭窄的走道，两边各自开着一道房门，中间有个颇为豪华的卫生间。叶萧推开左边的那扇门，同样先打开电灯。这是间宽大的卧室，摆放着一张双人大床，还有一些常用的电器和家具。收拾得还算干净，但关了一年的陈腐气味，让他赶紧捂上了鼻子。

童建国进了右边的房间，和左面差不多的大小，但只有一张单人床。屋里有个巨大的书架，还有一张写字台，桌上摆着一本英文的《亚洲考古年鉴》，看来这是主人的书房。他匆匆扫了一眼书架上的书，便看到了《全球通史》《人类与大地的母亲》《罗马帝国衰亡史》《第一次世界大战回忆录》等历史书籍。

两个人继续向前“探索”，发现二楼还有一个露台，大约有十几平方米，抬头就是清冷的夜空。地上摆着一些花盆，里面的植物有枯萎的也有茂盛的。走到露台栏杆边上，正对着房子的后院，月光照耀着一片小竹林，还有一辆白色的小轿车。

此刻，叶萧已独自走上三楼，打开电灯后发现这里比二楼更小，只有一间卧室和一个阁楼，后面是个五六平方米的小露台，还有个简单的卫生间。阁楼中间的坡度很高，里面堆放了不少杂物，看来是做储藏室用的。

卧室明显是女孩子住的，处处布置得温馨怡人。床头有不少明星海报和贴纸，粉色床单沉睡在灰尘之下，写字台上有机器猫和HELLO KITTY。一台找不到电源线的笔记本电脑上摆着一堆玩具小熊，还贴满了亮亮的小星星。墙上镶嵌着一面椭圆形的镜子，让他想起在城市另一边，那个茶花开的小院……

突然，灰蒙蒙的镜子里，映出一个细长的深色物体，正好挂在对面的墙上。

叶萧迅速回过头去，才发现那是一支笛子——挂在墙上的笛子。

22:00

沉睡之城

一支笛子。

空空荡荡的大房子，三楼的卧室墙壁上悬挂着一支笛子。

叶萧的心跳莫名地加快，紧张地走到墙边，小心翼翼地摘下笛子，寒冷迅速渗入指尖。这是一支中国式的竹笛，大约四十厘米长，笛管涂着棕黄色的漆，笛孔间镶着紫红色丝线，甚至连笛膜都很完整，薄如蝉翼地贴在膜孔上。

奇怪的感觉渐渐弥漫全身，仿佛这笛子早已与他相识。他的双脚好像也不由自己控制了，他下意识地拿起笛子，走到隔壁的小卫生间里，用湿毛巾擦拭笛子表面的灰尘，并尽量保护脆弱的笛膜。

这时，身后响起一片零碎的脚步，他惊慌失措地回过头来，却是一个年轻女生的人影。

“小枝？”叶萧的神色有些不对，挥舞着手中的笛子说，“你怎么上来了？快点下去！”

几乎与此同时，顶顶从二楼跑上来了，匆忙地说：“她自己突然上楼了，我们拦都拦不住，对不起。”

小枝则冷峻地盯着叶萧，其实是盯着他手里的笛子，感觉像是在僵持之中。正当顶顶要走上来时，小枝却出奇不意地走上一步，夺走了叶萧手中的笛子。

“你要做什么？”

叶萧完全没料到会这样，脸上一阵尴尬，就像警察被人抢走了枪。

小枝拿着笛子塞在身后，孩子气地微微一笑，闪身退入三楼的露台。叶萧和顶顶都追了出去，一阵夜风凉凉地袭来，让他们都打起了冷战。

月光下的小枝衣裙飘飘，宛如天上降临的仙子，仰头抬起手中的竹笛，熟练地放到嘴边。

还没等叶萧反应过来，笛声竟呜咽着响了起来——小枝瘦弱的身体里，迸发出强大的能量，气流旋转着通过喉咙，用柔软可人的嘴唇，送入狭长古老的笛管中。手指按着笛孔飞舞，气流化成幽幽的神秘旋律，笛膜也随之剧烈震动。音符回环激荡着冲出笛管，扑向目瞪口呆的叶萧和顶顶，迅速萦绕这栋沉睡的别墅，震动旅行团的全体幸存者。最后直冲云霄，献给月宫的嫦娥吴刚，笼罩整个天机世界。

这是既豪迈又婉约的《出塞曲》，在这南国异乡的夜晚，格外勾起人们的思乡之情。当小枝一曲终了，叶萧几乎已醉倒在笛声中了。露台上的美丽女子，似乎已与夜色混合在一起，变成风中的音乐幽灵。

忽然，外面响起一阵惨烈的狼嚎——无疑又是那只狼狗，小枝养的宠物“天神”，它就在这附近的某个角落，月夜下的嚎叫酷似塞外苍狼。

笛声在空旷的夜晚，可以传递出去很远，它一定是被这笛声吸引，一路追踪到了这栋别墅，并想起它祖先生活的草原。

也许，小枝突然吹笛子的原因，就是召唤她的“天神”。

叶萧皱起眉头后退了半步，月光下她的脸庞有些模糊，只有一双诱人的眼睛，放射着聂小倩式的目光。

“你……你究竟是谁？”

这个问题自第一次见到她，便萦绕在叶萧的心底，如今却只知道一个名字（假设她真的叫“小枝”）。今夜这神秘古老的笛声，让叶萧再也无法抑制自己，他必须要得到一个答案，一个哪怕是虚假的答案！

“欧——阳——小——枝——”

四个字如同四颗子弹，相继射入叶萧的胸膛，让他倒在露台的刑场上。

但十秒钟后他就复活了，难以置信地睁大眼睛，难道孙子楚的猜测是对的？眼前二十岁的神秘女郎，就是那个最美丽的幽灵？

顶顶却还摸不着头脑，扶住摇摇晃晃的叶萧，随后冷冷地问小枝：“好了，欧阳小姐，请问你家在哪儿？为什么来到这里？”

小枝的双眼却只盯着叶萧，向他靠近了一步说：**“我家在浙江省K市的西冷镇，大海与墓地之间的——荒村。”**

这句话再次洞穿了叶萧，他捂着自己的心口说：“不，这不可能！不可能！”

“在天机的世界里，一切皆有可能！”

她将笛子放在胸前，就像握着古埃及女王手中的权杖。

“你说……你来自……荒村？”叶萧还是不敢相信自己的耳朵，更不敢相信眼前的神秘女生，“荒村里的欧阳小枝？”

“五千多年前，有一群传说中的天神，来到东方的荒凉海岸登陆。他们有着与人类相同的面貌，向北进发建立了辉煌的古玉国。繁荣大约持续了一千年，古玉国神秘地灭亡了。一小部分王族幸存下来，逃到当初祖先登陆的那片海岸。这些人延续古老的生活方式，在封闭的海岸生活了上百代，后来以欧阳为姓氏，成为此地的大族。而他们定居的村落，位于大海与墓地之间，故此命名为'荒村'。"

"我，好像听过这个故事。"

"真的吗？"小枝并没有在意，在夜风中理了理头发，咄咄逼人地说，"明朝年间，荒村欧阳家出了个进士，皇帝御赐了一块贞节牌坊，至今仍矗立在荒村的海岸边。"

"不，我只想听你的故事——欧阳小枝。"

她微微一笑，二十岁的脸庞分外妩媚："荒村的欧阳家族，几百年来不断遭遇变故，几乎没有一个人能得善终。我就是这个古老家族最后的，也是唯一的继承人。我从小在荒村的进士第里长大，屋里有扇屏风记录着家族的传说，爸爸在我小时候就教我吹笛子，所以每当我看到这种乐器，便有与它亲密接触的冲动。"

"你又是怎么来到这的？"

叶萧小心翼翼地审问着她，顶顶却还没有听明白，只觉得叶萧的状态很可怕。

"爸爸留给了我很多遗产，我在两年前离开了荒村，到遥远的泰国来留学读书。"

"奇怪，为什么要来泰国？大家不都去欧美读书吗？"

"因为我是小枝，是荒村欧阳家族的传人，请不要以普通人的标准来衡量我。"

说完她骄傲地扬起头，仿佛有一道光自头顶射下，令她成为传说中的人物。

"够了，你又是怎么来到南明城的？"

"我原本在曼谷读书，暑期去泰国北方旅游。我跟着几个欧洲背包客来到附近的大山深处。当背包客们离去之后，我已经吃光了所有食物，却独自发现一条峡谷，中间有一条蜿蜒的公路。疲惫不堪的我，沿着公路一直往前走，却是一条深深的隧道，还有全副武装的士兵保卫着。很奇怪那些士兵居然讲中文，外貌也不像当地的泰国人，他们紧张地看着我，并不准我踏入隧道一步。但我已经饿了两天两夜，当场就昏倒在他们的面前了。"

顶顶终于同情地插了一句："真可怜。"

“当我醒来的时候，已经躺在了南明医院里。原来在我晕倒以后，士兵便把我送入了这座城市。这是个既熟悉又陌生的城市，因为身边的人都说着中文，像个中国南方富裕的小城，只不过还在使用繁体汉字。陌生的是我过去从没听说过这里，怎么会平白无故在深山之中，会有这样一座现代城市？我对这里的一切都很好奇，决心留在这里生活一段时间。于是，我说自己是个无家可归的孤儿——”

“你为了留在这里而说谎？”

叶萧的眉头皱了起来，现在谁也无法保证，她刚才的话是否又是谎言？

“事实上我也没有说谎，遥远的荒村已没有我的亲人了。有个看起来像官员的家伙，在详细询问了我的情况后，最终答应了我的请求，甚至给我介绍了一份工作！在一家叫西西弗的书店当店员，我拿到了工资，还租了一个小房子住下，开始了我在南明城的生活。”

“这是个怎样的城市？究竟归属哪个政府管辖？”

“不，南明城不属于任何政府，在地图上也完全找不到，南明就是南明，是亚细亚的孤儿！”

“亚细亚的孤儿？”

小枝露出哀伤的笑容：“可惜，我只在南明城里住了一个月，便发生了最可怕的事情，紧接着就是**‘大空城之夜’**！”

“大空城之夜？”这几个字再度让叶萧心里一震，着急地吼道，“告诉我，什么是大空城之夜？”

“大空城之夜”？

天机的世界进展至此，已离那个秘密越来越近了。

沉睡之城，沉睡别墅，三楼露台，欧阳小枝。

二十岁的女孩沉默了半晌，目光冷冷地盯着他，嘴角微微上扬——

“不，我不能回答！”

她这句不能回答的回答，让叶萧将右手的拳头，重重打在了左手的掌心或。

当他再要继续追问时，顶顶轻轻拉了拉他的衣角：“算了，强问是没有用的，今晚就算了吧。”

叶萧咬着嘴唇退回走道，语气渐渐柔和下来：“快点进来吧，晚上在露台容易着凉。”

等小枝和顶顶都进来后，他关上了露台的移动门，却看到玉灵也跑上来了。

“你怎么也来了？”

“我们都等了你半天了！是童建国把我们叫上来的，他们正在收拾二楼的房间，现在要开始打扫三楼了。”玉灵看了看叶萧身后的小枝，满脸狐疑地问，“对了，刚才是谁在吹笛子？我们在楼下都听得陶醉了！”

小枝已把笛子藏在身后，闪躲进了旁边的卧室。

而叶萧也不作答，心里仍然全是刚才的问题。他匆匆跑到二楼，正好撞上了杨谋。

这英俊的男子刚成了鳏夫，整个人郁郁寡欢，埋头拖着地板，仿佛成了家里的好好先生。林君如和秋秋在整理床单，钱莫争仔细检查着门窗，看来今晚是得睡在这儿了。

叶萧走到底楼的客厅，童建国居然在收拾厨房，冰箱的容量大得惊人，里面的食物大多已经坏了，只有少数真空包装的未过保质期。

几十分钟后，整栋别墅都被清理过了，成为了旅行团的临时旅馆。林君如与秋秋住在二楼的主卧室。钱莫争和杨谋两个同病相怜的男人，选择了二楼的小卧室，在单人床旁边打地铺，并从储藏室里找到了席子和毛毯。小枝已坐在三楼卧室里，玉灵陪她挤同一张床。而在最高的小阁楼里，也铺上了两副地铺毯子，留给了伊莲娜和顶顶。

二楼和三楼的卫生间，都有淋浴和热水器，女生们先排队洗澡。钱莫争走到二楼的露台，仰头看着云中的月色，他知道那条狼狗就在这附近，虽然他已关好了外面的铁门，但不知道院墙有没有狗洞？

他心里又泛起一阵痛楚，在几个小时前的罗刹之国，他永远失去了黄宛然，并亲手将安埋葬在宝塔里。深深的内疚刺痛着钱莫争，昨天是对成立，今天是对黄宛然——在她年轻的时候，他违背诺言而伤害了她，当许多年后她已不再青春年少，却毅然决然要摆脱过去，原谅他并跟随他去过新的生活，但为了拯救仇恨他的女儿，黄宛然还是死在了电闪雷鸣的宝塔下。

黄宛然是个伟大的母亲，而自己却是个胆小的男人！

这辈子究竟是怎么了？在四十多年的生命里，究竟什么才是最宝贵的？作为摄影师的钱莫争，他已经走遍了半个世界，见过最可怕的战争和灾难，拥有过各色人种的女子，但到头来却没有一样属于他，依然是飘零的浮萍，随时都会沉没在水底。

眼圈再一次湿润了，露台上的风吹过脸颊，却抹不去男人的眼泪。钱莫争把头发散了下来，黑色长发掠过肩头，那个已化为幽灵的女人，是否还能抚摸他的发丝？

身后悄然响起脚步声，他紧张地回过头来，却见到了秋秋朦胧的脸，他急忙低声道："你怎么出来了？快点回房间去！"

"我在等林君如洗澡。"

十五岁的少女淡淡地说，走到露台的栏杆边，望着别墅高墙外的黑夜。她的态度已柔和了很多，不像前两天对钱莫争的仇视，这让他的心里也好受了些。

直到两天前才知道自己有个女儿，他却从没有过做父亲的心理准备，事实上他也从来没真正地做过父亲。他不知道该如何面对秋秋，也不知道黄宛然是否把那个秘密告诉过女儿。虽然他很想和秋秋多说说话，毕竟十多年都没有见过，他太不了解自己的女儿了，甚至还不敢像父亲那样与她说话，只是本能地想保护她免受伤害。

"你很难过？"

倒是秋秋在主动与他说话，房间里射出的灯光，正好照到了钱莫争的脸上，红红的眼眶里藏着泪水。

钱莫争倒有些慌乱了，不知该忍住悲伤装作坚强的男人，还是该勇于承认自己的心情？

"你喜欢我的妈妈？"现在的少女果然什么都敢问，她靠在栏杆边上盯着他的眼睛，"是吗？你在为她悲伤，你心里还在想着她。"

他只能回避秋秋的目光，尴尬地说："大人的事情，你们小孩子不懂。"

"我已经十五岁了，不是小孩！"

秋秋依然盯着钱莫争，她到现在仍然无法确定，妈妈跟她说的是真是假。眼前这个长头发的男人，真是自己的亲生父亲吗？

她的耳边仍回想着宝塔顶层，妈妈抱着她说的那些话——

"你的亲生父亲，就是钱莫争！不管过去发生过什么，要记住我们都是爱你的！"

那个时候的妈妈会骗自己吗？秋秋伤心的同时也忐忑不安，自己的身世真的那么复杂吗？难道从出生的那天起，自己就是妈妈的耻辱？可如果成立不是自己的父亲，他为什么要用生命来救她呢？

在这个荒唐的世界里，她究竟该爱谁？该恨谁？

她痴痴地想了片刻，眼前忽然掠过一个东西，有股淡淡的气味飘入鼻孔，接着手背上有了一种奇异的感觉。

是一张脸。

灯光，正好照到那张脸上，手背上的脸。

虽然只有几厘米的大小，却在红色背景下分外妖娆，脸颊是粉色的，眼睛是蓝色的，眉毛却是棕色的，卷曲的长发竟然绿油油的，还有一对鲜艳如血的嘴唇。

秋秋万分诧异地看着自己的手背，可一瞬间，那张脸已迅速变成了一个骷髅，背景也转换成漆黑，突显着一堆白骨，眼窝里还有鬼火荧荧。

转眼间骷髅又变成了美女，仍然化着浓艳的彩妆，雕像一般摄人魂魄。秋秋以为是幻觉，便伸手去触摸那张美人的脸，没想到在指间将要触及的刹那，它又变幻成了可怕的骷髅。

不，那并不是十五岁女孩幻想的童话，而是货真价实的**“美女与骷髅”**。

一只蝴蝶。

停在她手背上的居然是只蝴蝶，约有七八厘米大小，白色的头部有火红的触须，躯干和脚都是黑色的，一对大大的复眼正盯着她。

但是，最让秋秋震惊的是“美女与骷髅”——蝴蝶的两片翅膀。

左边是一张美女的脸。

右边却是一个骷髅头!

美丽与死亡共存于一只蝴蝶的同一对翅膀。

黑夜的露台上，月亮始终不敢出来，只有屋里的灯光照射着，这“美女与骷髅”的奇异蝴蝶，似乎是传说中扑火的蛾子，不顾危险地飞到十五岁少女的手背上。

钱莫争也目瞪口呆了，确实是活生生的蝴蝶，来自大自然的奇迹，绝非人工制造的装饰品。他忍不住伸手去抓，蝴蝶翅膀立即扇起来，彩色的鳞片发出香气，迅速飞到了他们头顶。

“不!”

秋秋痛苦地轻唤了一声，仿佛几小时前死去的母亲的灵魂，就藏在这鬼魅一般的蝴蝶身上。

而它翅膀上的美女与酷髅，交替变换着舞动，如一场来自地狱的表演，缠绕着这对冤家父女。

“难道是——**鬼美人?”**

刹那间，钱莫争脑中闪过了这三个字，同时蝴蝶大胆地掠过眼前，那诡异的翅膀几乎扑到钱莫争眉毛上，他不禁手脚冰凉。

秋秋下意识地靠到他身边："你说什么？"

"鬼美人！一种蝴蝶！也是探险家起的绰号，学名叫**'卡申夫鬼美人凤蝶'**，以发现者姓氏命名。上世纪二十年代，被发现于云南的一个神秘山谷中，左右两边翅膀图案不一样，左边是美女，右边是骷髅，合在一起就是'鬼美人'！"

"这么说来是非常稀有的蝴蝶了？"

钱莫争依旧盯着那只蝴蝶："鬼美人属于凤蝶科，据说这个品种早已灭绝，如果有活体就是价值连城的珍宝！"

"你是说有个无价的宝贝在我们面前飞舞？"

"没错！"

他的双手愈加颤抖，下意识地抬手要去抓"鬼美人"，蝴蝶却轻巧地躲过了他，如一片彩色的叶子飘到屋顶上，消失在浓密的黑夜里了。

"别让它走。"

秋秋追到露台边上，伤心得仿佛又一次丢失了母亲。钱莫争赶紧抓住她的肩膀，轻声说："别，别去追它！我曾经在云南的山谷里，潜伏拍摄了整整一个月，都没有发现这种蝴蝶的踪迹，没想到却在这里看到了，也许还会有更多的'鬼美人'出现。"

十五岁的女孩转过头来，喃喃自语："鬼美人？我喜欢这个名字。"

钱莫争摸着她的头发说："快点回房间里去吧，外面有危险，听话。"

钱莫争的口气终于像个父亲了，看着自己悲伤的女儿，他的泪水也忍不住滑落了。秋秋任由钱莫争抚摸着，却没有看到他的眼泪，低头诺了一声便回到房里。

星空之下只剩下他一个人，任凭风吹干男人的眼泪。

这是他们在沉睡之城度过的第五夜……

23:30

沉睡的别墅刚刚苏醒，又将继续陪伴客人们沉睡下去。

底楼的客厅，叶萧和童建国站在门口，孙子楚则躺在沙发上睡觉。三个男人决定在这轮流值班，保护整个旅行团的安全。

童建国微微打开厨房的窗，回到灶台前吞云吐雾。叶萧则不停地喝水，仔细查看屋子里的一切。所有的生活用品都在，电器都可以正常使用，电视机下面有台 DVD，柜子里藏着几百张光碟和 CD。

忽然，在客厅另一头的后门边上，传出“喵——喵——”的两声。叶萧立即警觉地跟上去，果然看到一条白色的影子，飞快地从门后面窜出来，一眨眼就跑到了玄关附近。

又是那只神秘的白猫!

幸好大门已被锁紧了，其实后门也锁得好好的，它肯定一直躲在屋里某个阴暗的角落中。当叶萧返身扑到玄关时，猫又迅速窜到了楼梯口，回眸用猫眼盯了他一眼，便轻巧地跑上了楼梯。

不能让它上去！叶萧大步跳上楼梯，一步跨三个台阶地冲上二楼，便见到白色的影子一闪，居然径直窜上了三楼。

猫就停在三搂卧室门口，在外面“喵喵”叫了两声。此刻叶萧也冲上来了，正当他要扑上来时，卧室门却突然打开了，白猫就从门缝里钻了进去。

开门的人是小枝，叶萧也不顾忌什么了，立刻推门闯了进去。玉灵惊慌地从床上坐起来，那只白猫竟一下子跳上了床。小枝却面带微笑地走上去，向猫伸出了纤纤玉手。叶萧有些看不懂了，便在房门口站定不动。

小枝离猫越来越近，猫却安稳地站在床上，丝毫都没有逃跑的意思。

“别害怕。”她的声音那样柔和，磁性而又温暖，能溶化所有人的心，当然也包括这只猫，“亲爱的，乖乖的，小猫咪——”

这只神秘莫测的白猫，甩动着火红色的尾巴，既不怕躺在床上的玉灵，更不怕逐渐靠近的小枝，直到小枝的手触摸到它的头。

这是柔软至极的皮毛，像温暖的电流传遍全身，每一根毛都在摩擦皮肤，无数根猫毛如秋天的麦田，在风中如大海的波浪，载着我们的手心航行。

小枝的右手从猫的头顶，一直摸到了骨头轻巧的背部，再摸着琵琶般肋骨包裹的腹部，最后礼节性地与它握了握手（前爪）。

最后，她将白猫搂进了怀中。

这美丽的动物全无反抗，乖乖地趴在她的臂弯内，享受着少女的胸脯，只因她那天使抑或魔鬼的右手?

她又低头在猫的耳边说了几句话，就像情人间的窃窃私语，叶萧和玉灵都没听清楚她说了什么。

随后，小枝将猫放到了地板上，它满怀感恩地回头看了一眼，猫眼里闪烁着摄人魂魄的绿光。

接着它飞快地钻出门口，就从叶萧的双腿之间钻出去，等到他反应过来转身时，白猫早已经无影无踪了。

“怎么回事？这只猫听你的指挥？”

小枝低头走到门口，蹙着眉头回答：“我——认识它。”

叶萧看了一眼床上的玉灵：“对不起。”

随后，他把小枝拉出房间，回到三楼的露台，这样不会有人听到他们的谈话。

月光洒在两个人的脸上，他顿了顿问道：“这只白猫，还有那条叫‘天神’的狼狗，它们都是你养的宠物？”

“是……”

小枝只说了一个字，子夜的风就吹到了身上，让她抱住了裸露的肩膀。

“对不起。”

叶萧立刻脱下自己的外套，披在她的身上，当双手触摸到她的皮肤时，冰凉的感觉让人心里一颤。他赶紧把手缩了回来，脸色也有些尴尬，回头望着别墅的屋顶，阁楼小窗户里还亮着灯。

看着星空下她二十岁的脸庞，这个来自古老的荒村，欧阳家族最后的女继承人，不知道是活人还是幽灵，也不知为何来到他的眼前，仿佛命运中注定的那个人，必在此时此刻危害他的心。

一下子不知该说什么了，向来口拙的叶萧握紧了手心，额头竟在凉风中沁出了汗。虽然仅与她独处了几十秒钟，但那神秘的诱惑却扯碎了他，鼻子里充满一股淡淡的香气，那是小枝体内的气味——属于荒村还是南明？

小枝却大胆地靠近了一步，用超出她年龄的成熟眼神，盯着叶萧的眼睛：“你害怕了吗？”

“不，我从来无所畏惧。”她的话似乎突然唤醒了叶萧，让他斩钉截铁地回答，哪怕只是一种自我鼓劲，“让我继续问你吧——在 2005 年的夏天之后，南明城的居民就突然消失了，但为什么只有你能够留在这里？”

“我已经回答过了，因为我不是普通人，我是荒村欧阳家的小枝，只有我无法消失。”

“只有你？”

叶萧又一次盯着她的眼睛，仿佛在看一个外星人。

“你在看什么？”

近得能感受到她的呼吸，温暖地喷在叶萧脸上，他心头同样莫名狂跳，好久都没这种感觉了，只得低头道：“不，你该回去睡觉了！晚上不要跑出去。”

她点点头回到走道，忽然转身说：“你的外套。”

“不必还给我了，你自己披着吧，我没事。”

目送小枝披着他的外套走进卧室，叶萧才叹息了一声：“该不该相信她的话？她究竟是人是鬼？”

第三季

大空城之夜

第三章 ■ 南泉斩猫

00:00

子夜

叶萧依然在三楼的露台上，身上只剩下一件背心。反正他所有的行李和衣服都已在下午的大火中烧光了，就连现金和护照都化为了灰烬。现在他是个身无分文，又没有任何身份的人，是个可怜的流浪汉，孤独地流浪在沉睡之城。

“你还不睡吗？”身后响起顶顶的声音，她不知何时也来到露台上，关切地问，“怎么穿得那么少，当心着凉。”

他淡然地一笑：“没关系，我心里很热。”

“你在这干什么？”

“数星星！”

叶萧仰起头看着星空，月亮已悄悄躲了起来，只剩下天上的群星。就像小时候在那遥远的地方，坐在沙漠边缘遥看北斗七星的勺子。

当他的目光缓缓落下来，却突然停留

在了屋顶上——他看到了一只猫。

还是那个白色幽灵，修长美丽的身体，火红色的尾巴，阁楼窗户里射出的光，正好照亮了它的脸庞。

“又是那只神秘的猫？”

顶顶也惊讶地喝了一声，但白猫依旧在屋顶闲庭信步，像是这栋别墅的“夜巡者”。

你可以想象它的眼睛，黑暗中闪着幽幽的光，宛如黄棕色的核桃——不，更像是宝石！怪不得要以猫眼来命名价值连城的宝石，这双眼睛是如此诱人，尤其在凄凉的深夜时分。

它正凝视着露台上的男女。

叶萧向屋檐走近几步，几乎与白猫正面对视，他越来越感觉这双猫眼，竟有些像小枝的眼睛！

同样美丽清纯而忧郁，又同样带着难以抗拒的诱惑，就像洛——丽——塔——

霎时他竟看得傻了，直到顶顶捅了捅他的肩膀，他才发现屋顶上的猫已经不见了，像团烟雾消散在月光之下。

转眼又惊出一身冷汗，叶萧紧张地问：“它——它去哪儿了？”

“早就走了。”

他才长吁一口气，走到露台边上吹着晚风，希望脑子能冷静下来：“这只猫让我害怕。”

“你知道吗？它让我想起一个禅宗故事——南泉斩猫。”

“南泉斩猫？”

顶顶的长发被风扬起，迎着月光侃侃而谈：“唐朝池州南泉山高僧普愿禅师，世称南泉和尚。某天僧人们抓住一只美丽的白猫，谁都想拥有它，便引起争执。南泉和尚把刀架在猫的脖子上说：‘众生得道，它即得救。不得道，即把它斩掉。’可惜无人回答，南泉和尚一刀下去，把猫斩了！”

叶萧眼前似乎闪过一片刀光，接着是猫的惨叫和鲜血喷溅：“那不是犯了杀生之戒？”

“不久，庙里的赵州和尚知道了，便脱下自己的草鞋顶在头上。南泉和尚当即感叹说：‘那天你若在场，猫儿就得救了！’”顶顶说完停顿片刻，满脸严肃道，“自古以来，这便是难以理解的参禅课题，往往有许多不同的解释。今夜看到的这只神秘的猫，让我想起南泉斩猫的故事，仿佛它就是那只猫的灵魂，跨越千年在沉睡之城复活。”

“那只可怜的猫，无疑是一种象征物。”

“我想——它象征着美。”顶顶的思维越陷越深，眼中满是那双猫眼，“所有的人都追求美，无限的美。但世界是有限的，无限的欲望与有限的世界之间，必然会引起冲突乃至人们的争斗。”

“最简单的办法就是消灭这种美？”

“对！南泉和尚就这么做了。”

叶萧依然有疑问，盯着她的眼睛：“但是，赵州和尚为什么要头顶草鞋？”

“是，这是南泉斩猫真正的难题，绝大多数人都表示不可理喻。我想这还得追溯到源头，那就是美——唐朝以胖为美，今天以瘦为美，美从来都没有标准答案，美只是人类的一种感觉。”

“嗯，就像蜜蜂要钻入花中是为了采蜜，老虎生了漂亮的皮毛是为了威慑？”

“同一样事物，在不同的人眼中，有感觉美的也有感觉丑的，并不是事物本身有什么变化，而是欣赏的人发生了变化。所以，美不是一样东西，而是一种关系，主体与客体间的关系。过去认为美是主体，观察它的人是客体。但我觉得恰恰相反，客体是美，主体是人！”

“难道说——美的根源就不在于美的对象，而在于主体，也就是人的心中？”

月光下的顶顶连连点头：“毫无疑问，人心才是美的根源！这个人心不是指‘心灵美’的道德之心，而是指我们每个人自己的感觉。正因为美的根源在人的心中，如果人心没有美的概念，那么此人眼中看到世界就无所谓美丑了。所以，人心各异，作为客体的美，以及追求美的过程也是各异的！”

“而在世俗的眼中，雪白可爱的猫也是美的化身，于是僧人们产生了争执？”

“南泉和尚认为争执的根源在于猫，必须除掉它才能消灭争执，所以他斩了猫。但赵州和尚不这么认为，他把草鞋顶在头上，以草鞋比喻痴迷于美的痛苦。解决这种痛苦的办法不是把草鞋扔掉，草鞋和猫都是人类欲望的替罪羊。猫是无辜的，它的外形是自然天赋的，它的‘美’不过是人类的感觉——美的根源在于观察者的内心，由此而来的痛苦也来自内心，就算消灭了美的对象，但能消灭美在你心中的根源吗？”

“不能！”

午夜，三楼萧瑟的露台上，叶萧仿佛面对一个传道大师，虽然只是个年轻女子，却有着无穷的力量。

顶顶按着自己的心口说：“即便南泉和尚把猫处死，但他真的能消灭弟子们心中对猫的妄念吗？以猫作为象征的美永远存在于人们心中，不管猫是否出现，也不管猫是否被杀。美是千变万化的，但在你心中，美又是同一的，美的概念既可以抽象，也可以具象。抽象为美，它伴随你一生；具象为猫，同样可以在你内心活一辈子。”

“抽象为美，具象为猫？”

这句几近经典的话，像烙印一样刻进他脑中——抽象为美，具象为女，合起来就是“美女”？

“亘古以来，就有一个梦想美，发现美，追求美，热爱美，乃至于痴狂于美，痛苦于美，最终毁灭美的方程式。许多自然或人类创造的美，都因为这个方程式而被毁灭。”

“美的方程式？”叶萧觉得这个提法太新鲜了，“你是指人类历史上的各种灾难？十字军东征，美洲种族灭绝，两次世界大战，美国入侵伊拉克……”

“是的，比如我们身边古老的罗刹之国，辉煌的文明却沉寂千年；又比如我们脚下的沉睡之城，一夜之间竟人去楼空。难道罪过在于美的事物吗？不，罪过在于我们的内心，在于对美的欲望。”

听到罗刹之国与沉睡之城，叶萧又不免发颤——也许南明城变成空无一人的“死城”，便与人们对美的欲望有关？从而毁灭了这座曾经美丽的城市？

或者，南明城就是那只可怜的猫？被南泉和尚的命运之刀斩首，成为今夜的沉睡之城？

顶顶继续着她的布道：“解决的办法既不是毁灭美，也不是放弃美，而是宽容美！我们所要承受的恰恰是我们自己。叶萧，请相信我，美，永远存在于我们的内心，饶恕它，也就是饶恕了我们人类自己！”

沉睡的别墅。

万籁俱寂，除了那只昼伏夜出的猫。

二楼的主卧室,两个女生正躺在一张夫妻大床上。秋秋一直闭着眼睛，却翻来覆去个不停，不知是做噩梦还是失眠睡不着？毕竟这十五岁的少女，刚刚失去了自己的母亲。

林君如悄悄地坐起来，打开床边的台灯，发现秋秋的枕边湿了一片，这是少女悲伤的眼泪，任何人都无法安慰她。

可怜的孩子——林君如想说又不敢打扰她，她起身走到窗前。这间卧室有二十多平方米，装修和家具都很现代，衣橱里还挂满了衣服，其中不乏欧美的名牌。从女装的款式来说，女主人应该已四十多岁了。如果款式年轻还合身的话，她就拿几件给自己用了——行李箱里的衣服都被大火烧光了,身上的衣服又被淋过雨了,她只能找了一件浴袍穿在身上，居然让自己有几分性感。

窗边的写字台上，有男女主人的合影，果然是一对中年夫妇，看上去气质还不错，想必当年都是俊男靓女。玻璃板下压着一张明星照，居然是 80 年代的邓丽君唱片海报。看到邓丽君甜美的笑容，林君如情不自禁地在脑中哼起歌来……

在天机的故事发生前一天，旅行团还在清迈城里，当大家去游览寺庙时，林君如却独自离队，去了五星级的湄滨酒店。她在楼下仰望最高一层，也就是十五楼朝北的最右角。她悄悄走进湄滨酒店，假装是这里的住客，坐电梯到了十五楼，在 1502 房间的门口停下。她忐忑不安地站了几秒钟，闭上眼睛深呼吸，轻轻地敲响了房门。

林君如期望房门缓缓打开，露出一张熟悉的脸庞，给她一个最美的微笑，然后为她唱一首《千言万语》。

那个人的名字叫邓丽君。

1995 年 5 月 8 日，邓丽君在泰国清迈香销玉陨，尸体被发现于湄滨酒店 1502 房间。

就是这个房间，林君如的眼前，湄滨酒店 1502。

邓丽君的灵魂有没有魂归故土？是否还留在这间悲伤的房间里？

房门突然打开了！一阵阴冷的风吹出来，林君如并不感到恐惧，反而充满兴奋睁大了眼睛。

然而，门里却是个女服务生，正在打扫房间。林君如只得尴尬地说明了来意，服务生并没有意外，经常会有华人来寻访这个房间，甚至有人专门订住这间，不过得要提前好久预订。

林君如用英文和服务生聊了几句，也许是接待过许多邓丽君歌迷，服务生居然说得非常详细——邓丽君笃信佛教，多次在清迈度假拜佛，还带着法国男友保罗同住。1995 年 5 月 8 日下午 4 时左右，邓丽君在 1502 房气喘病发作，酒店对她进行了急救后迅速送往医院，但仍无力挽回她的生命，享年四十三岁。

但服务生又对林君如说，也有目击的保安声称，邓丽君倒在电梯和楼梯间的过道上，据说和法国男友发生激烈争吵，死前还喊了几次“妈妈”。她死后的脸颊上有个巴掌印，在她被送去医院后，男友保罗竟然回房睡觉，直到晚上被警察叫起来。

林君如听完后气愤地想，这个男人不负责任竟然到如此地步！

她又在楼道里徘徊了片刻，特意来到电梯和楼梯之间，邓丽君曾经倒在这里吗？她蹲下来抚摸着地毯，似乎感受到了一片体温，如电流走遍她的全身。

百感交集地走出湄滨酒店，林君如久久难以释怀，她走到附近的一座白塔，后面是座废弃的寺庙。附近居然有好几座庙，其中有些颇为荒芜，草丛中有残破的神像和木偶，宛如一座座坟墓。

几年前，她也去看过邓丽君在台北的墓。

那是台北县的金宝山墓园，邓丽君的墓地占地 70 平方米。小花坛簇拥着邓丽君塑像，她的披肩长发被风吹起，面对所有的后来人微笑。甬道前方就是邓丽君的墓，棺盖是黑色的大理石，雕刻着白色的玫瑰花环，还镶嵌着一张她的照片，许多祭拜者将鲜花放在上面。后面有她的卧像石雕，双手交叉胸前，雕着“邓丽筠，1953—1995”的字样，那是她的原名，右边石头上题着“筠园”。

林君如的父亲是个军人，三十年前才来到台湾，妈妈是土生土长的台南人，当年他们谈恋爱时，常排队去买邓丽君演唱会的票。后来给女儿取名为林君如——名字里有个“君”字，也是因为两人都喜欢邓丽君。林君如家里收藏了许多她的唱片，她从小听着邓丽君的歌长大，直到 1995 年 5 月的一天，她从电台里听到邓丽君去世的消息。林君如还记得那个晚上，她整夜在床上流着眼泪，随声听里放着邓丽君的卡带，“无言独上西楼 / 月如钩 / 寂寞梧桐 / 深院锁清秋……”

那首歌似乎又响在耳边，让林君如倍加忧伤，也许报名去泰国清迈旅游，正是为了去凭吊邓丽君，幻想在湄滨酒店的 1502 房间，再度见到那个迷人的微笑。

转眼间，深深的孤独感涌上心头，她慌乱地打开房门。

楼上传来一阵轻微的声音，只有屏着呼吸才能听清。她立刻躲进阴暗的角落，看到一个黑影从三楼下来。过道亮着黄色的壁灯，可以看出那是个年轻男子，手脚的动作都很机械，竟像个机器人似的，几乎不发出任何脚步声。

难道这是一间鬼宅？是过去主人不散的阴魂？林君如抑制着自己的恐惧，静静等待那个人（鬼）转过脸来。

终于，男子徐徐转过脸来。

昏暗的壁灯光线落到他脸上，居然是孙子楚的脸。

但他的表情极其怪异，双眼瞪大着平视前方，眼珠却仿佛不会转动，隔好几秒钟才眨一下。更奇怪的是他的动作，上半身如同僵尸，挺直了一动不动，脚底却似乎是踮着脚尖走路。林君如躲在黑暗里毛骨悚然，眼前的这个“孙子楚”，好像是中了某种诅咒，与平时好动贫嘴的那个家伙判若两人。

林君如大胆地走出来，站到孙子楚的面前，却发现他毫无反应。两人四目相距不过十几厘米，就算瞎子都能感觉到她了，可孙子楚的眼睛几乎不眨一下，视若无睹地继续往前走，就在他要撞到林君如的刹那，林君如急忙侧身闪到一边，让孙子楚继续通过。

当他要向楼下走去时，林君如又伸出右手，在他的眼前晃了一下，居然还是没有反应。

瞬间，她的脑中闪过两个字——梦游！

孙子楚现在的样子，完全符合梦游的症状，林君如料想不到这种状况，忍不住抓住他的肩膀，用力地摇了摇他。

如一块石头落入平静的水面，孙子楚的头发像飞溅的水花摇动，他打了一个剧烈的冷战，几乎是从原地跳了起来，回头眨了眨眼睛。

他看到了林君如，像刚刚从梦中醒来，睡眼惺松地问：“怎么是你？”

“天哪，你不知道自己在做什么吗？”

“我？”

孙子楚还没反应过来，看了看四周的环境，又摸了摸自己的脑袋，接着把右手伸到林君如脸上，想要试试这是否是梦境。

“别这样！”

她本能地退了半步，感觉他的手指一片冰凉。

“我还在做梦吗？我居然梦到你了？”

"不，这不是梦，而是你的梦游！"

林君如压低声音在他耳边说，不想吵醒二楼其他的人。

"我已经醒了？怎么会在这里？"孙子楚露出恐惧的神色，他走上露台大口呼吸，让晚风吹凉自己的头，"我想起来了，我躺在客厅沙发上睡着了，然后做了一个梦，梦到有人在叫我，于是我走上了三楼，见到了一个小女孩，她给了我一把头发。"

说到这他立刻摊开左手，果然在壁灯光线照耀下，有一绺女孩的长头发。

"我见到鬼了？"

他的手在剧烈颤抖，随即长发落到了地上。

"不，你梦游了，你从来都不知道你有这个毛病吗？"

"我——我——"

孙子楚颤栗着摇摇头，迅速跑下了楼梯。

林君如摸着自己的脸，抬头看着二楼的天花板，他到底是梦游？还是鬼魂附体？

阁楼。

灯灭了，狭窄的窗户外漆黑一片，月光也不知隐遁到哪去了。

斜坡的屋顶分在两边，只有当中可以直起身子，四周的低矮角落里，堆满了各种杂乱的东西。只有阁楼没有被好好打扫，简单铺上了席子和毛毯，伊莲娜和顶顶就睡在这儿了。

据说阁楼是老鼠出没的天堂——伊莲娜在美国最东北的缅因州长大，她的家位于一条公路边上，后面就是大片的森林。冬天覆盖着厚厚的雪，路上几乎见不到一辆车，在与世隔绝的两个月里，十几岁的伊莲娜每夜都能听到天花板上传来的窃窃私语，那是一群老鼠在嬉戏，还是某个幽灵在叹息？

她对阁楼充满着恐惧，此刻却躺在沉睡之城的阁楼里，听着身边顶顶均匀的呼吸——她早已经熟睡了吧，只有伊莲娜怎么也没法睡着，担心老鼠会钻到她衣服里。但她又想起了那只猫，但愿它还在这栋别墅内，这样老鼠就不敢出来了吧。伊莲娜摸了摸自己的心口，郁积的伤感不停翻涌，鼻子又变得算涩起来。

而在昨晚的子夜，她和厉书拥抱在一起，虽然细节都忘记了，但那种感觉仍残留在身上。她的皮肤又变得滚烫起来，深深地呼吸了几下，仿佛与他交换着气息。就当她要触摸他的身体时，他却一下子变成虚幻的影子，最后成为一具尸体，躺在寒冷的冰库中。

泪水，悄然从伊莲娜的脸颊滑落，打湿了铺在地板上的毯子。

直到此时伊莲娜才痛苦地发现，自己真的爱上了厉书，在这个男人化为幽灵之后。

她从没有为男人流过眼泪，也许他将深深地刻在自己心里，虽然只有过一个模糊的夜晚。

这个男人再也不会回来了，除非——作为永生不死的吸血鬼。

是的，当厉书死在她怀中时，虽然伊莲娜已悲痛欲绝，但仍然察觉到了疑点——他的眼球竟变成了红色！还有在他左侧脖颈上，有个极其微小的伤痕，只有细看才能发觉，像被什么人或动物咬出来的！

所有这些都指向了一样东西，那个潜伏在城堡的恶魔，无数次出现在小说和电影中，害怕阳光和十字架，黑夜里在墙上爬行，他的名字叫德古拉。

没错，罗马尼亚的德古拉伯爵，自布拉姆·斯托克的《Dracula》问世以来，他就成为了举世闻名的人物，吸血鬼世界里最经典的名字。

她发现厉书身上的秘密之后，却忍着悲伤和恐惧没有声张。伊莲娜不想让旅行团更乱，更不想因此暴露自己的秘密。

因为，她的母亲姓德古拉。

伊莲娜的祖父是从中国移居美国的俄罗斯人，父亲也是地道的俄裔，年轻时参加过越南战争。母亲却是罗马尼亚移民，结婚后就跟了父亲的姓，伊莲娜从未见过外公外婆，只知道母亲是虔诚的东正教徒。每逢星期天，全家就会开上一个小时的车，去东正教堂里做礼拜。

父亲在越战中受过重伤，一辈子都忍受着伤痛折磨，他的脾气非常暴躁，时不时就发火摔东西。但据说他过去性格很好，开朗活泼，是学校里的白马王子。只是从越南战场回来以后，就完全变了一个人。他从没有说过在自己越南的经历，甚至连怎么负的伤都没说，只是整天沉默寡言，有时半夜做噩梦醒来，惨叫声能把全家人惊醒。

他酷爱喝伏特加，经常在酩酊大醉之后动手打人，把老实的母亲打得遍体鳞伤。在伊莲娜十五岁那年，有个寒冷的冬夜，母亲又被醉鬼老公打伤了。她伤心绝望地抱着女儿，把伊莲娜拉到了阁楼里——那是她最恐惧的地方，却没有见到想象中的老鼠，只有一堆乱七八糟的杂物。母亲带着她到阁楼的最深处，拨开几层废纸板，露出一幅古老的油画。

油画上是个三十多岁的男人，相貌颇为英俊，面色苍白而冷酷，只有嘴唇是鲜红的。他的双目炯炯有神，留着一撮小胡子，穿着华丽的贵族服饰，身后似乎是黑夜中的城堡。

妈妈抱着伊莲娜说："这就是我的祖先，德古拉伯爵！"

"《吸血惊情四百年》里的德古拉？"

伊莲娜刚看过这部电影，这个吸血鬼给她留下了深刻印象。

"没错，我们是罗马尼亚最显赫的贵族，统治一块山区长达五百年。直到第二次世界大战，作为德古拉家族最后的继承人，你的外公孤身逃出了欧洲，隐姓埋名来到美国定居。虽然，我心甘情愿嫁给你爸爸，忍受他多年来的酗酒和殴打，但我们不会忘记自己的身份，我们身上流着与人类不同的血液，我们是永恒的家族。"

"这么说我也是吸血鬼——德古拉的后代？"

妈妈激动地点点头："我本来不想告诉你的，但是我已经做出了一个决定，会让你恨我一辈子的决定，所以我必须提前告诉你。"

"你决定了什么？"

妈妈却没有继续说下去，带着伊莲娜离开阁楼，让她在寒冬早点睡觉。

那晚，伊莲娜梦见了油画里的男子。

第二天早上起来，全家人发现妈妈不见了，她甚至连衣服和行李都没带走，孤身一人消失在大雪之中。

她只留下一张小纸条，上面写着一行奇怪的地址，那是罗马尼亚的某个地方，据说是祖先居住的城堡。

警察局很快过来调查，如果是凌晨出走的话，一定会在雪地上留下脚印，可蹊跷的是连脚印都没有。昨晚由于大雪封闭了道路，公路上没有一辆车经过。于是，警方动用了直升机搜救，附近全是白雪覆盖的森林，根本就没有任何人的踪迹。

伊莲娜的妈妈就这样消失了。

永远都没有回来过。

德古拉……

一个小时后。

沉睡的别墅，同一个阁楼。

睡在伊莲娜身边的顶顶，忽然听到某个细微的声音，那是自门外飘进来的，让她不由自主地爬了起来。她轻轻地打开阁楼门，那个声音仍然在继续，并引着她走向楼下。一步步走到底楼客厅，她看到叶萧独自站在门口，看到她却没有丝毫反应。她伸手拍了拍叶萧的肩膀，他竟然像尊雕像一动不动。

顶顶的心跳莫名地加快了，难道整个别墅都遭到诅咒了？变成了天鹅湖里的石头和动物？那个奇怪的声音又到了门外，顶顶小心地推开大门，凌晨的月光洒在脚下，视线竟是那样清晰。

突然，外面传来一阵响亮的声音，宛如春节时放的鞭炮——不，那是枪声，自动步枪射击的声音。

她紧张地靠在铁门后，摸着心口想要去通知大家。正当她要转身回去时，铁门居然被人撞开了，一个人影倒在了她的面前。

顶顶恐惧地低头一看，才发现那人浑身都是鲜血，脑袋上炸开一个窟窿，显然是头部中弹!

那人穿着士兵的迷彩作战服，手里还抓着一支M16自动步枪。同时外面的枪声在继续，似乎有几拨人在激烈地交火。又有一个人闯入门里，同样穿着士兵的迷彩服，他猫着身子躲避子弹，大声说："小姐，我来送你逃出去!"

还不等顶顶反应过来，那个士兵就用身体掩护着她，迅速将她拉出了铁门。她低着头小跑着，感到四周都是子弹穿梭，炮弹爆炸的声音也不绝于耳，保护她的士兵不时回过头，用自动步枪向敌人扫射。

顶顶浑身颤栗着穿过枪林弹雨，偶尔能听到人的惨叫声。突然前头的士兵一抖，便重重地摔倒在她面前，胸口喷出大量的鲜血，挣扎了几下便不动了。顶顶吓得魂飞魄散，立刻躲进街边的一个小店，她隐藏在柜台的后面，只露出眼睛盯着大街。

外面的战斗越来越激烈，几盏探照灯照亮了街道。许多士兵各自寻找着掩体，在街道两端互相猛烈射击，地面上很快留下十几具尸体。各种武器的声音交织着，还有人扛着火箭筒，将对面大楼炸出一个大洞。

这究竟是怎么了？一座没有人的城市里，怎么会突然发生了战争？是什么国家的军队在打仗？还是突然爆发了第三次世界大战，这里成为最重要的战场？几发流弹打到了她身边，击碎了柜台边的收银机，身后墙壁上留下几处弹痕。

就在顶顶手足无措之时，一只手拍了拍她的后背，她飞快地回过头来，却见到一张没有脸的脸。

没错，没有脸的脸。

看不出那个人是男是女，没有鼻子没有眼睛也没有嘴巴，头上只有一团白色的肉。接着那团肉开始溃烂，变成豆腐渣一样的东西，稀稀拉拉地从头上掉下来，还有几只蛆从里面爬出来。但那明显是个大活人，还在继续向前走，一路留下那些肮脏的东西。

那个“人”，走到外面的大街上，突然一串子弹打中了他，他全身就像跳迪斯科那样动起来，跳了几下古怪的霹雳舞之后，摔倒在地上死了。

顶顶目睹了这一切，几乎要把晚饭呕出来了，一发炮弹打中了楼上，整栋楼都摇摇欲坠了。她可不想被活埋在底下，急忙冲出了小店，沿着街角一路狂奔过去。这时满街都是枪声和流弹，从枪口射出的火光，照亮了黎明前的黑暗，空中又响起了直升飞机的轰鸣。

正当她要冲进一条小巷时，感到后背微微一热，是什么东西迅速钻入了身体……

一枚子弹。

眼前骤然猩红一片，像被泼上了一瓶红墨水，接着什么都听不到了，只剩下红色的世界，整个城市渐渐坍塌陷落，变成巨大的建筑废墟。

她看到了黑色的四翼天使，翩然降临到沉睡之城，抬起她的身体向天空飞去。硝烟仍然在旷野中弥漫，月亮变成鲜血的颜色，在满目疮痍的断壁残垣之上，茶花正灿烂绽放……

在顶顶即将升到高空时，她重新睁开了眼睛，却见到阁楼黑暗的斜顶。

身下是硬硬的地板和毛毯，旁边伊莲娜还在睡着，她摸了摸自己的后背，早已是冷汗一大片了。她大口喘息着站起来，走到阁楼的窗户边，外面仍然是沉沉的黑夜，看看时间正好凌晨五点。

原来只是一个梦!

如释重负地吁出一口气，回想着梦中的所有细节，实在太不可思议了，居然是城市里的战争，还有人浑身溃烂了，最终自己中弹身亡，却被四翼天使接去了天庭，这个奇怪的梦预兆着什么？

顶顶凝神想了片刻，忽然发觉窗外有一双眼睛——

棕黄色的宝石般的眼睛，闪着幽幽的绿光盯着她，是那只神秘的白猫，站在阁楼外的屋顶上，隔着小窗的玻璃，那也是它的梦吗？

猫眼……

06:00

2006年9月29日，天机的故事进入了第六天。

沉睡之城的黎明。

小枝仍然在沉睡。

玉灵已悄然苏醒。

晨曦射入三楼的窗户，她寂静无声地起来。床边放着一本繁文《聊斋》，正好翻到《罗刹海市》这一篇，这是昨晚小枝入睡前看的书。而熟睡中的小枝，不知何时竟抱着一个小泰迪熊，就像躺在自己家里的小女孩。

现在是清晨六点，玉灵下意识地摸了摸胸口，那坠子还在。凭窗看着下面的小院，正好是别墅的背面，楼下停着一辆白色的轿车，挡风玻璃和车身上满是水渍，昨天的大雨已让它肮脏不堪。

窗户只敢打开一道缝，玉灵贪婪地深呼吸几下，打开胸前的鸡心坠子，是那张美丽女子的相片。

"妈妈。"

心底默默地叫着，伴随浅浅的伤痛，她对自己的妈妈一无所知，除了名字——兰那。

喉咙里又一阵难受，就像火焰熊熊燃烧起来，玉灵轻轻关紧窗户，蹑手蹑脚地走出屋子。看来其他人还没有起床，昨晚的折腾都让大家累透了，她无声无息地走下楼梯，只想喝一口白开水。

当她走到二楼过道时，旁边的房门突然打开，闯出来一个眼圈通红的男人。

他是杨谋。

玉灵见到他有些害怕，本能地往旁边一躲。而杨谋则呆呆地立定了，眉头紧锁，有些尴尬。

两个人都没有说话，沉默了十几秒钟，就像这清晨睡着了的房子。

"你——没有睡好？"

还是玉灵打破了僵局，低着头往前走了一步。

"嗯。"他的眼圈不但发红，还有些发黑发紫，苍白的脸色像个瘾君子，"我没事。"

事实上杨谋就是整夜没睡，睁着眼睛靠在墙上，回想着几天来发生的事，如同电影的倒带反复播放。

何况自己刚做了鳏夫。

"你好像看到我特别害怕。"

玉灵大胆地接近了他，在狭窄昏暗的二楼走道，他那年轻英俊的脸庞，仿佛一夜之间老了十岁。

"没有，我没有。"

杨谋的回答轻得只有他自己才能听到。

"是不是因为我？"

她继续大胆地问着，只是不敢太大声，怕吵醒别人，杨谋只得低头回避："什么？"

"你妻子的死，是不是因为我？"

玉灵已猜出了几分端倪，她的聪明让杨谋无地自容，被迫抬头看着她的眼睛。这傣族女孩依旧如此迷人，异域目光像蓝色宝石，第一次在盘山公路见到她时，便是这种奇异的感觉。

此刻他已无法再躲避了，嘴里喃喃地吐出一个"是"。

"对不起，非常对不起！"玉灵感到一阵难受，紧接着补充了一句，"我是在对你的妻子说。"

"不，该说对不起的人是我，一切都是我的错，完全与你无关。"

杨谋到现在还不敢说，那天在水库偷拍她游泳的事，无论是对死去的唐小甜，还是对眼前的玉灵，他都无法面对这件事。

"那请你振作起来吧，我知道你很悲伤，但既然我是你们的地陪，那我就有这个责任，让你们度过一个愉快的旅程，无论发生什么可怕的事情。"

虽然只是二十岁的女孩，但这些话却那么成熟老练，远远超出了玉灵的年龄。

"好，我答应你。"

杨谋忽然有些感激她，虽然歉疚无法消除，但与她相比之下，自己竟那么软弱与龌龊。

她也微笑着点点头，将手放到他的手背上，只停留了不到一秒钟，便轻快地走下了楼梯。

来到底楼寂静的客厅，叶萧正躺在沙发上熟睡着。玉灵悄悄地走进厨房，刚给自己倒了一杯水，旁边就闪过一个高大的身躯。

“刚才在楼上和谁说话？”

原来是童建国，差点儿把玉灵给吓个半死，她捂着胸口说：“是杨谋，怎么了？”

“没，没什么。”五十七岁的钢铁汉子，表情却如此不自然，他指着杯子说，“口渴了吧，快喝吧。”

玉灵赶紧一口气把水喝完，轻声问：“怎么没见到孙子楚？”

孙子楚在卫生间里。

他已经坐了超过半个钟头，底楼的卫生间不能洗澡，镜子上也蒙了一层锈。他缓缓地站起来，两条腿都麻得不能动了，宛如无数钢针猛刺着肌肉。当血液渐渐重新流通，腿麻的感觉消逝之后，他仍然站在里面不出去。转头看着朦胧的镜子，只能照出一张脸的轮廓。

“你是谁？”

看着镜子里的自己，他却无法辨认清楚，甚至感觉那是另一个人，如此陌生又如此可怕，一直在黑夜追杀自己，现在已把刀对准了心脏。

他紧张地摸了摸心口，冷汗早已滴落下来——那些被追杀的梦，还有今天凌晨在楼上，难道全都是真的？

林君如居然说他在梦游！而他自己说不清楚，怎么会在三楼见到小女孩，又像个僵尸一样到二楼，感觉全部都是梦，却又是那样真实可信。当他被林君如叫醒时，自己确实是在行走，并不是躺着或靠着。根据她的描述和那时的感觉，一切都非常符合梦游的症状，他仿佛幽灵一般在楼里行走，自己却毫不知晓，并将在一场噩梦后遗忘。

不！孙子楚再次抱紧了脑袋，不敢相信这些会是真的，他以为这些都只是往事，遥远到根本不会再记起了，遥远到全部从记忆中删除了。

但一切又重新开始了，那无休无止的噩梦！

没错，他曾经犯过梦游的毛病。在六七岁的时候就有，经常半夜开门出去，在外面转悠两个多钟头，直到被街道联防队员发现，作为走失的儿童送到派出所。第二天早上醒来以后，才说出自己家在哪里，让心急如焚的父母领回去。为此父母带他看了许多次医生，担心他将来会不会得精神病，给他心理和药物的各种治疗——对于童年的孙子楚来说，这是比梦游更可怕的噩梦。在尝尽了各种苦头之后，他终于在十岁那年克服了疾病，父母经过连续三百多夜对他的盯梢，才确信他的梦游已经痊愈。

已经二十年过去了，他再也没有犯过梦游，恐怖的噩梦远离了他。只是偶尔夜里惊出一身冷汗，然后又安安稳稳地睡下去。

然而，几个小时前梦游再度袭来，仿佛二十年的人生都白过了。他又成为了那个小男孩，黑夜里孤独地游荡着，接受不幸的灵魂们的召唤……

孙子楚重重地打了自己胸口一拳："该死的！"

从什么时候开始犯老毛病的？刚来到泰国的那几天，他每夜都混在外面的酒吧，不是和欧洲的美女游客聊天，就是跑去看通宵的人妖表演，几乎没在酒店里睡过觉，所以那几天是不可能梦游的。

唯一的可能就是来到这里——沉睡之城！

仔细回想进入南明城的第一天，旅行团找到那个居民楼暂住，他并没有和叶萧住一间，而是和导游小方同屋。

小方？

就是那一晚，导游小方死了，神秘地死在了楼顶天台。

小方正好和孙子楚住一个房间。

这是巧合吗？

额头的冷汗冒得更多了，孙子楚在狭小的卫生间徘徊，努力想着那晚的事情。他记得自己早早睡觉了，然后做了一个奇怪的梦——

好像跟随着一个年轻男子，走出了黑暗的居民楼，来到清冷寂静的街道上。他走进一个古老的房子，却发现里面有成千上万的蝙蝠。他吓破胆似的转身逃走，蝙蝠在后面紧追不舍，就在一只硕大的蝙蝠扑到他脖子上时，他却从噩梦中醒了过来。

然后孙子楚就发现小方不见了，便走出房门到处寻找他。直到在楼顶的天台，发现浑身糜烂而死的导游。

那晚有没有梦游？难道那根本就不是梦，而是真实的？他确实和小方的死有关系？或者就是自己干的？

想到这他紧抓着头发，脑袋几乎要爆炸了。他赶紧把思绪转移到第二夜，当屠男失魂落魄地回到大本营后，是躺在孙子楚的房间里的。他就坐在沙发上渐渐睡着了，等到自己醒过来的时候，竟已在街边的一个宠物用品店里！一直都没搞清楚是为什么。但他很快就遇到了叶萧他们，一起回到大本营二楼时，却发现屠男已经死了！

孙子楚无法解释这一切，为什么明明和屠男一个房间，却会在几百米外的地方醒过来，回来见到的便是一具尸体——现在重新回想一下，毫无疑问就是梦游的症状，睡着以后自己跑了出来，然后在宠物用品店醒来。

但在他梦游的时候，究竟还发生了什么事情？足以使屠男送命的事情？

天哪，自己究竟干了些什么？

嘴唇几乎要被咬破了，孙子楚感到彻骨的恐惧，这比自己要死了都更吓人。虽然没人会怀疑他，但小方和屠男临死之前，不都是和他在一起吗？如果这么分析，他们两个人的惨死，都很有可能与孙子楚有关。

难道凶手就是自己？

怀疑……怀疑……怀疑……

孙子楚重新看着镜子，那个人竟如此陌生，如此丑陋，仿佛从来都没有见过——镜子里的人形容枯槁。不再是那个依仗大学老师的身份，四处猎艳寻芳，卖弄知识自吹自擂，对他人滥施语言暴力，仿佛世上只有自己聪明，别人都是傻子。其实他什么都不是，只是个半夜梦游的傻瓜加胆小鬼！

啪！

他重重地打了自己一个耳光，随后涨红着脸冲出卫生间。没想到叶萧正好在外面，两个人猛然撞在一起，都吓了一跳。

当叶萧要一拳打下去时，才发现是孙子楚的脸，样子却与平时完全不同，眼睛瞪得要突出来，脸色涨得就像狗血，嘴唇发紫，不停地哆嗦。

"你怎么了？"

叶萧将他拉了起来，孙子楚闭上眼睛，绝望地回答："饶恕我吧。"

第四章 ■ 罪恶之匣

07:00

沉睡的别墅渐渐苏醒。

玉灵在底楼的厨房准备早餐，冰箱里有些没过期的保鲜食物，液化气的灶台还可以使用。

叶萧喝了一大口热水，独自走出大门，清晨的空气如海风扑到脸上，湿润而浓郁地充塞鼻息，仿佛坐在水底呼吸，肺叶里也满是湿气了。

先检查一下院墙的铁门，确定还可以很好地锁牢。回头再看看小院子，狭窄地簇拥着三层别墅。眼前是一团模糊的雾气，但能看清二楼和三楼的露台。与半夜里看到的感觉截然不同，如果半夜里看它像惊悚小说，那么此刻看就就像童话故事。

别墅旁边明显有条车道，叶萧缓缓地走了过去，绕到房子的背后。在一片不到十平方米的竹子前，停着一辆白色的大众

帕萨特汽车。车门和车窗都紧锁着，污渍和尘

埃让它变成了“灰车”，看不清车厢里还有些什么。

院子里并没有后门或车库，墙后面就是别人家的房子。当他从另一边绕回来时，发现一个木头搭的小房子，高度只有一米多，里面铺着早就发臭的布，外边还有个奇怪的圆柱体，外形有些像消防栓。叶萧托着下巴想了想，才明白这是个狗房子，以它的规模和高度来看，肯定是给大型犬准备的。至于那个像消防栓的家伙，自然就是狗狗撒尿的器具了。

他苦笑了一声绕到前面，回到客厅里才发现，童建国已经把大家都叫下来了，许多人都还没有睡醒，躺在沙发上又闭上了眼睛。

“没这个必要吧。”叶萧到角落对童建国耳语说，这几天都累得不成样子了，“就让大伙再休息一下吧。”

“你放弃了？”

叶萧像是受到了侮辱，立刻扬起头说：“没有！”

“在这里的每一分钟都充满了危险，绝对不可以停下来，没有人再会来救我们了，除了我们自己！听我的没错。”

童建国不紧不慢地说，随后又去叫大家吃早餐。所有人都聚集到了餐桌上，林君如和秋秋打着呵欠，伊莲娜干脆仰着头小憩。玉灵把早饭放到了桌上，叶萧同时清点着人数——还好一个都没少。

短暂的睡眠让人无精打采，整顿早餐几乎没怎么说话。当大家陆续吃完以后，秋秋却盯着餐桌的玻璃台板不动了。

台板下压着一张地图——南明地图。

就在秋秋眼皮底下，是地图的正北方位置，她的视线落在城市的北缘，完全超出了市区范围，地图上显示为绿色的山区。一条弯曲的小路向上延伸，直到某个微小的黑点，她低头仔细看着，才发现那是个骷髅标识，下面印着两根交叉的白骨，宛如加勒比海盗的旗帜。

这个古怪标志的底下，印着一行数码：A709。

A709？

这一个英文字母与三个阿拉伯数字，如打字机敲打在秋秋脑中。没错，前天下午也是在地图上，她发现了这个标记——A709。

“你在看什么？”

钱莫争以为女儿又发呆了，立刻转到她身边低头去看，秋秋伸手指了指那个标记，钱莫争也立时皱起了眉头。

很快，所有人都聚拢在地图前，童建国还把玻璃抬起来，将地图抽出来仔细查看。

这个“A709”以及海盗标识确实很奇怪，地图边上的图例中，并没有显示这是什么意思，也许是地图上的一个秘密记号，不能让普通市民知道的地方。可既然如此的话，就不要印在公开出版的地图上啊。

“你看这个标识的位置，处于地图的最北部边缘，我们是从最南端的隧道进来的，那么这个最北端的地方，或许就是南明城的后门？”叶萧皱起眉毛，却仍难掩心中的兴奋，“一个秘密的后门，只能用这种隐秘的方式来标记。”

“嗯，我们已经去过东面和西面，北面还是未探索的处女地呢，谁知道那里有什么？也许就是我们逃出去的路！”

林君如总算是清醒了过来，回头拍了拍孙子楚的后背，这家伙却像蔫了似的，傻傻地坐在原地不声不响。

“那还在等什么？我们赶快去那里探路！”童建国立刻收起地图，小心地放在背包里面，“谁要跟我去北面？”

08:00

天空覆盖着铁色面具，湿润的空气无孔不入，在寂静的大街上潮起潮落。

六个男女在这片潮上起落，打碎了沉睡之城的安宁。他们的行囊里有水和食物，还有手电筒和指南针，沿途“洗劫”了所有的超市，带上一切可能有用的物品。

一路向北。

童建国的手里摊着地图，目光仍落在最上端的标识——A709上。

他的身后是叶萧、杨谋、林君如、伊莲娜和玉灵，六个人排成一字长蛇阵，小心翼翼地向北前进，叶萧手里还攥着个铁扳手，以防什么野兽的突然袭击。

五分钟前，他们走出了别墅，按照地图上的方位，去寻找逃出南明城的“后门”。

路边停着一辆克莱斯勒SUV，车况看起来还不算太糟。童建国如法炮制地打开车门，变戏法似的让车子开动了起来。叶萧坐在他旁边看着地图，其余人都坐在后面两排，放下布满污垢的车窗，仔细观察着马路四周。

油箱里的汽油足够用，车子很快开到南北方向的大街上，十分钟后绕过街心花园的转盘。林君如看着那花园里的雕像，心里泛起一种奇怪的感觉。经过电视台所在的大楼，SUV 开到南明城的正北方，一路上都没看到什么异常，直到穿出最后一排建筑。

又是一片杂乱的树林，道路变得弯弯曲曲，看不清前方的直路，两边出现了大块的岩石。人们渐渐感到地势在上升，童建国加大油门开始爬坡，进入一条狭窄的山道。再往后看已见不到城市了，森林和峡谷将他们包围，又将通往“另一个世界”？

叶萧仔细看着地图，这条弯曲的小路，正好处于地图的正上方，看来这条路并没有走错。十分钟后，已经远远离开了南明城，山道转角突然出现一座岗亭，迎面有道栏杆挡住了去路。

急刹车之后，童建国和叶萧都跳了下来，岗亭看起来很破烂，里面可以容纳一个人睡觉，没有发现其他的文字。他们将栏杆摇了起来，坐上车继续向山里开去。

前方的路更加艰难，SUV 不断地颠簸，在连续爬了一段陡坡之后，车子终于再也走不了了。童建国被迫拉起手刹，让所有人都下车来，又给车轮后面垫上了石头。

再往上就只能步行了，事实上已经没有路了。地图上的弯曲小道，到这个位置也消失了，“A709”就在这后面不远处。

林君如疑惑地看着四周，茂密的森林将他们覆盖着：“这里怎么看都不像是南明城的‘后门’啊。”

“上去看看再说吧。”

童建国领头往上爬去，其余人只得跟在他的身后，彼此手拉着手以免滑倒。至此已完全分不清路了，杨谋拿着指南针，只看准正北方向，直到头顶出现一道铁丝网。

铁丝网整整齐齐地拉在正上方，宛如一堵高墙，保卫着网里的世界。此时童建国就像个特种兵，小心翼翼地探出头来，隐蔽在荒草丛中。只见铁丝网的后面，竟是一片空旷的平地，将近足球场的大小。他从叶萧手里接过铁扳手，将铁丝网打破一个缺口，率先爬了进去，其他人也接踵而至。

“天哪，这是什么地方？”

玉灵吃惊地望着眼前的旷野，这是一座高耸的山顶，却像被刀削过一样平整，几乎看不到一棵树，只是边缘有些灌木和野草。脚下并不是岩石或泥土，而是异常厚实的水泥和沥青地，显然这里是人工建造的！

"这就是 A709？"

伊莲娜拿起海拔测量器——从路边一家户外运动俱乐部里"借"来的，显示的海拔高度正好是 709 米。

原来 A709 的意思就是海拔 709 高地！

六个人兴奋地走到空地中央，眺望四周尽是莽莽群山，怪不得在城市里看不到，这里是最隐秘的地方，就连地图上也只能以海盗旗来标记。

空地上画着许多白线，也许是经过的年月太久了，许多已经褪色模糊，但从远处仍能看出整体的轮廓，有几个靶心状的圆环。童建国蹲下来沉思片刻说："我猜——这是一个直升飞机场！"

"直升机场？"

大家听他这么一说，再看地上的圆环标识，以及周围空旷的环境，直升机场几乎是唯一的解释了。

"南明城的直升机场？"叶萧却皱起了眉头，看着周围的铁丝网说，"为什么不把上来的路修好呢？难道要自己爬上来坐飞机？"

他的疑问也让大家难以回答，伊莲娜径直向机场的另一端走去，那里有一排单层的房子，还有看起来很高大的仓库。

众人也一同跟了过去，穿过空旷的山顶机场，阴郁天空下的山风，吹乱了女人们的长发，也吹乱了男人们的心。

伊莲娜第一个冲到那排房子，看起来已是破败不堪，几乎所有的玻璃都碎了，几处屋顶也已经没了，就连门板都不知哪去了。她小心翼翼地踏入敞开的门，头顶射下来清冷的光，仿佛教堂废墟的屋顶玻璃中透出的光线。屋子里面乱七八糟，还有黑糊糊的烧焦的痕迹，几十张生锈的钢丝床裸露着扭曲的黑色钢铁。

这凄惨的山顶小屋，再加上一股陈年腐烂的气味，让玉灵和林君如顿感恶心，她们急忙退出了房子，回到空地上大口呼吸。童建国也皱着眉头走出来，心里渐渐浮起不祥的预感，眼前一切都好像与自己有关，甚至似曾相识？

童建国和叶萧走向旁边的仓库，那高大的铁板屋顶，让人联想到壮观的飞机工厂。仓库的大铁门紧闭着，童建国在门口琢磨了片刻，突然从裤脚管里掏出手枪。

"你要干什么？"

这家伙让叶萧心里一颤，他曾经与童建国抢夺过这把枪。

“请后退几步，当心跳弹！”

说完童建国把枪口对准仓库大门的铁锁，叶萧摇着头后退了几步，担心让女人们也看到这一幕。

转眼就是一声清脆的枪响，铁锁被子弹打成了两截。童建国迅速将手枪塞回裤管，顺势打开了仓库大门。

其他人都惊慌失措地跑过来，不知道刚才是什么声音？叶萧尴尬地回头说：“别害怕，只是个旧轮胎爆了。”

这时仓库大门已完全打开了，只见里面升腾起几米高的灰尘，大家被迫又退了十几步，蒙着鼻子等待烟尘散尽，才敢轻手轻脚地走进去。

光线射入巨大的仓库，渐渐照出一堆黑色的影子——扭曲的钢铁怪物。

是的，这家伙的样子太奇怪了，宛如美国科幻恐怖片里的“异形”。黑色的身体布满锈迹，狰狞的四肢伸向天空，地上满是废铜烂铁的零件，如同一具烧焦了的尸体。

六个人都露出厌恶的目光，杨谋捂着嘴巴说：“不会是外星人的遗骸吧？”

只有童建国轻轻地靠近它，在那堆废铁中找到一些零件，还有几段破碎的钢铁螺旋桨片。他大胆地钻进“怪物”体内，摸出一个破烂的飞行头盔。最后，他在一块钢板上发现了白色的五角星，那是美国军队的标志。

噩梦——多年前的噩梦又一次袭来，那个悲壮惨烈的夜晚，仿佛听到直升机螺旋桨的轰鸣，强劲的风吹乱他的头发，探照灯自空中打到脸上，接着是一串红色的火焰，他的身体被撕成碎片……

黑鹰！

UH—60黑鹰直升机，以一位北美印第安酋长的名字命名，由西科斯基公司制造的，最常见的美国军用直升机。

黑鹰坠落在他的面前。

童建国灰头土脸地钻出来，面色凝重地对大家说：“这是一架美制黑鹰直升飞机，这里并不是民用机场，而是一个起降直升机的军事基地！”

“南明城的军事基地？”

“不，是美军基地。”

“美军？”美国女孩伊莲娜睁大了眼睛，“怎么会在这里？”

童建国却默不作声了，三十年前他在金三角游击队，曾多次与美军特种部队交火，最常遇到的就是这种直升机！但这段隐秘的历史，还是让它永远被埋葬吧！

眼前这面目全非的直升飞机，显然在战斗中遭受重创或被击落，以至于无法修复并运回国。但这种情况美军通常都会销毁它，为什么留下了那么多残骸？不知当时出了什么变故？

仓库墙上贴着一些海报，全是美国总统的形象，依次排列为约翰逊、尼克松、福特、卡特，最后一个是里根——从七十年代到八十年代，所有的美国总统都在墙上了。

他们缓缓走出仓库，回到令人窒息的那排房子里，显然这里就是美军的营房。这回童建国他们搜索更加仔细了，叶萧找到几个铁皮柜子，费了很大力气才打开，里面居然是美国报纸和杂志。厚厚的报刊散发着油墨味，许多都几乎从未被打开过，几个人一齐把它们搬出来，摊在光线下细细查看。

最底下的报纸是1970年的《纽约时报》，当中几乎一期都没有断过。最上面的则是1983年的《时代》周刊，封面是“今日克格勃——安德罗波夫窥探世界的眼睛”，十足的冷战时代产物，就像这个沉睡的美军基地。

没有发现比1970年更早的报刊，也没有发现比1983年更晚的，几乎可以肯定A709美军基地，从1970年到1983年存在了十三年！

全世界却对此一无所知，除了这个基地的敌人童建国。

这十三年是美苏冷战最高潮的十三年，也是美国全面败退的十三年。虽然早已风水轮流转，但当年驻守于此的美国大兵们，绝想不到苏联竟如此快地灰飞烟灭。

叶萧等人接着搜索，发现了许多美军遗留下来的东西，但没有发现武器弹药，也没有军用地图之类的重要资料。剩下来的都是些生活用品，甚至就是废弃的垃圾，显然有价值的东西早就撤光了。

当众人还在翻箱倒柜时，伊莲娜独自走到了房子最里侧，屋顶破开一个大洞，透下来的阳光将这片角落照得通亮。在几片脱落的涂料背后，墙上刻着一行歪歪扭扭的英文，翻译成中文的大意是——

今天，我射杀了十三个俘虏，特此留念

特种兵　伊万·瓦西里·阿姆索诺夫　下士

1972年7月4日

这一天是美国的独立日。

但伊莲娜的目光，却全部集中在那个名字上：**伊万 · 瓦西里 · 阿姆索诺夫**。

因为，这是她爸爸的名字。

每个字母都是那么清晰，标准的俄罗斯式的姓名，在上百万美军士兵中，不会再找出第二个伊万·瓦西里·阿姆索诺夫了！

1970 至 1973 年间，伊莲娜的爸爸确实在陆军特种部队服役，并在越南战场上度过了三年。

虽然这里并不是越南，但毕竟是在中南半岛上，对于搭乘直升机的特种兵而言，从这里飞到原来的北越只要半个小时。

而越战并不局限在越南一国，整个印度支那三国甚至金三角，都曾经是各种武装的战场。美国人把基地设立在越南之外，反而更有利于他们的行动，那是疯狂的七十年代，《现代启示录》的年代，让人变成杀人机器的年代。

“我射杀了十三个俘虏”——如此平静的语气，就仿佛打死了十三只兔子！伊莲娜不敢相信这是自己父亲写的字，但她又确信无疑下面的签名，无论是字母的拼写还是笔迹，都毫无疑问属于她的父亲。

也许，他也曾经是个魔鬼？

伊莲娜不敢再看那堵墙，抱着头退回到其他人身边，叶萧警觉地拍了拍她：“怎么了？”

但她无法回答，这一切难以启齿。此刻她终于明白了，爸爸为什么从不提越南的事，因为他可能从未到过越南！也明白了他为何经常在噩梦中惊醒，因为在这里的岁月本就是噩梦！还有爸爸为什么经常痛打妈妈，因为一旦沾上了罪恶的鲜血，就再也难以洗刷掉魔鬼的印记！

这个赐予自己生命的男人，这个生她养她怜她爱她，同时又令她无比仇恨的男人，一辈子都没有走出这场战争，也没有走出这片沉睡的基地。

忽然，她觉得爸爸很可怜。

09:00

沉睡的别墅。

钱莫争不再跟随探险了，他在楼上保护着秋秋，绝对不能再出现纰漏了。

最让人意外的是孙子楚，每次外出他都是最积极的，这次却像个胆小鬼，主动退缩留守了。叶萧虽然感到很意外，但看到他那难看的脸色，便只得让他留下休息了。大部队离开之后，孙子楚一个人坐在客厅里，空旷而寂静的大房子中，自己仿佛是个孤独的鬼。他痛苦地闭着眼睛，强迫大脑成为一家电影院，将最近几个夜晚的记忆，全都从头到尾地反复放映。

特别是那些梦——有的是那么虚幻，有的又是那么真实，甚至那么令人毛骨悚然！一格一格地变成慢动作，仿佛匕首一寸一寸地刺入他的心。

在孙子楚的心脏渐渐碎裂时，三楼房间里响起小枝的歌声——其实也没有什么歌词，只是轻声哼着一段旋律，周而复始地冲出咽喉，那是陈绮贞的《小步舞曲》。

顶顶始终坐在她的身边，叶萧不让顶顶离开屋子，嘱咐她要守护好小枝，这让她的心情也有些烦躁。尤其是听到小枝哼唱，就更让她坐立难安了，怎么说自己也是专业的歌手，在她面前唱歌不是班门弄斧就是挑衅。

"哼吧哼吧，我知道你闲着无聊！"

顶顶起身走出房间，嘴里也哼出了旋律，那是她的《万物生》……

叶萧不让她跟着出去探路，让她感到分外空虚，这栋房子好像变成了监狱，自己成为孤独的女囚。她哼着歌来到底楼，见到孙子楚依然坐在沙发上，木头人似的闭目养神，根本没感觉到她下来。

客厅寂静地让人发疯，顶顶刚想去喝口水，便听到外面响起了敲门声。透过窗户看玄关外并没有人，是有人在敲外面院子的铁门。

孙子楚依然没有反应过来，也许是睡着了吧。顶顶疑惑地走出房门，轻轻地走到院子里，那敲门声却还在继续，有某种特别的节奏，不紧不慢地撩拨着人的心。

大概是叶萧他们吧？照理说不应该那么早回来的，难道中途出了意外，全都逃了回来？

"谁啊？"

她躲在门后问了一句，但那敲门声还在继续，却没有半点回答的声音。

会不会是狼狗？但声音是从铁门上方发出的，明显是由人的手指关节敲击发出的，狼狗是不可能做到的。

犹豫了几秒钟后，顶顶打开了铁门。

门外站着一个人。

不是叶萧，也不是童建国，不是杨谋。

是一个男人，一个陌生的男人，头发花白的男人，确切地说是一个头发花白的老年男人。

老人看起来有八十多岁，雪白的头发还很茂盛，脸上的皱纹并不是很多，两颊的血色也还不错，可以算是传说中的鹤发童颜。他的身材高大而挺拔，穿着黑色的衬衫、绿色的裤子，昂首挺胸地站在门口，像个军人一样充满了阳刚气质，简直是不怒自威。

尤其是他的双眼，完全不像老年人的沉暮，反而比年轻人更有神，厚厚的眼皮下两道目光犹如震撼人心的摄影作品，直逼迫得顶顶连连后退。

为什么要以这种眼神看着我？她在心里虚弱地发问，因为我是一个不请自来的强盗？

没错，老人正盯着这个不速之客——擅自闯入沉睡之城，又窃居了他人的房屋。

当她和那双眼睛相撞时，感觉自己要被完全压扁了，双手和双脚都在颤抖，刹那间她想起来了。

她见过这张脸！

从见面的第一秒钟起她的脑中就掠过这个念头，却又无法想起是在哪里，但现在总算记起来了。

在——梦里。

那是几天前的凌晨，在沉睡之城的睡梦中，她被某个声音引到大街上，进而见到了一个老人，正是眼前的这张脸！

老人告诉她：**“罪恶之匣，已被打开。”**随后她接到一个电话：“GAME OVER！”

梦，就这样醒了。

此刻，梦中的老人，又一次站在她的面前，会不会依然是梦呢？或者自这个故事的一开始，就是大家在集体做一个梦？

顶顶狠狠掐了自己一把，却疼得差点喊出声来，而老人的眼神也微微一抖。

不，她能感受到老人呼出的气息，她深吸了一口气，鼓足了勇气问道：“请问——你是谁？”

"你是谁？"

老人迅速反问了一句，是相当标准的国语，声音丝毫不拖泥带水，听声音还像四十岁。

"我——"顶顶竟一时语塞了，她不知道该如何介绍自己，只能下意识地回答，"我叫顶顶。"

"你在这里做什么？"

"不，我不是强盗！我只是……泰国旅游……迷路了……旅行团迷路了……才来到这个地方……沉睡之城……"面对目光锐利的老人，她几乎语无伦次，"这里究竟是什么地方？为什么一个人都没有？到底发生了什么事？"

老人的表情趋于平静，淡淡地说："可怜的人，什么都没有发生过。"

当她在皱着眉头琢磨这句话时，老人已转身离开了院子。

"等一等！"

她立刻追了上去，但老人的脚步非常快，完全不像是他这个年龄，他很快走出小巷来到街上。但顶顶绝不会把他放过，好不容易见到一个陌生人,原本以为小枝是这里唯一的活人呢,看来可能还有不少"幸存者"。

顶顶跟着追到大街上，老人闪进隔壁的小巷。当顶顶追进去时，小巷里只剩下满地的垃圾和落叶，再也见不到任何人的踪迹了。

小巷两侧有不少小门，连接着里面的深宅大院，她不敢踏入其中任何一间，只能向四周大喊："喂！有人吗？"

许久都没有人回应，老人就像一团空气，飘散在寂静的院墙间了。

顶顶怔怔地站了半分钟，感觉自己的手脚冰凉，突然之间如此地孤独无助。

她默默地转回头，原路走回到别墅里，重新关上院墙的铁门，脑中仿佛回放着那个梦。

梦中的声音在耳边挥之不去——

罪恶之匣，已被打开。

已被打开……

她一步一顿地回到客厅，孙子楚居然还在闭目发呆，顶顶无奈地叹息了一声。回到三楼的房间里，却发现小枝不见了。

小枝不见了！

仿佛一盆冷水浇到了头上，顶顶这才惊醒了过来，背后的冷汗都冒了出来。她急忙寻找楼上的其他房间，包括阁楼和露台。钱莫争和秋秋还在，但他们都没有看到过小枝。

她又飞快地跑下楼，把半死不活地孙子楚叫起来：“喂，你看到过小枝吗？”

“我在哪儿？”

孙子楚还揉着眼睛，一副没有完全睡醒的样子。

顶顶几乎想要打他了，她猛地打了个激灵，又彻底查看了底楼，还是不见小枝的踪影。她心急如焚地跑出去，在院子里转了一圈，仍然是一无所获。

最后，她冲到铁门外边，看着寂静的小巷，与外面空旷的街道。

笼子已经打开，小鸟为什么不飞出去?

09:30

南明城北部的崇山峻岭中，童建国重新发动了车子，找了一处空地掉头，沿着山路往下开去。其他人都已坐上了车，伊莲娜在最后一排，眼角含着泪水回过头，望着再也看不到的——A709，那里有爸爸的青春，被铁丝网围困的废墟基地。

SUV颠簸着下了山，惊险的道路让大家都捏着冷汗，胃里也颠得难受。叶萧回想废弃的美军基地，怎么也无法与南明城挂上钩，难道这座城市就是为美军服务的？但这基地早在二十年前就荒废了，南明城直到去年还生机勃勃，天机的世界还会有什么？

车子艰难地回到市区，沿着城市的中轴线向南开去，没多久杨谋突然喊道：“停一下！”

童建国立刻急刹车，众人都往前猛地一冲，还以为要撞到什么东西了。杨谋却指着道路左侧说：“电视台，我们得去那里看看！”

原来正好路过一个很大的路口，南明城的最高建筑，电视台大厦就矗立在这里。

玉灵坐在他后面说：“我们不是上去过吗？就在进入这里的第二天。”

“是的，当时还没有电，我们只能使用蓄电池，准备用电视台的卫星天线与外界联络，却差点被雷电烧死。”杨谋已经跳下了车，仰望电视台的楼顶说，“但现在已经有了电！你知道电视台对我们最重要的是什么？”

童建国下车摇了摇头："难道你要向全世界直播吗？可惜楼顶的天线已经烧毁了。"

"不，电视台里有大量的影像资料，纪录着南明城以往发生过的一切，我们可以去看看那些录像，就能知道南明城的过去，知道沉睡之城为什么会沉睡！"

"没错，这是个好主意！"

叶萧立刻就明白了，电视台就是个资料库，一定会有大量的新闻录像，可以揭示一年前的"空城之夜"究竟发生了什么。

他第一个往电视台大楼走去，童建国和杨谋紧跟其后，三个女生也纷纷下了车。大楼里照旧黑不隆咚，他们找不到电灯开关，倒是电梯灯还在亮着——上次他们徒步走了十几层楼。

杨谋轻轻按开了电梯，两道门迅速打开，黄色的灯光闪烁着，一阵白色烟尘飘扬出来。叶萧本能地堵上口鼻，眯着眼睛向电梯里看去，烟雾下隐隐躺着一个人形！

林君如和伊莲娜都吓了一跳，差点惊恐地叫出来。只有童建国还纹丝不动，直到电梯里沉积了一年的烟尘渐渐散去。

确实是个人！

一个死去的人，尸体早已腐烂得无法辨认了，只剩下一堆肮脏的衣服，好像是套西装，包裹着一个可怜的尸骨。

在阴暗的底楼大厅里，只有电梯里亮着黄色的幽光，宛如教堂里的神龛，更像黑暗舞台上的唯一光圈，主角却是这个死去的人。

没有人敢走进电梯，只是怔怔地在外面看着，女人都躲到了男人们身后。叶萧习惯性地拧起眉毛，无法判断这个人的死因，他究竟是被谋杀在了电梯里？还是因为刚刚走进电梯，就突然停电而无法打开门，困在这钢铁棺材里被活活饿死了？

总之，他很不幸。

电梯门缓缓地自动关上了，就让它永远埋葬这位死者吧。

"谁都不想变成这个样子吧？现在大家都听清楚了，绝对不能在南明城里坐电梯，再高的楼也得爬楼梯！"

叶萧说罢走向了楼梯，大家也只能硬着头皮往上爬。

还好找到了每层楼的电源，让电灯照亮走廊和办公室，许多沉睡了一年的电脑显示器亮了起来。

三楼是直播大厅，灯光舞台一应俱全，能够容纳好几百人做节目。

叶萧是第一次来到这里，正好杨谋打开了拍摄用的照明灯，那强烈的灯光眩得他睁不开眼睛——

大厅仿佛一下子热闹起来，主持人就在旁边插科打诨，嘉宾和明星说着滥俗的话，梦想一夜成名的小女生，在选秀节目上流着廉价的眼泪，从台湾请来的评委互相争风吃醋，观众们举着偶像的牌子尖叫……

最终，走到灯光下的是叶萧自己。

他发现脚下是高高的 PK 台，站在对面与自己对决的，竟然是荒村的欧阳小枝。

这个二十岁的神秘女生，骄傲地扬起下巴，看似清纯无瑕的眼神，却足以诱惑任何男子。

她是毒药?

“吃下这颗毒药吧”，某个声音在耳边响起。

叶萧抓起的却是麦克风，说出一句软绵绵的选秀 PK 语录——

“我已经努力了！就算倒在 PK 台上也没有遗憾！感谢评委！感谢所有支持我的‘叶子’！”

刚说完这句话，对面的小枝抬起手来，竟握着一支手枪，黑洞洞的枪口对准他的眉心。

她微笑着扣动了扳机。

一颗子弹从枪管里飞出，径直钻进了叶萧的大脑，又从后脑勺冲了出去。

黑暗，覆盖了世界。

当他重新睁开眼睛时，杨谋又关上了大灯。叶萧独自站在舞台中央，面色苍白地看着四周，林君如奇怪地看着他:“你怎么了?”

叶萧摸了摸自己的额头，除了汗水之外什么都没有，刚才的一切都是幻觉吗？为什么与自己站在 PK 台上的是小枝?

感觉像死过了一回，他走下舞台轻声说:“我们去楼上吧。”

六个人离开直播大厅，从楼梯走上了第四层，走廊口挂着块牌子:“新闻直播间”。

玉灵还从没见过新闻直播间是什么样子，便快步冲了进去，差点被地上的一堆椅子绊倒。童建国紧跟着打开电灯，空旷的房间里乱七八糟，只能依稀辨认出新闻直播的台子，还有一些固定摄像器材的机器。但上面架着的摄像机全被砸烂了，杨谋心疼地摸着这些机器，全都是价值几十万的好东西，是谁有那么大的仇恨，居然把它们砸烂呢?

地上都是被掀翻的桌椅，有的地方还有暗红色的印迹，依然昏昏沉沉的叶萧，心里怀疑那是不是血迹。直播台上也惨不忍睹，零乱散着各种小东西，几盏灯都被打碎了，包括旁边的监控电脑。这景象简直是一片狼藉，谁都无法想象，曾经有端庄美丽的女主播坐在这里，面对镜头微笑着播报新闻："观众朋友们，晚上好，今晚南明新闻的主要内容有……"

叶萧颤抖着仰起头，只见直播台后面的墙壁上，有几排明显的弹孔，有几处纸板都被打穿了。他低头在墙脚搜索了一番，果然发现了不少弹头，看起来是自动步枪射出的。

"这里究竟发生过什么？"

玉灵惊慌地回过头，指着墙上的一大滩血迹，似乎有人被当场射穿了，童建国闷着声音说："别害怕，那是一年前的事了。"

脑海中似乎现出那幕景象，但立刻又被枪声打碎了，林君如退到门口说："再上楼去看看吧。"

半分钟后，他们跑上了五楼，这里有深深的走廊，两边都是影像制作和剪辑的工作室。然而，每一个房间都已被砸烂了，许多昂贵的机器设备，变成了一堆废铜烂铁，墙上和四楼一样，也留下了累累弹孔。

"明显是故意破坏的！"在电视台工作的杨谋，对这些景象深恶痛绝，"上次因为没有电，我们直奔最顶层了，没发现这里的情况！"

叶萧仍固执地走进每一个房间，直到走廊一扇不起眼的小门前停下——这道门是锁着的。他立刻抬脚把门踹开，走进去一看也是个小制作室，有台电脑和一些简单的机器。

杨谋进来看了看说："这是个资料室，通常放一些备份的影像素材。"

说罢他打开了电脑和机器，发现这里并未被破坏过，硬盘里还储存着几十条素材，这一发现让他异常兴奋，大家都围拢在他身后。

几十秒后，小屏幕上渐渐出现了画面，闪烁的白光刺激着众人的脸，他们全都目不转睛地盯着它。

一张脸。

屏幕上出现了一张脸，确切地说是一张腐烂的脸。

这个极具冲击力的特写镜头，让林君如和伊莲娜都几乎呕吐了出来。就连童建国都皱着眉头，杨谋的手指在键盘上颤抖，叶萧却想到了进入空城的第一夜。

镜头缓缓地向后拉着，整个身体都露了出来，那是个死得悲惨至极的男人，倒在一个阴暗的角落里，白色的灯光打在他脸上，就连镜头都有些微微晃动，显然摄影师也感到了恶心。

这条素材就到这里为止了，大家都没有听到任何声音，杨谋说这是个简单的图像素材，不知道为什么声音被人擦掉了。

紧接着，第二条素材出现在屏幕上，那是一个年轻女子的脸，她化着淡妆穿着职业套装，正对着镜头侃侃而谈——可惜仍然听不到声音，就像在演哑剧一样，女人的神色非常紧张，身后的背景是一堵墙，镜头也有些摇晃，看来是电视台的现场直播，主持人或记者在对着镜头直播。后面不时走过忙碌的人，还穿着奇怪的制服，叶萧认得这是南明城的警服。

第三条素材，还是“无声电影”，白天的南明城街道，十几个男人拿着棍棒，追打一条凶猛的狗——但不是小枝的那条大狼狗。随着人群而颠簸的镜头，显示了真实生活的残忍性，那条狗就这么被活活打死了，狗血喷溅在马路上，尸体被迅速拖上一辆汽车。

这幕场景让林君如真的呕了出来，她趴到墙边吐得一塌糊涂，这才后悔早餐吃得太多了。

伊莲娜搀扶着她，对素材里的那一幕也感到不可理喻：“真是疯了！干吗要杀狗？”

“这些画面肯定与‘大空城之夜’有关！”

叶萧让杨谋查了查这三条素材的时间，全是2005年8月25日至29日间拍摄的。

那是南明城最后的疯狂？

他们又打开了第四条素材，画面中出现了一个圆形的大厅，螺旋形一直转到底下，其中每一层都有座位。对面墙上挂着巨大的剑矛护卫日月图，那是南明城的徽记，看起来庄严肃穆。许多人坐在大厅里，穿得都很正式，围绕着中央的那张桌子。有个中年男人走到桌子边上，他的表情异常焦虑，说话似乎声厮力竭，看来有强烈的表现欲。在他讲话的同时，围坐着的人们也不闲着，纷纷站起来起哄，可惜素材里听不到声音，否则一定会很精彩的。当那个人说到一半时，终于被其他人赶了下去，另一个更年轻的抢占了舞台，他意气风发地开始演讲，口沫横飞。但不知从哪儿飞出来一只高跟鞋，不偏不倚地砸中了他的额头，饶是他额头坚硬没有被鞋跟击穿，也应声倒地不敢再起来了。接着，一个浓妆艳抹的女子，一只手提着高跟鞋便气势汹汹地杀上来了，一副巾帼不让须眉的样子，她抓住话筒，连珠炮似的一顿猛说。只可惜在叶萧等人眼里，全都成了精彩的哑剧。但未待她说上几句，又有一个男人冲了上来，竟一拳将她打倒在地，这幕“全武行”不禁令人哑然失笑，林君如立时想起了台北“立委”们的肢体大战。镜头默默地记录着一切，整个场面大乱，许多人冲到台上群殴，高跟鞋与公文包齐飞，鲜血共鼻涕一色……

画面在“精彩”的时刻中断了，众人都已看得目瞪口呆，这大概是南明城的市议会吧，究竟在辩论什么生死攸关的话题？要这些“精英”们颜面扫地大打出手？

杨谋深呼吸了一下，打开第五条素材——屏幕上显出了黑夜，街道上路灯打得很亮，不知从哪射出了强光，镜头随之转向天空，竟有一架直升飞机在盘旋，打出探照灯扫射地面。镜头又摇晃着转向前方，出现一队全副武装的士兵，钢盔迷彩服自动步枪，很像电视里见到的美军，但探照灯打到士兵们脸上，镜头里明显是华人相貌。士兵们都非常年轻，神情严肃地走在街上，端着枪好像进入战争状态。摄像师紧跟着士兵们，镜头小跑着上下颠簸，让叶萧等人感到一阵头晕。有几次镜头几乎天旋地转，扫过街边紧闭的窗户，但就是看不到一个居民。如果素材里有声音的话，说不定会听见激烈的枪声，还有摄影师本人剧烈的喘息声。

就当大家看到最紧张时，画面突然又中断了，玉灵都流下了冷汗：“这是怎么回事啊？”

“不知道，但南明城里肯定有过军队，我们不是在山里发现过军火库嘛。”童建国皱起眉头催促道，“后面还有录像吗？”

杨谋迅速打开第六条素材，却是一个五十多岁的男人，面对镜头坐在桌子前，像是发表报告或讲话。他穿着西装表情严肃，嘴角缓缓嚅动着说话，可就是听不到一个字。童建国急得用拳头砸了一下墙壁：“怎么还是没声音！”

“这些素材都是备份，也可以看做是剪下来的废料，我也不知道为什么声音也被消掉了。”

就在杨谋焦虑地回答时，屏幕里的画面突然变了，镜头直接切到了新闻直播室，美丽的主播面对镜头播报，突然花容失色神情大骇，随即狼狈地趴倒在地上。谁都没见到过这种新闻画面，就在女主播趴下的同时，后面的背景板上多了几个弹孔，能清晰地看到子弹打穿了墙壁，还有许多碎屑飞了下来。接着几个士兵闯入画面，用枪托砸烂了直播间的台子，最后一只手伸到镜头前，画面很快就变成了黑屏。

“天哪！有人闯入了电视台，中断了新闻直播的画面。”林君如抬头看着大家，想起了刚到曼谷的那一夜，“简直就是政变!”

“我们在楼下的直播间里，看到的惨不忍睹的现场，显然就是他们干的。这些人不但砸了直播间，还上来把电视台的资料一扫而光，只是忽略了这个不起眼的房间。”

叶萧拧起眉头说：“他们一定想隐瞒什么！会是什么阴谋呢？”

他立刻又想到了“大空城之夜”，再看看这屋子里的其他人，个个神情焦虑不安。

杨谋放出了第七条素材，画面变得凌乱不堪，镜头晃动得让人想吐，林君如再次闭上眼睛退后：“不，我不想再看了！”

接下来又放了十几条素材，全是支离破碎的镜头，有的干脆是几分钟的黑屏，还有对着天空无意义的画面，依然没有听到任何声音。

当这些素材全部放完之后，他们仍然没有看明白，这些影像信息虽然震撼，却无法解释“大空城之夜”到底发生了什么变故。

狭窄的屋子让叶萧喘不过气了，他解开衣领走到外面，靠在墙上咬紧嘴唇，不知留守在别墅里的人怎么样了。

沉睡的别墅。

顶顶在敞开的院门口徘徊，已经是十一点多钟了，她不再畏惧什么狼狗野猫，只盼望出走的小枝可以回来——也许只是奢望了，她后悔不该冒失地出门去，更不该放松了对小枝的看管，一切都因为自己的疏忽，这么简单的任务都没完成，怎么才能向叶萧交代呢?

两个钟头前，梦中的老人竟出现在了眼前，顶顶觉得又是命中注定的瞬间，某种信号刺激着脑神经，促使她不顾一切地追赶着老人。

但最致命的错误发生了——她没有把铁门关好，就在顶顶冲到大街上时，小枝已悄悄地下了楼，而孙子楚还像个死人一样在闭目养神，小枝就从他眼皮子底下遛走了，轻松地逃出敞开的大门，消失在了沉睡的城市里。

顶顶绝望地捏紧拳头，真想立刻暴打孙子楚一顿，但这些都于事无补了。她明白小枝的重要性——不管小枝是否是荒村欧阳家的传人，更因为只有她才知道南明城的秘密，是旅行团解开谜团，逃出生天的最关键的钥匙！

丢失了小枝，就等于丢失了掌握自己命运的钥匙，他们将在更黑暗的海洋里漂流，直到在暗礁上撞得粉身碎骨。

而且，叶萧比所有人更看重小枝，也许是她身上有股特别的气质，那是她既纯洁又邪恶的眼神，能溶解男人也能点燃女人的眼神。

想到这儿顶顶心里愈加恐惧，她真想飞到天上去，用卫星遥感寻找小枝的踪影，甚至掘地三尺都要把她找回来！

这时，前头响起了汽车的声音，顶顶下意识地闪到路边阴影里，只见一辆克莱斯勒 SUV，浑身布满了尘泥，径直在小院门口停下。

童建国、叶萧、杨谋、林君如、伊莲娜和玉灵依次从车上下来，几个人发现院门大开立即紧张起来，顶顶这才从旁边出来，低着头说："我在这儿。"

"怎么回事？铁门怎么会开着？"叶萧注意到她的脸色不对，抓着她的胳膊问，"发生了什么？"

顶顶的嘴唇已经发紫了，她害怕地抬起头来，不敢看叶萧的眼睛，颤抖着说："小枝——小枝——她——"

叶萧捏紧了拳头冲进别墅，其他人也都疲倦地走进去，半分钟后他又冲了出来，显然是孙子楚告诉了他一切。

"我不是关照过你吗？无论如何都要把小枝看牢，怎么会让她跑掉了？"在沉睡之城压抑了数天后，他终于火山般爆发出来，第一次冲着顶顶大叫大嚷，"小枝是我们出去的关键，是绝对不能让她逃走的，难道你还不明白吗？"

"对不起，我已经尽力了。"

顶顶都有些想哭出来了，她靠在铁门上仰头看天，无法忍受叶萧此刻的发作——往常他都是平静得近乎冷漠，任何危险都不会让他如此激动，没想到却为了一个小枝而失态！

难道那个来路不明的女孩，在他心里就这么重要吗？

"我们每个人都在尽力！但只要谁稍微犯些错，就可能危害到所有的人。上午又有了新的发现，可小枝却不见了，今天的一切努力都白费了！"

"你说够了没有？"顶顶必须要反击了，她从来都不是逆来顺受的人，盯着他的眼睛说，"我也有发现啊，那个老头，我们从没见过的老头，他也是南明城里的人吧？他也是很重要的线索吧？"

"老头？只有你一个人说见过他，谁能够证明这些呢？"叶萧摆出了警察的架势，还要她提供人证和物证了，"不会是你的幻觉吧？还是你故意把小枝放走了？"

这最后一句话让顶顶彻底懵了，实在想不到他竟会说出这种话："什么？你说什么？你在怀疑我？"

叶萧知道自己的话太重了，又碍于面子不置可否地退了一步。

"不，你是在侮辱我！"

她的脸被气得通红，好像这几天的生命都白白度过了，一切的希望与幻想都告破灭，她面对的只是一块无情的石头，石头！

顶顶心如刀绞地走回别墅，发现所有人都聚在客厅了，玉灵和林君如在做午餐。

十分钟后，叶萧脸色铁青着回到了客厅，大家在餐桌前吃起了真空包装的食品。相比早餐又少了一个人，昨晚可怕的感觉再度蔓延，尤其是失去了亲人的秋秋、钱莫争和杨谋。

"什么是'大空城之夜'？"

为了打破旅行团的沉默，伊莲娜提出了这个更为沉重的话题。

"南明城里的空无一人，是一次突发事件的结果，而不是渐进的废弃过程。你看街边的店铺里面，依然摆满了各种商品，甚至收银台的钱都还在。还有居民家里的情形，仿佛主人刚刚出门去上班。想想我们平时即便是短途旅游，也会把家里收拾一下吧。所以，一定会有个时间点，一个非常重要又难以想象的时间点，在整整一年之前的某个夜晚，让全城人都消失得无影无踪——这就是'大空城之夜'！"

叶萧滔滔不绝地说了这么多，目光扫到顶顶的脸上，又马上躲避到另一边。

"今天我们在电视台里，本来有机会发现秘密的，可惜所有的资料都被破坏了。"杨谋无奈地摇了摇头，"也许只有小枝知道，但是她又不见了。"

"必须要找到她！不惜任何代价！"叶萧的话斩钉截铁，"不管有没有人来救我们，但我们自己不能放弃希望。"

"下午就去寻找小枝？"

"是的，午餐以后大家准备一下，依然是上午出去的人，我们必须要把小枝找到！"

就在叶萧看时间的关头，童建国却代替他发号施令："三十分钟后，准时出发吧。"

第 三 季

天空城之夜

第五章 ▪ 鬼美人

12:00

沉睡之城

二楼的卧室。

秋秋还在底楼的客厅，林君如一个人锁紧了房门，她想要从主人的衣橱里寻找一件合适自己的衣服——原本带的十几件衣服，全被昨天下午的大火烧光了。但她挑了半天，只有几件运动装适合自己，其余都是中年女人的衣服。她皱着眉头换上衣服，想到是别人穿过的心里就不舒服。

在林君如整理衣服的时候，发现墙角有一台唱片机，八十年代生产的那种样子。她记得小时候家里有过一台，便好奇地将电源插上去了。没想到电唱机还可以放，旁边有一叠胶木唱片，都是二十多年前的老歌了，放到今天也可算收藏界的精品。

林君如随意抽出其中一张老唱片，上面印着繁体汉字——“《异域》电影原声音乐大碟”。

“《异域》？”

这名字听起来有些耳熟，林君如小心地将唱片放到电唱机上，但愿那么多年还没有霉变。

只等待了不到十秒钟，唱机已放出了声音，那是一段异常凄凉的前奏，接着是一个高亢悲怆的男声：

风太大了
难道只是为了吹干眼泪
雨太急了
仿佛真是为了洗去哀伤
山太高了
难道只因早已无处可躲
河太宽了
仿佛注定永远无法渡过

家太远了
难道只是因为时间因为距离
梦太长了
仿佛只是为了绝望为了逃避
死太多了
难道真是为了仇恨为了生存
爱太短了
仿佛只是为了分别为了回忆

鲜血浸透了土地也开不出花
永远短暂如彩虹抓也抓不住

我们没有家
我们没有家
孤儿是我们的名字
回家是梦里的呼唤
太远了
我们的家

居然是王杰的声音!

如他一贯的风格，苍凉而激昂的男声，充满了悲伤和绝望，每一个节拍都仿若子弹，深深射入林君如的心窝。

最后的高潮部分是合声，一遍遍重复着“我们没有家”，仿佛是一群流浪汉的呼喊，又像是将要淹死的人们在声嘶力竭。

幸好，她还没忘记这首歌的名字，就叫《家太远了》。

听着王杰凄凉悲壮的歌声，林君如感到眼角有些酸涩了，忧伤如流感传染到她身上，接着化为眼泪即将坠落。

家太远了——自己不也是离台北的家太远了吗?

不但是林君如自己，旅行团里的每个人，都离“家太远了”!

或者，本来就没有家。

“孤儿是我们的名字 / 回家是梦里的呼唤”

回家! 回家! 回家!

她在心里大声呼喊着，唱片继续放着另一首歌，依然是王杰的声音，却是罗大佑的歌词，最后那段是——

“多少人在追寻那解不开的问题 / 多少人在深夜里无奈地叹息 / 多少人的眼泪在无言中抹去 / 亲爱的母亲这是什么真理”

林君如痴痴地坐在床上，王杰唱着罗大佑的歌，她的脑中闪现出了爸爸的脸——

十多年前在台北的家中，某个潮湿闷热的傍晚，电台里响起这首歌，人到中年的爸爸突然凝固住了，任何人叫他都没有反应，直到听完这首歌的全部旋律，才发现他竟已泪流满面了! 这个曾经的军人，钢铁一般坚强的男人，却在一首歌面前那么脆弱，不知道有多少哀伤，被罗大佑的歌词撩拨出来，泼洒在一个孤独的岛屿上。

她轻轻抹去自己的眼泪，过去一直无法理解爸爸，他为什么会被这首歌感动。但此刻身处沉睡之城，看着唱片上的《异域》两个字，似乎隐隐明白了一些。

异域——遥远南方的异国地域，会属于他们吗?

这时，响起一阵急促的敲门声，是玉灵在外面喊着:“为什么把门锁起来? 我们要出发了，你准备好了吗?”

心里微微一惊，才发现时间已经到了，林君如赶紧关掉了电唱机，把唱片重新放回角落。又整理了下刚换上的一身新衣服，匆匆打开了房门。

10:00

到哪里去寻找小枝?

他们坐上克莱斯勒SUV，童建国从驾驶座上回头看着大家，叶萧茫然地望着林君如，她也转头看着伊莲娜和玉灵，直到最后一排的杨谋。

“第一次发现她是在哪里?”

杨谋的提醒让叶萧开窍了，第一次见到小枝，不就是在南明体育场附近吗？还有那座荼花开的园子，她会不会逃回去了呢？也许那里才是她藏身的巢穴。

“往西北方向开！”

现在轮到叶萧来指挥了，童建国发动车子离开别墅，驶向那片更为陌生的空间。

被困在沉睡之城的几天里，叶萧已默默背下了许多街道，不用看地图就能找到方向。随着车子开过半个城市，他心里浮起一种异样的感觉，不单单是为了失踪的小枝，也是为了他在旅行团里唯一的朋友——孙子楚。

他的变化实在太大了，午餐时半句话都没有说，简直成了一个木头人。上午小枝的逃走，孙子楚也负有很大的责任，仅仅责备顶顶是不公平的。叶萧在出发之前，将他拽进底楼的卫生间，紧锁上门轻声地问：“发生了什么？你一定有事瞒着我！”

“对不起，我太累了，太累了……我只想休息一下，休息……”

“你瞒不过我的！”

他依旧像在审讯犯罪嫌疑人，狭窄的卫生间变成了审讯室，镜子前的灯光正好合适，让孙子楚再也无处遁形。

孙子楚仰头看着叶萧的眼睛，随后低头埋到水槽里，打开水龙头猛烈地冲刷，清凉的自来水刺激着头皮，仿佛潜入深海即将窒息。

还是叶萧把他拉了起来，用毛巾擦干他湿漉漉的头发，语气也柔和了下来：“说吧。”

“我……我怀疑……”孙子楚终于敢说了，但还是结结巴巴，“害死小方和屠男的凶手……就是……是……”

“是谁？”

青紫色的嘴唇颤抖许久，绝望地吐出一个字——

“我。”

“你？”

叶萧又皱起了眉头，卫生间的灯光照着孙子楚的脸，看上去就像个等待枪决的死刑犯。

“是的，就是我，我怀疑是我干的！”

“你这是在自首？”

在说出来之后，孙子楚的胆子反倒大了：“对，昨晚我发现自己在梦游，这毛病我小时候有过，但十几年都没有再犯过了，没想到在这里又犯了。我感觉从进入沉睡之城的第一夜起，我每夜都没有停止过梦游，我就像个幽灵穿梭在黑夜里，而自己醒来后却一无所知！”

“你觉得你在梦游中杀了导游小方和屠男？”

“是的，你再仔细回想一下，在这儿的第一晚和第二晚，我都在哪里？”

叶萧低头细想了片刻：“没错，发现小方尸体的那个清晨，我就问过你做了什么？还有在屠男死去的夜晚，在我和顶顶带着小枝回来的路上，居然在半路上发现你一个人在游荡。”

“你杀了我吧。”

孙子楚抓着他的胳膊，几乎是用乞求的口气说。

“我不杀人，更不杀懦夫。”

叶萧淡淡地回答了他，随后打开了卫生间的门，他不想让别人产生误会——两个男人躲在卫生间里说悄悄话。

此刻，汽车已驶入城市西北端，叶萧的脑袋依然胀得发昏，如果孙子楚真的在梦游中杀人，如果其余的一切都是意外，那么所谓的阴谋就不存在了？

也许所有的阴谋都只是他们的臆想？

那么“大空城之夜”又是什么？

就在他胡思乱想之际，把着方向盘的童建国突然问道：“前面该走哪条路？”

叶萧猛地集中精神，这才看清了前方路口，确认曾经来过这里：“快点左转，就是那天晚上抓到小枝的地方。”

SUV 转进一条幽静的小路，来到一座孤独的花园前，大家跳下车来，隔着木栅栏看着园里一片美丽的茶花，阵阵神秘的花香散发而出，刺激着每个人的鼻子。

这已是叶萧第三次到这儿了，他第一个跨过栅栏进去，走进荼簇拥的小径，来到荒凉的小洋房前。相比这栋布满灰尘的屋子，他们昨晚住进的别墅，已算是豪宅了。

他们走进古旧的房门，走廊的感觉有些奇怪，有几扇窗户都被打开了，与叶萧上次来不太一样，起码明亮了很多。这让他立刻提高了警惕，也许小枝就在这里。

叶萧还记得上次进来的布局，伸手推开一道房门，窗户正好面对花园，有着阿拉伯风格的装饰。但让他感到惊讶的是，屋子里干净了许多，墙边放着一张木床，上面铺着枕头和睡袋。

“奇怪，上次这里什么都没有，现在肯定有人住在这。”林君如也来过这里，她摸了摸睡袋里面，竟吓得跳起来说，“居然还是热的！”

空屋子里的热被窝？

这一发现让大家都很兴奋，也许几分钟前还有人在睡觉，听到外面花园的动静，便迅速钻出被窝逃跑了。

刚才究竟是谁睡在这儿呢？难道小枝逃到这里以后，找了这个地方睡午觉？叶萧奇怪地摇摇头，总觉得不太可能，她不至于大意到如此地步吧。

屋子中间有张桌子，并没有蜡烛的残迹，童建国试着拉开了电灯，电灯亮了起来，果然已不需要烛火了。伊莲娜走到那面椭圆形的镜子前，已经被擦得干干净净的镜面可以清楚地照出她的面容，同时还有另一张女子的脸庞——这是镜子里原本就有的图像，看起来酷似梳妆的小枝。

睡袋里的人是镜子里的幽灵？

“看，这是什么？”

杨谋在房间的角落里，发现了一堆食品袋子，全是保质期内的真空包装食物，看来这个人并非不食人间烟火的仙人或者幽灵。

叶萧轻声走出屋子，往走廊的更深处走去，他发现头顶的天窗都打开着，可以让他看清房子里的一切。

忽然，他听到了某种声音，极其轻微的脚步声，还有人的气味。

童建国等人也跟了出来，他做手势示意大家噤声，几乎踮着脚尖往前摸去。

推开最后一个房门，叶萧终于看到那个人，从温暖的被窝里逃出来的人。

是“他”，而不是期望中的“她”。

他是法国人，他的名字叫“Henri Pépin”——亨利·丕平。

一张苍白而惊恐的脸，正对着同样惊讶的叶萧。

没错，第一天在公路上发现的法国人，另一个欧洲旅行团里唯一的幸存者，随他们一同进入沉睡之城，却在电源重新降临的刹那，趁乱逃出了旅行团的掌控，消失在神秘的黑夜里。

就在亨利失踪了三天之后，大家几乎都要把他忘记时，他却出现在了这荼花开的洋房里。

他只穿着一件零乱的衬衫，想必几分钟前刚从被窝钻出来，慌不择路地躲进了这间屋子。

“亨利！你怎么会在这里？为什么要离开我们？这几天你到底是怎么过的？”

叶萧激动得有些过分了，竟脱口而出一连串中文，而亨利根本就听不懂。

其他人也都看到他了，伊莲娜立刻用英文复述了一遍，但亨利只是恐惧地摇着头。

就在叶萧向法国人走来时，亨利却像猴子一样跳到了旁边，双手抓住一扇敞开的窗户。

“NO！”

叶萧大喝了一声，却无法阻止法国人跳出窗户，敏捷地钻进外面的花园里。他绝不会放过亨利的，他以同样快的速度翻出窗户，大喊着追赶法国人。

“等一等！”

童建国等人扑到窗口，只见叶萧的背影一闪，便消失在荒草与花丛中了。

而亨利已经翻过了木栅栏，竟然跑得像兔子一样快，沿着一条小巷狂奔而去。叶萧不甘示弱地跳出花园，同时大喊着：“STOP！”

十米……九米……八米……七米……

他们的距离在逐渐缩小，风在耳朵两边呼啸着，如同子弹穿破空气。叶萧也无所顾忌了，眼前的亨利不过是个冲刺的目标，也许他并不是在追逐，而是要摆脱某种紧跟自己的东西，它的名字叫——厄运。

又越过几条寂静的街道，不知急转过了多少个弯，就当他要抓住亨利的衣服时，脚底却被绊了一下，人也一个踉跄重重摔倒了。

叶萧刹那间眼前一黑，心里狠狠地咒骂了自己一句。虽然额头刺骨的疼痛，却无法阻拦他迅速爬起来，头晕眼花地张望着四周，却再也见不到亨利的影子了。

眉头有股热辣辣的感觉，伸手一摸才发现全是鲜血，原来刚才在地上撞破了。但他丝毫都没有害怕，任由鲜血从额头流到脸颊，就像个在台上受伤的拳击手，依旧愤怒地向敌人咆哮着，尽管他不知道自己的敌人是谁?

或许，是叶萧自己。

受伤的拳手，受伤的公牛，受伤的角斗士，脑中闪过无数个类似的画面，鲜血淋漓满身伤痕，跌倒在地即将惨遭屠戮。周围的目光有鄙夷也有尊敬，他在嘘声与掌声之中挺起胸来，仰天长啸："有种你就出来!该死的!"

喊完后嗓子都哑了，额头的失血让他眼冒金星，脚下也不自主地后退了几步，靠在一棵大榕树上，绝望地大口喘息着。等到伤口凝住不再流血，他擦了擦脸上的血痕，视线几乎变成红色了。

没有人，没有人再能跟上来，童建国他们都不见了，就连自己也不知道这是什么地方。

他记不清刚才跑过了几条路，转过了几道弯。他一路上疯狂地追赶亨利，完全没注意旁边的情况，现在已经彻底迷路了。

终于缓过一些劲来了，叶萧孤独地往前走了几步，他不再指望那些同伴了，就这样在街上流浪吧，无论亨利还是小枝，无论死人还是活人，无论过去的还是现在的，宁愿所有都是一场梦游。

路边有一个破败的花园，几朵不知名的花在野草中绽放，他随手触摸着一片花瓣，忽然有两片翅膀飞了起来。

他见到一张美人的脸，接着又是一个骷髅头，然后美女与骷髅不断变化，那是蝴蝶的一对翅膀。

原来花上停着一只蝴蝶，它左右翅膀的图案居然不一样，左边是美女，右边是骷髅。

困顿的叶萧立刻睁大了眼睛，第一次见到这种奇异的生物，像利刃扎进了脑子，天机的世界如此不可思议。

蝴蝶竟然飞到他脸上，大胆地停留在额头的伤口，好像在帮他舔血痕。

他一动不动地站在原地，任由"美女与骷髅"的蝴蝶行动，淡淡的香气飘落到鼻息间。

几秒钟后，蝴蝶离开了他的额头，像两片美丽的油画，消失在一片沉默的屋顶后。

鬼美人。

时针走过了两点整。

几条街区之外，童建国等人还在寻找叶萧，他扯着嗓子大喊几下，声音随后被四周的院子吞没。

“到底去哪了？”林君如走到十字路口的中心，亨利与叶萧都无影无踪了，“刚才他穷追不舍的，也不知道抓住亨利了没有。”

伊莲娜紧咬着牙关问：“会不会出事了？”

“应该不会有事的吧，他根本就没看路吧？就算抓到了也未必找得到我们。”

童建国说着走上了SUV，把大家都叫回到了车子上，一路缓缓开着寻觅踪迹。这附近全是些小路，两边都是相似的院落，见不到店铺和较高的楼房，看起来都是一个样子，很快他们自己就兜得迷路了。

“亨利为什么要逃跑呢？”

伊莲娜依然百思不得其解，林君如淡淡地回了一句：“当然是心虚呗，这家伙一上来就很奇怪，我早就怀疑他不是好人了！说不定他吹的那套东西，全都是假的！”

“你说他就是潜伏在我们中的内奸？”

“极有可能，所以他才会没命地逃跑。”

“少说两句吧。”

童建国烦躁地猛踩了一脚油门，车上的人都被冲了一下，他也不管东南西北了，照着一条小路笔直开去。

几分钟就开出去很远，时速加到了六十千米，这么一条小路让大家心惊胆战，稍有不慎就会撞到旁边去，玉灵着急地喊道：“快点慢下来！”

童建国缓缓踩下了刹车，因为前头已经没有路了，又一条奇怪的“断头路”。

SUV在路的尽头停下，迎面是一道高大坚固的铁门，两边也是三米多高的围墙。墙顶有铁丝网围绕着，看样子很可能是带电的。墙外空出将近十米的空地，全都铺上了沙子，寸草不生。

车上的五个人都下来了，疑惑地望着这堵高墙，这森严的气派简直像监狱，铁门上涂着黑色的油漆，外面还挂着块停车的标志牌，下面写着两个繁体汉字——**“禁區”**。

“禁区？”

杨谋小心翼翼地走近铁门，发现门边还开着一道小窗户，透过坚固的玻璃，可以看到里面有许多监控设备。然后他用力拍了拍门，却感到铁门下沿微微动了动，再继续用力往里推，才发现铁门并没有被锁死。他急忙招呼其他人来帮忙，五个人共同用力推动铁门，地下发出吱吱的转动声，大家都把心提了起来。

终于，铁门打开了。

里面是条宽阔的大道，两边分别是灰色的楼房，看起来神秘兮兮的样子。大门里面有个警卫室，安装着闭路电视的监控系统，墙上还挂着一套南明警服。

童建国注意到了保险柜，奇怪柜子并没有上锁，打开一看居然是三支手枪！

旁边还有几十支弹匣，用手摸了摸全都是真家伙，但他不想让其他人发现，又赶紧把保险柜锁了起来。

这到底是什么地方？如果是普通的企业或部门，何必需要手枪来保卫？他仔细检查着警卫室，在个不起眼的角落里，发现了一张彩色的图纸，上面标着一行文字**“黄金城示意圖”**。

“黄金城？”

玉灵等人也凑过来看了，先是想到了夜总会的名字，然后又是——金库？

南明城的金库？所以要武装警卫来保护，还有这么坚固的铁门和围墙，那么完善的监控系统。

虽然这里一个人都没有了，但或许还会有黄金留下来？

想到这林君如打了个激灵，不管这设想是真是假，也不管该不该顺手牵羊，起码可以见识一下金库吧！

这下大家都兴奋了起来，快步向大道的更深处走去。两边都是静悄悄的房子，他们随意打开一个房门，里面却是空荡荡的，也不像是金库的样子。

走到底才看到个巨大的房子，像是什么厂房或仓库，大门紧紧地关着，他们从边门走了进去，却看到一条长长的走道。好不容易才打开电源，里面一长串灯亮了起来，还听到换气扇运转的声音。

看着没有尽头的走道，让他们想起了罗刹之国，那大金字塔下黑暗的甬道。入口处放着一根杆子，旁边有个岗亭像是检查哨，挂着块牌子“请出示证件”。

杨谋在岗亭边仔细看了看，发现居然还有指纹按钮，只有指纹对上的人才能进去。通过这道关口还有个扫描门，任何人通过这道门，都会在后面的电脑里“现出原型”，就和机场里的安检门一样，甚至比那个还要先进，任何金属都会被探测出来。看来这通道的保安措施是极其严格的！

他们小心翼翼地通过扫描门，好在前头的灯光很亮，接着就感到地势在往下走，越来越深，像进入地下了。不祥的感觉笼罩着五个人，童建国在最前头紧锁双眉，将右手垂在身体一侧，随时准备拔出手枪。

转过一个直角弯后，出现了一部宽敞的电梯，看起来足够容纳二十几个人，显然是装货用的。打开电梯门里面很干净，灯光显示一切都很正常。

“不，我们不能进去！”

杨谋看到电梯就有些发抖了，但美国女孩伊莲娜轻蔑地说：“那你可以在外面休息，我们倒要看看下面有没有黄金？”

“先让我想想——杨谋和玉灵留在上面吧。”童建国看着伊莲娜和林君如说，“我们坐电梯下去看看！”

玉灵担心地说：“会不会有危险？”

“我想我们值得冒这个险，这里曾经戒备森严，各种设施都非常完备，只要有电就应该安全。”童建国将有力的大手放在玉灵的肩上，“你们留在这里也要当心点，等我们上来。”

说罢他就钻进了电梯，伊莲娜也迅速地跟进去，林君如还有些犹豫，却被伊莲娜一把拽了进去。

电梯门又缓缓关上，随着一声奇怪的巨响，三个人感到明显的下沉，宛如降入地狱的深处。

林君如紧张地深呼吸着，幸好电梯里有排风系统，柔和的灯光缓解着人的情绪，她靠在电梯内壁默默祈祷，希望不要死在这暗无天日的地下。

显示屏上跳着深度表，从十米迅速下降到了二十米。但电梯一路降了半分钟也没有停下来的意思，往地底越来越深，连童建国也沉不住气了，直到最后显示的一百米！

“天哪，我们等于下降了几十层楼的高度，这该有多么深啊！”

大胆的伊莲娜也害怕了，地下那么深如果出了什么问题，人随时都会窒息或崩溃。

电梯门幽幽地打开了，外面是条岩洞般的通道，童建国第一个走了出来，仍感到一阵凉风吹到脸上，看来这里的通风系统非常完善，丝毫没有地底一百米的感觉。

两个女生也紧跟着他，两边仍有明显的人工开凿痕迹，但又不是真正的甬道，头顶有钢铁的支架，反而更像煤矿的坑道。

伊莲娜摸了摸岩壁说："这里是矿道！怪不得要在地下一百米。"

"那是什么矿呢？"

童建国想到了国内某些吞噬人命的煤矿，不过这里看起来还很安全，也没有那种难闻的瓦斯味，至少可以排除煤矿的可能。

沿着矿道继续往里走，伊莲娜不断抚摸着岩壁，可以明显看到一条矿脉，她的表情越来越兴奋，不禁跳起来说："GOD，这是一座金矿！"

"金矿？"

"是，我参观过加利福尼亚的老金矿，是十九世纪废弃的坑道，都有这些开采过的痕迹，尤其是岩石里残存的金矿脉，和这里几乎一模一样。"

林君如激动地问道："我们能不能在这里淘金？"

"不知道啊，这些矿脉都早已被采空了，至少我们是淘不出金子了。"

她继续往里仔细地搜索着，并没有丝毫黄金的踪迹，可能埋藏有金子的地方，全都已经被掏空了。三个人走了十几分钟，一直来到矿道的最深处，却再也看不到矿脉的迹象了。

"和加州的废弃金矿完全相同，采到一盎司黄金都不剩了！但从这个矿道规模来看，这里曾经蕴藏过丰富的黄金，只要几公斤就能让人成为暴发户。"

"显然这里是不止几公斤。"

林君如已经难以想象了，或许整个东南亚都没有那么大的金矿，想象自己置身于曾经的黄金堆中，仿佛基督山伯爵的秘密宝藏。

可惜，黄金早已经被人挖走了！

"所以才会有高墙和铁门，还有武装警卫的保安系统，还有那个'黄金城'的示意图，这里想必是南明城最重要的地方，甚至是重兵把守的要害部门。"

"也可能是南明城一切财富的来源！"

林君如突然跪在地上，小心翼翼地摸索着岩石，奢望能发现一丝金沙。

"别找了，有的话早就被采空了，不会留给你的。"伊莲娜无奈地摇摇头，“我们还是上去吧。”

童建国点点头，一把将林君如拉了起来，三个人离开枯竭的矿道，想象这里当年的景象，除了艰苦而危险的开采外，是否有过你死我活的争夺，为了一粒金子不惜手足相残？

乱想着回到电梯，他们又坐上那口移动的棺材，从地底一百米回到十米，林君如苦笑着说：“虽然没挖到金子，起码也大开了眼界。”

从电梯里出来，杨谋和玉灵还等在外面，他们两个显得很尴尬，童建国冷冷地说：“底下什么都没有，我们快点离开吧！”

迅速走出地下通道，他们回到天空底下，告别了阴森的“黄金城”。

15:00

“鬼美人”不见了。

叶萧渐渐走出那片街区，虽然已重复地转了好几圈，但蝴蝶消失了，亨利消失了，小枝消失了，童建国等同伴消失了，所有人都消失了，接下去连自己也要消失了吗？

他找了个水池洗了把脸，将脸上的血迹洗干净了，但额头结痂的伤痕还很明显，像盖着一枚紫色的印章。

眼前的道路越来越宽，穿过几条路口之后，两边的店铺也多了起来，街边竖着许多广告牌，有大型的餐馆和超市，还有许多品牌专卖店，从班尼路到堡狮龙到阿迪达斯。这里是南明城的主要商业区吧？果然街心有拦路的墩子，往前变成了步行街。

他缓缓走到马路中间，额头又一次疼痛起来，该不会是摔成脑震荡了？双眼随之而恍惚起来，紧接着便听到身后响起声音，那是几个女生在互相说话。还没等他回过头来，左边又听到一个小孩在哭泣，随即右边有一对男女在打情骂俏，说的枕边情话让人耳根子都听红了。

不，他闭上眼睛不敢再看，蒙起耳朵不想再听。但四周的声音却愈加嘈杂，仿佛就是要与他顶着干，铺天盖地地响了起来，几乎要把他的耳膜扯破了。

当叶萧重新睁开眼睛时，身边竟全都是人流！一派汹涌热闹的景象，男女老幼各色人等，都趁着周末来逛街了。不时有人撞到他的胳膊，有人从对面横冲直撞而来，他只能尴尬地躲避开来。空中飘过几个气球，下面挂着“南明床上用品，全场七折大酬宾”的横幅。街边有一座宏伟的大楼，镶嵌着金光闪闪的“新光一越广场”，无数时髦男女进进出出，门口播放着周杰伦的七里香……

在此起彼伏的人潮之中，只有叶萧是个孤独的另类，茫然失措地站在中间，像个迷了路的男孩。周围是一张张陌生的脸孔，没人认识他也没人和他说话，偶尔有人的目光与他相撞，但也马上厌恶地避开。

世界疯了吗？

叶萧捂着自己的额头，这些人都是从哪出来的？难道他们从来都没有消失过，只是与他们在两个不同的时空，互相之间无法见到，实际上沉睡之城只是凝固的瞬间，抑或所有的生命都已隐身，也可能旅行团都被集体催眠，而得了传说的障目症？所有人都无法看到真实的人，事实上自己才是游荡的鬼魂，飘浮在真实的世界周围，却以为坠入了无人之城？

不，是自己疯了吧！

他猛然摇了摇头，对着迎面走过来的一个男人问道：“请问这是哪里？”

男人皱起眉头避让开来，躲进旁边的人群不见了。

叶萧又转头问旁边的一个女子：“今天是几月几号？”

“神经病！”

女子像见了瘟神一样躲开了。

他绝望地往前走了几步，正好遇到一对年轻的情侣，试着问道：“我能问一下时间吗？”

男的抬腕看了看表说：“三点十五分。”

总算有人能回答他了，叶萧接着问：“是几月几号？哪一年？”

“2005 年 8 月 13 日，你从火星来的吗？”

男的冷笑了一声，就要搂着女友离开，叶萧却拉住他们问：“南明城究竟怎么了？你们都从哪里来的？”

“讨厌！”

那女的不耐烦了，拽着男友往边上躲去，还轻声嗔怪道：“不要随便和陌生人说话！这个白痴明显是喝多了。”

“等一等！”

叶萧着急地还要去拉他们，那强悍的女的已经扬起手，一记耳光打在了他脸上。

随后那女的又抛下一句话："流氓！"

周围的人们都停下脚步，像看精神病人一样围绕着他。叶萧茫然地转了一圈，面对那么多拥挤的目光，仿佛被万箭射穿了心脏。

又过了几秒钟，所有的声音都沉寂了下来。身边的那些人都一动不动了，宛如一尊尊凝固的雕塑，叶萧痛苦地仰起头来，高声道："你们都不要再看我了！你们都给我消失吧！"

就当他说完"消失吧"三个字后，那些人竟然真的消失了，一个个化为无形的空气，就连影子都没有留下。在不到半秒钟的时间内，整条步行街上已空无一人，周围的店铺也不再有音乐，天上的广告气球也无影无踪了。

南明城再度沉睡。

叶萧醒来了。

空旷的街道上只剩下他一个人，世界恢复了死一般的寂静，步行街尽头是沉默的远方。路边的商店积着灰尘，橱窗里的模特冷漠地站着，就连门口挂着路易·威登广告的"新光一越广场"也像座巨型坟墓一般冷清。

没有人……没有人……全都是幻觉？全都是臆想？

还是一场豪华的派对，对他的一场捉弄？

梦，碎了。

"喂！喂！"叶萧扯开嗓子大喊了，"有人听到我的话了吗？你们都躲到哪里去了？你们快点给我出来啊！我命令你们出来！"

他的声音飘散到空气中，传出去很远又弹回来，就像刚才围观人群的嘲讽。

而那些人是那么陌生，又是那么冷漠，尽管就在自己的身边，尽管是那么多的人，却没有一个人能说上话。

他们的存在与否，对自己来说又有什么区别呢？叶萧悲伤地望着天空，其实不单单是沉睡之城，即便是在北京在上海在香港在纽约在世界上任何一个地方，都会遇到这样的瞬间——汹涌的人潮与你无关，身边所有人都是陌生的，他们不会关心你的悲伤你的欢乐。他们是冷漠与无情的，每个人看到的只是自己的脚下，关心的只是自己的食欲与性欲，每个人都活在自己的世界里，自私自利贪得无厌，仿佛其他人从来不曾存在过！

所以，他人的存在对你来说没有意义，你无法与他人交流和沟通，在伟大的二十一世纪，你永远是个陌生人。

生活在空无一人的沙漠里，与生活在繁华拥挤的都市里，其实并无二致。

你身边的人们随时都会消失，或者早已经消失了！在别人的眼睛里，你自己也会随时消失，或者本已不存在了。

想到这儿，叶萧哑然失笑了，原来南明城并没什么可怕的，我们生活的每一座城市，本来就是空无一人的。

今天这个世界，无论走到哪里都是沉睡之城。

15:00

沉睡的别墅。

阁楼，角落里堆着许多杂物的阁楼，狭窄的天窗射入白色的光，洒在顶顶的后背上。她正弯腰清理着那些物品，有废弃的床单、毛巾，破旧的家电摆设，淘汰了的餐具、厨具，有些看起来已经用了十几年，上面发了一层厚厚的霉菌，真不知道昨晚是怎么在这睡着的。

中午与叶萧吵过一架后，顶顶的情绪就越发低沉了，见到任何人都觉得烦。钱莫争在底楼守着客厅，孙子楚回二楼睡觉了，秋秋也乖乖地躲在二楼，她便跑上阁楼整理杂物。其实也算是没事找事，就当在破烂堆中自我虐待，把郁闷的心情转移掉。

墙角躺着一堆旧书，打头的封面是《楚留香传奇》，接下去是《大旗英雄传》和《绝代双骄》……竟是80年代台湾出的古龙武侠小说全集，几乎囊括了古龙的全部作品，每本书里都有精美的插图，可算是非常稀有和宝贵的版本。古龙的下面就是梁羽生的《萍踪侠影》、卧龙生的《飞燕惊龙》、温瑞安的《四大名捕》，最底下那本居然是还珠楼主的永恒经典《蜀山剑侠传》！

看来这房子的主人是个武侠小说迷，可为什么要将这些书藏在阁楼里呢？可能是怕让孩子看到而影响学业吧。没想到旁边又是一大堆琼瑶书，从《窗外》到《我是一片云》再到《几度夕阳红》，除了《还珠格格》之外又是全套！这肯定是女主人的藏书，想当年必是琼瑶阿姨的忠实读者。

书里散发的气味让顶顶捂起鼻子，在这堆武侠书与言情书里，却还有一本更特别的，封面就是一张黑色的牛皮纸，什么图案和设计都没有，只印着四个白色的隶书大字——

马潜龙传

“马潜龙？”

这个名字是那么陌生，印在黑皮书上显得格外扎眼，这闻所未闻的人怎么会有传记？

顶顶将这本书捡了出来，看品相是这堆旧书里最新的，奇怪的是封面上只有书名，却没有作者署名，书脊下方印着“南明出版公司”，是南明本地出版的图书？

她心底泛起一些奇异的感觉，轻轻地捧着这本《马潜龙传》。回到天窗下的白光里，黑色的封面隐隐有些反光。翻开书本第一页的背面，版权页上印着2000年10月出版，首印数为10000册——在这小小的南明城里，可算家家户户都有一本了。

全书的第一章叫做“人生的起点”，顶顶屏着呼吸读出了第一段——

每个人的人生都是不同的，每个人的人生的起点，也是各不相同的。

不同起点的人生，却可以走到相同的地方，走到相同的归宿，这就是所谓的“命运”。

马潜龙（1920—2000）曲折而伟大的一生，虽然最终也埋葬在这片土地上，但他从没有被命运束缚，甚至改变并创造了命运。

然而，他临终前说过一句话：“命运就像一条大河，永远川流不息。我们每一个人，终生都浸在这条大河中，只有不断地向前游去，不断地接受沉浮——如果失败就证明不是你的命运，如果成功才证明是你的命运。人能做的不是改变命运，而是发现自己的命运，就这么简单！”

这段竖排的繁体字，已深深刺激了顶顶。原来命运并没有想象中那么神秘，更像是我们曾经走过的路，回头看看才知道自己的命运是什么，我们并不能改变走过的路，但又必须勇敢地往前走去，只有抵达未知的前方——不管是你想要的目的地，还是你不情愿的那条岔路，只要你曾经走过曾经哭过曾经笑过，那你就会发现自己的命运。

翻到《马潜龙传》的下一页：

这就是马潜龙的人生，充满传奇、悲壮和创造，无法用任何人的命运套到他身上，因为他本身就是一个奇迹。

这样传奇的人生起点，自然是我们民族最悲惨的岁月——1920年，军阀混战的大地硝烟弥漫，贫穷到极点的苏北农村，某个雷电交加的夜晚，诞生了一个普通的男孩。

男孩出生不久，父亲就被军阀部队拉上壮丁，战死在中原的战场上了。年轻守寡的母亲受尽了辛苦，在儿子五岁那年遭遇饥荒，竟活活饿死在了自家的茅草房里。孤苦伶仃的男孩，被一户远方亲戚收养，一同渡江逃荒到了上海。

穷人家的孩子没有机会读书，只能寄居在苏州河边的棚户，过着饥寒交迫的童年。他十岁就出去做童工，在上海中国公学的食堂打杂。但这个男孩与众不同的是，会每每藏身在窗台下，偷听中学生们上课，居然自己认识了许多字。有一次被老师意外地发现，老师被这男孩的悲惨身世和求知欲望感动，便资助他在中国公学中学部读书。

这位老师同样也来自贫苦的农村，他的名字叫沈从文——当时已是著名的作家，正好在中国公学担任教师。沈从文还给男孩取了一个名字：马潜龙。

从此，穷苦男孩的命运就此改变，历史上多了一个叫马潜龙的人物。

沈从文离开上海去北方后，仍然资助马潜龙读书。作为中国公学最穷苦的学生，少年马潜龙经常受他人欺负，但他从来都不反击，总是默默地承受。为了买作业本和铅笔，他仍旧经常出去打零工，黑夜借着别人家的灯光读书，竟成为全校成绩最好的学生……

接下去的几页，全是马潜龙的少年时光，顶顶很快读到了第二章“投笔从戎”——

1937年，马潜龙顺利地从中学毕业，正当他准备攻读东吴大学预科的时候，八一三淞沪抗战爆发了。

这是他生命中的第二个转折点。

八月，中日军队在上海地区展开激战，整个宝山、闸北、杨浦均成为惨烈的战场。适逢国军88师驻扎闸北地区，十七岁的马潜龙放弃了报考大学的计划，投笔从戎投军参战。每名参军的青年，都要写下自己的姓名，唯独马潜龙写得一手好字，正巧被88师的孙元良师长看到，便要收他入师部，但马潜龙说既然到了前线，不如先上阵杀敌，若不死再回师部。

（按：88 师孙元良师长，黄埔军校毕业的国军虎将，1944 年独山战役立下大功。后辗转去台湾定居，著名影星秦汉即是孙元良的公子。）

马潜龙被编入 88 师 262 旅 524 团，当晚参加了虹口公园附近的战斗。作为前线的普通士兵，十九岁的马潜龙第一次面对战争，没有当逃兵，没有战死，算是幸运的。敌我双方很近，近得可以看清日本士兵的脸，子弹呼啸着从耳边掠过，敌机在空中投下炸弹，每时每刻都有战友死在身边。这地狱般的战场，使一个少年迅速成长为一个男人。

十月，大场阵地在惨烈的拉锯战后失守，国军被迫全线撤出上海，88 师被命留守断后。孙元良师长决定留下一个团，由 262 旅 524 团副团长谢晋元率领，死守闸北苏州河畔的“四行仓库”——这就是著名的“八百壮士”。

所谓“八百壮士”，实数不过四百余人，马潜龙有幸成为其中的一员。他经历了四个昼夜的战斗，几乎从未合眼休息过，亲手击毙了数十名日寇，并迎接童子军杨惠敏送来的青天白日旗。

10 月 30 日，孤军接受统帅部命令退入租界，被困于胶州公园的集中营。不久，马潜龙被孙元良调去师部，开始了转战大江南北的艰难岁月……

后面的文字简直就是一部中国抗战史，马潜龙随军参加了南京保卫战，在混乱的大撤退过程中掉队，几次都差点儿落到日军的手中。他躲藏在人间地狱的南京城中，目睹了惨无人道的南京大屠杀，并奋力救出了许多条人命。后来他独自逃出了南京，参加了另一支国军部队。不久，他在万家岭战役中立下军功，成为团部的一名中级军官。接下来的武汉会战等数次战役，都有马潜龙的身影，才二十出头已经身经百战，同时也留下了累累弹痕。

第三章是“远征缅甸”——

1942 年，中国远征军组建，不久便进入缅甸协助同盟国军队抵抗日军。

二十二岁的马潜龙，作为团级军官随军入缅，这成为他人生的第三次转折点。在遥远的缅甸丛林中，他与全体将士忍受了各种苦难，在英美军队溃退之后，中国远征军遭受了重大损失。我军被迫向荒凉的野人山等地撤退，戴安澜将军即在撤退过程中殉国。

在撤退途中，马潜龙又一次担任了断后的任务，他率领一支数百人的国军残部，在缅北掸邦地区与日军激战，拼死掩护大部队的撤退。在三天三夜的血腥战斗之后，将士们几乎全部阵亡，马潜龙本人也被日本飞机炸伤，倒在山谷中不省人事。

五十多年后，马潜龙曾经回忆过那段经历："死亡是什么？在那个时刻我仿佛进入一条隧道，由黑色的森林组成的隧道。我飘浮在隧道的上方，可以看到战死的将士们，他们一个个从地上爬起来，扛着枪无声地走向远方，去另一个世界继续战斗。当他们全部走完之时，我仍然飘浮在空中不动，无法喊叫也无法流泪。刹那间我感到如此孤独，为什么不和他们一起走？为什么要把我一个人留下？当我再一次醒来时，战场已是腐尸遍野，许多战友的尸体被野兽吃掉了，而我却奇迹般地活了下来，就连伤口都已自动愈合，我这才明白命运并不让我死去，因为我还有其他的使命。"

马潜龙死里逃生之后，只想快点回到部队。但茫茫的丛林无路可走，沿途的土著部落的语言又听不懂，更不能让自己落到日本人的手里。他只能独自穿越缅北大地，渡过几条大河，翻过数座崇山峻岭，一路上以打猎果腹，与虎狼熊豹搏斗，风餐露宿形同野人。但在人迹罕至的丛林中，他始终无法找到回国的道路，茫然地走了三个月，来到一片险要的山谷中。

这是一片荒无人烟的世界，让人绝望到想要自杀！但马潜龙决心忍受一切苦难，珍惜并保全自己的生命，只为那个冥冥之中的使命。当他饥寒交迫地穿过丛林，见到辉煌的古代遗址时，不禁泪流满面地跪倒在地。

这就是今天南明城外的罗刹之国遗址。

在丛林中流浪了三个月的马潜龙，衣衫褴褛长发披肩，目瞪口呆地注视着这片沉睡的废墟，宛如顷刻间从原始社会步入了文明世界。

这是不为人知的另一个世界，已经在山谷中隐藏了数百年，据说还保存着古代的某种秘密，或是惊人的巨大财富——罗刹鬼王的宝藏，就像西方传说中所罗门王的宝藏一样神秘。

马潜龙很快又发现了遗址外的盆地，四面都被群山紧紧地环抱着，除非开凿隧道才能出入，几百年来都没有人类踏入过。盆地底部平坦开阔，有一片繁茂的树林和草地，土地肥沃适合种植各种作物，简直就是一个世外桃源。

从此，他就独自生活在这里，从1942年到1945年，整整三年的时间，就像海岛上的鲁宾逊，却没有任何人陪伴他（鲁宾逊还有他的星期五）。关于马潜龙在深山中的三年，他自己并没有详细叙述过，更没有第二个人会清楚，我们所知道的也仅限于此。

这三年的神秘经历，被许多人牵强附会到了神话般的程度——有人说马潜龙在罗刹之国的地下沉睡了三年，一觉醒来已是第二次世界大战胜利的时候了；也有人说马潜龙在废墟中发现了一个地洞，那是古人穿梭时空的机器，由此去了四千年前的埃及，遇到了犹太人的首领摩西，并和摩西一同带领犹太人出埃及渡红海抵达迦南地；更有人说马潜龙遇到了外星人，被带到太空船上去"天顶星"生活了三天，这三天相当于地球时间的三年，回来时窃取了外星球的科技与秘密。

但这些传说都过于神乎其神，不足信，但谁都不知道马潜龙的三年究竟是怎么度过的？

2000年5月，在马潜龙去世前一个月，南明电视台的记者采访过他这个问题，他的回答居然是——

天机，不可泄露！

我们所能确知的是，1945年的春天，马潜龙终于走出了山谷，途中发现了日军的一个秘密基地。他找到了由孙立人将军率领的远征军，并指引我军消灭了潜伏的日军，立下了重大战功，因此被升为团长……

接下去还有十几页，叙述了马潜龙与孙立人将军的交往，以及与盟国英美军官的来往，甚至有一次向蒙巴顿元帅汇报工作。

最让顶顶惊奇的，自然还是那鲁宾逊式的三年——马潜龙隐居的地方，竟然就是南明城的前身，这片群山环抱的盆地，还有八百年前罗刹之国的废墟。

原来，第一个发现此地的现代人，正是这个有着传奇经历的马潜龙，他究竟还发现了什么？今后他的命运还会与这里相关吗？

顶顶聚精会神地读下去，第四章的名字叫"泪别家国"……

第三季

天空城之夜

第六章 ■ 旋转木马

16:00

南明城的另一端，孤独的男人走在无人的街上。穿过那条曾经繁华的大路，是寂静无声的林荫道，两边的树冠遮盖天空，加上阴冷沉郁的天色，暗得就像通往罗刹之国的丛林小道。

叶萧依然没有找到同伴们，他拖着沉重的步伐，数着路边一棵棵大树，脑中回忆着几天来的一切——旅行团是2006年9月24日下午，几乎也就是在这个时刻进入沉睡之城，现在是9月29日，总共只经过了五个昼夜，却已牺牲了七条性命！

第一个是导游小方，接着是旅行团的司机，然后就是多嘴的屠男，还有死在鳄鱼潭里的成立，第五个是可怜的唐小甜，第六个却是最不该死的黄宛然，昨晚是即将说出秘密的厉书。

但厉书绝不会是最后一个！

下一个又会是谁？叶萧抓着头发靠在树干上，

仰头只看到茂密的树叶，而自己的记忆也仅限于这几天。

他仍然无法回忆起从9月10日开始，直到9月24日中午11点之前的一切。

这半个月的记忆空白，也许隐藏着一些最致命的信息？

记忆！该死的记忆！他曾经引以为豪的记忆力，如今却可怕地断裂了，就像脑子被挖掉了一大块。

叶萧缓缓追溯着记忆，从一个月前想到三个月前，又想到整整一年以前，接着是三年、五年、十年……

就像一个倒退着行走的人，重复曾经路过的风景，只是心情已截然不同了。

十年前，叶萧考入公安大学读书。去北京读书让他感到摆脱了束缚，并获得了一条明确的道路，那就是穿上警服成为一个强者。他的专业是计算机信息安全，但同时学了侦察学和犯罪心理学，甚至学过一些法医知识，参与过几次尸体解剖。公安大学里几乎是男人的世界，为数不多的女生成为了稀有的资源，他却有幸得到了其中一个的垂青——她的名字叫雪儿。

雪儿，也是第一个让他知道什么是彻骨疼痛的人。

再上推到二十年前，叶萧的父母都在新疆生产建设兵团，他独自在上海的祖父祖母家长大。从小他就没有多少朋友，除了后来成为作家的表弟。与表弟在一起谈论想象中的战争，是那时候唯一的乐趣。

谁都想不到多年以后，因为表弟的那些小说，叶萧一不小心成了著名警官。常有小说读者慕名而来，让他非常尴尬地回避着。别人总以为他无所不能，任何案件或神秘事件都难不倒他。但人们越是这样期待，他心头的压力就越大。许多个夜晚他都感到气喘心悸，但仍强迫自己一定要完成。他觉得自己就像一根钢丝，正被越拽越长越拽越紧，随时都可能被拉成两段。

就是那种感觉——在《天机》故事的起点，叶萧从旅游大巴上醒来，恢复了记忆之后，随大家来到那个村口，看到古老诡异的“傩神舞”。当有人在铜鼓声中举起利剑，他感觉自己被砍成了两半……

仿佛身体的左右两半已经分离，各自向不同的方向走去，痴痴地迈了几步之后，耳边忽然响起了什么声音。

先是一段舒缓的旋律，接着是一个男人沧桑的歌声——

是否这次我将真的离开你
是否这次我将不再哭
是否这次我将一去不回头
走向那条漫无止境的路
是否这次我已真的离开你
是否泪水已干不再流
是否应验了我曾说的那句话
情到深处人孤独

多少次的寂寞挣扎在心头
只为挽回我那远去的脚步
多少次我忍住胸口的泪水
只是为了告诉我自己我不在乎

是否这次我已真的离开你
是否春水不再向东流
是否应验了我曾说的那句话
情到深处人孤独

居然是罗大佑的《是否》！

这声音带着几分无奈和悲怆，在毅然决然地离别时，又是那样孤独和寂寞，然而这样的痛楚，却只能默默地埋在心间，永远都无法言说。

离去的那个人是孤独的，留下的那个人又何尝不是？

叶萧已分成两半的身体，瞬间又重新合二为一了。他晃了晃脑袋注视四周，昏暗的林荫道两边，并没有其他的人影，只有罗大佑低沉的嗓音在颤抖。

最后一句“情到深处人孤独”——没有比这句更贴切的了！当我们以为自己拥有别人的时候，以为爱情就在眼前紧紧握住的时候，其实内心会更加地孤独。

也许是百万年前祖先们的本能，我们渴望拥抱异性的身体，耳鬓厮磨情意缱绻，倾听彼此的心跳，共同入梦度过漫长的黑夜。

渴望拥抱的原因，在于我们极端地害怕孤独，因为人的心灵生来就是孤独的。该死的孤独！是我们注定无法逃避的，像影子一样纠缠着每一个人，摧残着每一个人。

当我们越来越陷入感情，越来越拥抱占有对方，孤独的恐惧就越是强烈。

所以，情到深处人孤独。

《是否》放完后又重复了一遍，叶萧竟也跟着罗大佑哼唱起来，整条林荫道似乎就是个大卡拉OK。

终于，他找到了声音的来源，隐藏在行道树后，一家寂静的音像店。灰尘积满了店铺，玻璃门上贴着五月天专辑的海报，不知什么原因音响自动播放起来，便是这首罗大佑的《是否》。

歌声仍然在继续，叶萧不忍心关掉音响，打断这些永无答案的“是否”，他只能选择默默地离去，回到寂寞的大街中心，如歌词中“走向那条漫无止境的路”。

随着他越走越远，罗大佑的歌声也越唱越轻，直到变成想象中的回声。然而，孤独的感觉丝毫未曾减少，反而难以遏止地扑上心头，如潮水将他整个吞没了。

谁都无法满足他的孤独，谁都无法让孤独满足他，叶萧却低头想起一个人。

小枝……

蝴蝶。

一只蝴蝶，两只蝴蝶，三只蝴蝶，十只蝴蝶……

难以想象，城市中会有这么荒凉的地方——野草丛中的蝴蝶越来越多，围绕着不知名的野花们，伊莲娜伸手去抓蝴蝶，在几乎摸到翅膀的刹那，却又让它轻巧得逃过了。都是些常见的蝴蝶，以白色、黑色、粉色的为多，有一大群隐藏在草丛中，简直有上百只翩翩起舞。

在南明城西北角的一片街区，两边全是被拆除的建筑废墟，当中夹着一条荒芜的小径，几乎见不到一棵树，全是半米多高的野草，正好没过人的膝盖。往四周望去全是这种景象，很远很远才能看到楼房，有的地方只剩下了围墙，门口挂着“南明中华机器厂”或“南明忠孝印刷厂”的牌子。

“这里是南明城过去的工业区？”

林君如像跋涉在麦田里，走过一片片丛生的野草。

“怎么衰败至此呢？”杨谋有些不祥的预感，“不要再往前走了，叶萧不可能在这里的。”

他们从曾经的金矿出来，依然在到处寻找叶萧，也包括亨利和小枝，但始终都没有他们的踪影，一直走到这片荒凉的地方，此刻已近黄昏五点钟了。

“可是这些蝴蝶真的很奇怪，为什么那么多聚在一起呢？”

玉灵伸手指向前方，还有更多的蝴蝶在小径中，并向同一个方向飞去，仿佛要赶在日落前回家。

童建国在最前面又走了几步，发现前头有座斑驳的房子，完全不像是年轻的南明城，更像从三十年代的上海搬来的。

房子底楼有个门洞，长满野草的小径正好穿过，里面黑乎乎的一片模糊。五个人小心翼翼地走到门口向里张望，好像面对沉睡之城的古老城门。

成群结队的蝴蝶飞入门洞，前后相连绵延不断，如一支蜿蜒飞行的大军，是要奋不顾身自投坟墓，还是要获得第二次生命？

童建国、杨谋、林君如、伊莲娜和玉灵，他们全被这场面震慑住了。蝴蝶从他们的头顶飞过，铺成一座彩色的桥梁，延伸入黑暗的门洞深处。

“GOD！”伊莲娜屏住了呼吸，几只蝴蝶从她发梢上掠过，“这是什么地方？”

“蝴蝶公墓！”

他们的身后响起一个声音，五个人惊讶地转过头来，看到了一个白衣飘飘的女郎。

荒村的欧阳小枝。

她似幽灵飘浮到小径中，野草覆盖着她的裙摆，许多蝴蝶正从她身后飞来，她的肩头甚至停着几只粉色的凤蝶，这身扮相加上特殊的环境，在黄昏的沉睡之城的角落，宛如传说中的蝴蝶公主。

“你？你怎么在这里？”

林君如睁大了眼睛，他们下午出来探索的目的，不正是为了寻找失踪的小枝吗，此刻却踏破铁鞋无觅处，得来全不费功夫。

小枝的嘴角带着神秘的微笑，蝴蝶伴着她走过野草，来到童建国等人的身边，共同面对黑暗未知的门洞。

“你说这是蝴蝶公墓？”

杨谋盯着小枝的眼睛问道，一只蝴蝶就停在她的眉毛上。

小枝轻轻挥手赶跑了蝴蝶，柔声说："传说每个城市都有一座蝴蝶公墓，隐藏在城市边缘的某个角落，顾名思义就是蝴蝶埋葬之处。"

童建国摇摇头说："太荒唐了！"

但小枝丝毫不为所动，沉着地说道："我们平时极少目睹蝴蝶之死，因为它们会在寿命将近之时，飞入蝴蝶公墓等待死亡降临。蝴蝶公墓是城市的另一个中心，是幽灵们聚会的地方，是地狱与天堂的窗口。"

最后一句话震住了所有人，就连四周的蝴蝶们也散开了，纷纷挤入门洞躲避着她，仿佛她正带着网兜来捕猎。

"什么？地狱与天堂的窗口？"杨谋低头沉思片刻，"南明城不就是地狱吗？哪里来的天堂？"

就在他说完这句话的时候，又一只蝴蝶掠过他的头顶，淡淡的异香涌入鼻息，让他不由自主地抬起头，看到了美女与骷髅。

这是一对蝴蝶的翅膀，左右两边不同的图案，一边是美女一边却是骷髅，美艳无比又令人恐惧。此刻其他蝴蝶都不见了，荒野中只剩下这么孤独的一只，它几乎悬浮在空中，转眼飞到了门洞口。

杨谋痴痴地往前走了几步，他从未见过这种奇异的动物，难道梦到了庄周化身的蝶？他伸手去触摸那美女与骷髅的翅膀，背后却传来小枝的警告："不！不要碰它！"

童建国等人向前走来，玉灵快步走到他身后，抓着他的肩膀说："小心！"

看着玉灵美丽的眼睛，杨谋颤抖了片刻，他已为这双眼睛失去了妻子，还会为这双眼睛失去什么？他猛摇了摇头，重新注视着那只蝴蝶，它才是真正完美的精灵，跨越阴阳两界的天使。

"这是'鬼美人'！"

小枝冷冷地吐出了这几个字，瞬间让其他五个人都呆住了。

"鬼美人？"杨谋依旧盯着那只蝴蝶，翅膀上的"鬼"和"美人"，实在是太贴切的形容了，"我喜欢这个名字。"

伊莲娜摇着头问："这究竟是什么蝴蝶啊？"

"非常稀有的蝴蝶，只有在南明城附近才有栖息。几千年前它就出现在了古书中，许多南方民族都曾将它奉为神灵。但'鬼美人'在中原人眼中，却代表着灾难与邪恶，只要看到它便会遭遇不幸。"

小枝冷冷地说出一段话，盯着门洞口的"鬼美人"，它要回到蝴蝶公墓去了吗？

“也许那不过是古人的臆想，”林君如本能地后退了两步，“人们在‘鬼美人’的身上，寄托了对美丽的向往和死亡的恐惧。”

“其实，古希腊神话中也有‘鬼美人’，传说是特洛伊战争中美女海伦的化身，俄狄浦斯恋母杀父的故事也与它有关。中世纪的基督教会，将‘鬼美人’认定为异端邪说，并大肆捕杀这种蝴蝶。”小枝喋喋不地说了一大段，越说越让大家心里发颤，“可能是因为环境的变化，大多数‘鬼美人’都已灭绝，只有极少数幸存在一些秘密的山区，比如沉睡之城。”

话音未落，那只“鬼美人”似乎听懂了她的话，扑起翅膀往门洞的深处飞去，转眼就消失在黑暗的深渊中了。

“别！你别走！”

杨谋绝望地大喊着，似乎那只蝴蝶就是唐小甜，她已在大火中涅成了“鬼美人”。

就在他要冲进可怕的门洞时，小枝第二次警告：“危险！绝对不能进入蝴蝶公墓！”

但他仍然执拗地要往里走，玉灵从身后紧紧抱住了他。也许是地陪的责任心，也许是某种超出工作关系的情感，使她再也不顾忌其他人的存在，在他耳边轻声说：“你不要进去，不要进去啊！”

“放开我！不要抱着我！”杨谋发怒了，回身重重地一把推开玉灵，“我就是要去蝴蝶公墓，去找我的‘鬼美人’！”

没等到童建国上来拉他，杨谋已决然地冲入门洞，童建国本能地在阴影前停住了脚步。

“不要！”

玉灵倒在地上嘶喊着，散乱着头发像个可怜的孩子，伊莲娜轻轻地扶起她说：“他不值得你这样。”

门洞的阴影已全部吞没了杨谋，他像投入坟墓的野鬼，消失在沉睡之城的黄昏。

剩下的五个人站在门外，面面相觑，不知该怎么办，玉灵回过一口气来说：“我们要进去救他，快点跟我走。”

但童建国把她牢牢按住了：“不，你留在这里，还是让我进去吧。”

“谁都不要进去！”

还是小枝打断了他们，她冷艳地站在门洞口，昏暗的光线遮不住她的眼神。

“我才不信什么‘蝴蝶公墓’和‘鬼美人’的鬼话。”童建国摸了摸裤脚管里的手枪，掏出兜里的手电筒。

“请你为大家考虑一下，这里只有你一个男人，如果你进去不能出来的话，只剩下我们四个女生该怎么办？”

这句话倒让童建国停住了，他回头看了看可怜的玉灵，还有其他几个女生，自己是唯一的男人了。他在门洞口踌躇了片刻，拧起眉毛盯着小枝的眼睛，她究竟是从哪里来的？怎么会突然出现在这里？又是怎么知道“蝴蝶公墓”与“鬼美人”的？

时间——就这么在僵持与犹豫中流逝，凉风掠过废墟的野草，四周已不见一只蝴蝶，只剩下这些惊恐的人类。

滴答……滴答……滴答……

突然，一阵脚步声从门洞里传来，沉闷又带有深深的回响，宛如井底溅起的水花，飞向门洞外的所有人。

大家都下意识地后退了几步，直到某个人影浮出黑暗的世界。

一个血做的人。

浑身上下都是伤痕的人，一路狂奔一路流着血的人，浑身的衣服都已被撕碎，仿佛刚刚遭遇过酷刑拷打。

他刚跑出门洞便摔在了地上，黄昏下难以分辨血肉模糊的脸。童建国推开其他几个女生，抹了抹对方脸上的血污，才露出一张英俊而苍白的面孔。

果然是杨谋。

童建国用力摇了摇他，身体却完全没有反应，再摸了摸杨谋的鼻息，竟已摸不到呼吸了！再探了探他的脉搏，同样一点动静都没有，童建国的心也沉到了水底。

林君如和伊莲娜都闭上了眼睛，玉灵却伤心地扑到杨谋身上，只有小枝默默地站在一边，像个冷眼旁观的天使，迎接死去的灵魂去另一个世界。

杨谋已经不会再醒来了，各种细小的伤痕布满全身，那是蝴蝶蛰咬的痕迹，剧毒已流遍他的血管，彻底粉碎了他的心脏。

他死了。

童建国的嘴唇在颤抖，自己的双手也沾满了血，他放手让杨谋躺在地上。野草覆盖了渐渐变冷的尸体，玉灵跪在死者的身前哭泣，却无法挽回灵魂的飘逝。

杨谋是第八个。

终于，又有几只蝴蝶飞了出来，翩翩舞动在玉灵身边，如一幅悲哀的水彩画。

林君如和伊莲娜也走上来，童建国越退越远，再回头向四周眺望，却突然发现有些不对劲。

小枝——小枝不见了……

18:00

黄昏下的沉睡的别墅，旅行团新的大本营。顶顶仍在阁楼上看书，孙子楚在二楼睡觉，秋秋悄悄走下了楼梯。

中午起她就窝在楼上，无聊地打开尘封的电脑，发现竟有一款自己常玩的赛车游戏。秋秋强迫自己暂时忘掉丧母之痛，端起鼠标键盘来疯玩了一下午。好久都没有这么疯过了，以前黄宛然严格监视着她，强迫十五岁的女儿不准碰电脑。现在她突然成了“父母双亡”的孤儿，再也没有人会管她了，心底却感到莫名的失落。

一直玩到手背抽筋似的酸痛，赛车不知道翻了多少次，秋秋才筋疲力尽地关掉电脑。可一旦闭上眼睛休息，黑暗中就显出妈妈的脸，她从高耸入云的宝塔尖上坠落，微笑着与女儿永远作别。

“不！”

秋秋难过地睁开眼睛，轻声走出这间该死的卧室，来到底楼寂静的客厅。

“你怎么下来了？”

在客厅里守了几个钟头的钱莫争，关切地向女孩走来。秋秋本能地往后缩了缩，还是被他有力的大手抓到，硬生生地拉到沙发边坐下。

“我……我也不知道。”

面对长发披肩的摄影师，秋秋怯生生地回答，不敢去看他的眼睛。

“那就陪我坐一会儿吧，我也感到很无聊。”

钱莫争看着客厅的玄关，探路的人们毫无音讯。整个下午他都像个雕塑，虽然已困倦到了极点，仍强迫自己在这儿保护其他人。

两个人在沙发上呆坐了几分钟，十五岁的少女终于抬头看着他。女孩心底那个疑问却越来越大，撩得她血管都快燃烧起来。

秋秋不想再反复揣测了，冷不防地问道："你是我的爸爸吗？"

"什么？"钱莫争怔了一下，万万想不到秋秋会问出这个问题，"你问什么？"

"我的亲生父亲究竟是谁？"

少女的眼睛紧盯着他，钱莫争的嘴唇开始发颤了，也许她的妈妈已经说过了。可他从来都没有准备过，究竟该怎么向女儿说出真相。抑或永远都不敢说出来，为黄宛然保守那个秘密，对女儿只能默默地关心。他发现自己竟是那么怯懦！

"请告诉我！"秋秋继承了母亲的坚强，固执地紧追不舍，"无论是YES还是NO！我只需要你的一个回答！"

咄咄逼人的女儿，让钱莫争变得无路可退，不管秋秋将怎样看待自己，那个秘密的泄露已无法挽回——

"好！我承认！我就是你的亲生父亲！"

客厅又寂静了下来，窗外的夜色正渐渐侵入，沉睡之城将记住这句话。

秋秋也沉默了十几秒钟，脸上的表情那样复杂，转头轻声苦笑道："谢谢。"

这么一个轻描淡写的"谢谢"，却让钱莫争的心瞬间崩溃了。他已准备好了被女儿痛骂，甚至是被当做骗子挨耳光，此刻却目瞪口呆了半晌。

"不，你应该恨我！"他低下头痛苦地忏悔，完全不像四十多岁的男人，"对不起！对不起！"

"我只想要证实——"秋秋已经有些哽咽了，捂着嘴巴说，"证实妈妈说过的话是否是真的？谢谢你亲口告诉我真相。"

"当然，当然是真的，我才是你的亲生父亲。这个秘密只有你妈妈知道，她已经隐藏了十五年，她不想再隐藏下去了。但请不要责怪你的妈妈，她是一个伟大的母亲，为你忍受了许多痛苦，从来都没有为自己考虑过，直到生命的最后一刻。"

"不要再说了。"

钱莫争却无法让自己停下，越发悲切地说："一切都是我的错，我是个失败的男人，从没有尽过父亲的责任，甚至十五年来都不知道你的存在，直到几天前才知道真相——不，我根本不配做一个父亲！相比之下我真的很佩服成立，他养你爱你那么多年，最终为你付出了生命，他才是真正合格的父亲。对不起，秋秋，真的很对不起你！我不敢对你说出这些话，尽管我现在也非常非常地爱你，可是这爱来得实在太迟了。"

他边说边抓着自己的长发，在苦笑中流下了眼泪。却没想到秋秋伸出手，轻轻拭去了他脸上的泪水。钱莫争感激地抓住她的手，却什么话都说不出来了。

秋秋瞪大着眼睛，嘴角颤抖着说："妈妈死去以后，你就是我唯一的亲人了，请你不要离开我。"

"好，我保证再也不会离开你了，我的上半辈子是一个错误，我已经害了你的妈妈，我不会再让你受到任何的伤害。我们将永远在一起，我亲爱的女儿。"

钱莫争一把将她搂到自己怀中，用温暖有力的大手抚摸她的头发，忽然尝到了做父亲的滋味。

"爸爸！"

秋秋在他怀中轻轻叫了一声，少女的声音宛如猫叫，却让钱莫争听得真真切切——这辈子第一次有人叫他爸爸，这感觉竟然如此奇妙，似乎把他全身的血肉都融化了。

"我亲爱的女儿。"

他也激动地对秋秋耳语着，将她抱得更紧了。

父女两人的泪水共同奔流，打湿了彼此的肩头，也打湿了封闭着的心。

……

突然，院子的铁门被人急促地敲响了。

钱莫争依然抱着女儿难舍难分，但外面的声音敲得更响了，让他被迫放开秋秋说："等一等，坐在这里不要动！"

他擦了擦脸上的泪痕，小心翼翼地走到铁门后，在夜色下问道："是谁？"

"我们回来了！"

那明显是童建国的声音，钱莫争赶紧把铁门打开。外面停着一辆克莱斯勒 SUV，童建国、玉灵、林君如、伊莲娜四个人惊魂未定地回到大本营。

"小枝还没找到吗？"钱莫争等他们走进客厅以后，才发现又少了两个人，"叶萧和杨谋怎么没回来？"

童建国等人一回到客厅，就疲倦地大口喝水，人也在东倒西歪地倒在沙发上，只有玉灵沮丧地回答："叶萧失踪了，杨谋——死了。"

"什么？杨谋死了？"

钱莫争赶紧抓住秋秋，以免孩子受到惊吓。

是的，杨谋死了。

半个多小时前，杨谋死在了蝴蝶公墓——城市的另一个中心，幽灵们聚会的地方，地狱与天堂的窗口。

就在那致命的荒野里，童建国等人为杨谋之死而手忙脚乱时，小枝却不知不觉地消失了。等到大家反应过来，她早就不见了任何踪影，宛如幽灵化入蝴蝶公墓之中。

小枝又一次跑了！

面对旅行团里第八个牺牲者，所有人都近乎崩溃了。尤其是玉灵更加难过，她感觉杨谋与唐小甜夫妻的死都与自己有关，只有童建国还在安慰她。

最后，他们将杨谋就地埋葬，在蝴蝶公墓外的野草丛中，挖了一个浅浅的土坑，将杨谋放入了泥土的怀抱。

一座小小的坟墓立在黄昏中，四个同伴在旁边默哀了片刻，又有不少蝴蝶翩翩而来，它们将陪伴杨谋，直到永远。

夜色，完全笼罩了沉睡之城。

月亮，渐渐骑上茂密的榕树枝头。

叶萧，依然走在那条漫无止境的路上。

现在是晚上七点，他整个下午都在南明城里游荡，除了自己没看到一个人影，也没有任何生命的迹象，仿佛同伴们都从不曾存在过，仿佛自己只是个孤魂野鬼。

虽然还没忘记他的目标——小枝，绝望却已缠绕着他的全身。其实他知道回大本营的路，只要走到城市中央的那条大道，但他已无法忍受坐以待毙的感觉，无法面对所有的同伴们，自己居然那么脆弱不堪，只配孤独地流浪在月光下。

路边个别的小店亮着灯，但叶萧已不奢望会有所发现。在他转过一个狭窄的街角时，却感到灯光里闪过一个影子。

这细微的变化刺激着他的眼睛，或许是出于警官的职业本能，他藏在行道树后加快了脚步。那是一家寂静的小餐馆，看招牌是经营港式烧味的，在店前昏黄的灯光下，蹲着一个白色的精灵。

居然是那只白色的猫！

叶萧揉了揉眼睛，确认自己并没有看错，这只猫通体都是白色的，翘起带有火红色斑点的尾巴，猫眼在夜晚射着幽幽的光。

又是它——分明就是指引他们到别墅的那只猫，神秘而邪恶的家伙！

猫眼在盯着叶萧，又是那挑衅似的眼神，抑或是异性的火热诱惑，要把他的魂勾到夜的深处。

他缓缓往前走了几步，想慢慢地靠近它，可白猫突然起身拐入一条横马路。叶萧跟在后面加快脚步，但哪里追得上轻盈的猫，一眨眼它就没入街边的阴影，再也看不到踪迹了。

叶萧茫然地四处寻觅，小路只有零星的灯光，根本看不清猫的所在。他心底立刻焦虑起来，烦躁地挠了挠头发，忽然看到远处的路灯下，有着一个模糊的影子。

他一路快跑着冲上去，白猫果然就蹲在那里，气定神闲得等待他靠近，又一次在即将被抓到时，它弓身向前蹿了出去，没有给警官一丁点机会。

猫始终与人保持着距离，又在没入黑暗无从寻觅时，及时地出现在前头的灯光下。它又一次扮演了引路者的角色，带着叶萧穿过三四条街道，直到一片完全陌生的地带。

那里有一片茂密的树丛，中间开着一道大门。在门里高大的树冠后，还藏着一个黑乎乎的建筑物，看来不像是普通的楼房，更像是教堂或工厂之类的。

白猫优雅地"踱"进了大门，叶萧小心翼翼地走上去，掏出手电照着门口的牌子——**"古堡樂園"**。

他几乎轻声念了出来，这名字让他摸不着头脑，犹豫片刻后他走了进去。里面是错落有致的树林，当中分出几条小道，手电光线难以照远，月光下是一栋孤零零的建筑。

隔着绿色的草地与护城河，叶萧看到了那座吊桥，还有黑暗中的狭长窗户，建筑顶端的圆塔与墙垛。

一座城堡。

他不敢相信自己的眼睛，居然有一座城堡！在月光下分外扎眼，明显是欧洲中世纪的样式，简直是从法国某地搬过来的，他站在吊桥上愣了十几秒钟，终究还是不敢踏入堡内。

因为他闻到了杀气。

那股藏在城堡深处的杀气，或者说是一种腥膻之气，某种秘密的生物隐身于其中，邪恶而致命。

等叶萧往后退了几步，才发现那只白猫早已不见了。他又等待了片刻，那神秘的动物依然没有现身，难道是找哪只异性偷欢去了？

就在他茫然无措之时，却听到什么奇怪的声音，从旁边的树丛深处传来。像是某种机械的运动声，还伴随着一些似曾相识的旋律。

叶萧立即提起手电，循着声音向树林里走去，穿过那些茂密的树枝，那旋律越来越熟悉了，渐渐勾起儿时的回忆。

终于，他穿过重重树林，眼前出现一片明亮灯光，刹那将他整个击倒在地。

不可思议！第一反应是告诫自己纯属幻觉，因为他根本不敢相信，居然看到了一组巨大的旋转木马！

旋转木马——

无比华丽的童话世界，几十匹木马上下颠簸起伏，随着底盘转动而纵蹄驰骋。顶棚打出五颜六色的灯光，照亮了每一匹漂亮的木马。不知从哪里放出了音乐，那是儿时每次坐旋转木马都会听到的叮叮当当……

叶萧怔怔地站在那里，仿佛已变成了十岁的男孩，重温童年经历过的梦境——不，这并不是梦，而是确确实实在眼前的，他甚至能感到木马旋转时带起的风，带着尘土和油漆的气味，直扑到他呆若木鸡的脸上。

没错，这就是一组旋转木马，正在迅速转动的旋转木马。

叶萧忽然明白了，“古堡乐园”就是主题公园或游乐园。那座城堡连同这旋转木马，都是主题公园的游玩项目。它也许已经沉睡了一年，却因为电力的恢复而再度转动。

不，是复活。

木马们复活了，它们欢快地在音乐中奔跑，虽然从来不会跑出这个圆圈。

就在其中的一匹木马上，坐着一个女孩

她像刀一样扎入叶萧心底，随后沁出淋漓的鲜血——骑在旋转木马上的女孩，她的名字叫小枝。

是的，叶萧看到她了，寻找了整个下午的女孩。

她就骑在温柔的马背上，双手环抱着木马的脖子，在梦幻的灯光下不停地旋转。木马上的女孩如此诡异，是十年前就骑在马上的幽灵，还是未来将要降临的外星来客？一切都是那样不真实，尽管叶萧确信这并不是梦——除非在沉睡之城里的一切都是梦。

如果世上的童话是真的，那她就是世上童话里最美的公主。

如果沉睡之城也是真的，那她就是沉睡之城最幸福的女孩。

月光如洗。

从荼蘼花开的小院，到鬼美人的蝴蝶公墓，小枝流浪到主题公园，骑上童话中的旋转木马。她享受地骑在木马上，转头看着不速之客叶萧，丝毫没有恐惧和惊慌，而是在音乐中微笑着。从旋转的木马上看出去，站定的叶萧也在不断转动，他们就像两颗互相运动的星球。

木马……木马……木马……木马……

某个声音在大脑里呼喊，他再也无法抗拒自己的记忆，音乐牵着他的衣领往前奔去，直到小枝的“坐骑”转到他跟前。

仿佛身体已不属于自己，他伸手抓住木马的尾巴，跳到转盘上紧跟着跑了几步，便翻身跨上那匹木马，正好坐在小枝的身后。

此刻，世界随着木马一同旋转起来。叶萧双手向前绕过小枝，牢牢抱住木马的脖子，将小枝整个人拥在怀中。

他的胸膛是那样温暖，紧紧贴着小枝的后背，她却没有任何的反抗，转回头看着他的眼睛。两个人近得只剩下几厘米，互相感受对方喷出的呼吸。周围都是梦幻的色彩，就连胯下的木马也有生命，变成黑夜草原上狂奔的白马。

不，她不是他的洛丽塔，她是他的祝英台。

叶萧忘记了所有的记忆，只剩下十五岁的那年暑假，他和班里最漂亮的女孩去了游乐场，他们坐在同一匹旋转木马上，青春年少豆蔻年华，希望时间就此不再流逝，在不停地旋转中度过一生。

当他穿越时光的废墟，这个最漂亮的女孩，已经在自己怀抱中了。他们共骑着白色骏马，穿过沉睡之城的黑夜，逃出恶魔们的陷阱，向属于他们的天堂而去。

紧紧抱着小枝，紧紧抱着想象的爱人，紧紧抱着失去的时光。

旋转木马，将旋到哪年哪月？

19:00

新的大本营，谁家的别墅？

幸存的人们聚集在餐厅——童建国、玉灵、伊莲娜、林君如、钱莫争、秋秋、孙子楚、顶顶。

只剩下八个人了，他们围坐在餐桌边，自上而下的灯光打在脸上，个个愁眉不展，好像在吃最后的晚餐，没人能知道谁就是第九个牺牲者。玉灵和林君如做了些简单的食物，但很多人都吃不下去，尤其是顶顶听说叶萧失踪了以后，她绝望地仰起头："没有他，我们什么都做不了。"

"不至于吧！"童建国冷冷地顶了一句，他向来觉得自己才是旅行团的领导者，"叶萧并不像我们想象中那样有本事，他也是个平凡的人。"

"是，他自己也是这样说的。"顶顶不甘示弱道，"但他身上藏着一股力量，永远都不会放弃的力量，是我们所有人都不具备的。"

这时钱莫争出来打圆场了："别担心，我相信叶萧会化险为夷的，以他的那个拗脾气，说不定还在找小枝呢！"

"但愿他永远都找不到小枝！"林君如愤愤地说了一句话，"只要有了她，马上就会死人！为什么我们整个下午都没找到她，偏偏到了蝴蝶公墓她才出现？显然她对那里非常熟悉，既然是如此诡异的地方，为什么要跑到那里去？"

伊莲娜也点头附和道："有道理！在杨谋死了的时候，她为什么会失踪？只有做贼心虚才会逃跑，说不定就是她布下的一个陷阱！"

"从一开始我就怀疑小枝，不知从哪里钻出来的，为什么全城人都消失了，却只留下她一个人？她是我们中最危险的，是我们的特洛伊木马。"

在对小枝的口诛笔伐中，结束了这顿人气冷落的晚餐。

为了打发寂寞的漫漫长夜，伊莲娜打开客厅的电视机，从柜子里翻出几张DVD，调试一番就变成了家庭影院。她选了一张《蝴蝶效应》塞入影碟机，大伙儿就挤在沙发上看了起来。童建国没有心思看碟，从男主人的抽屉里拿了一包长寿烟，走到客厅门外吞云吐雾起来。

林君如早就看过《蝴蝶效应》了，她困倦地回到二楼卧室，倒在床上深呼吸了几口。早就后悔不该参加这次旅行了，难道只是因为父亲的遗憾？为了多年前的男人们的眼泪？她重新支撑着爬起来，回到中午用过的电唱机边上，又翻出了那些旧唱片。

又是那张"《异域》电影原声音乐大碟"，底下还叠着一张唱片海报，林君如小心地展开海报，居然印着刘德华的头像，他穿着一身笔挺的军装，明显还不到三十岁，风华正茂英姿勃勃。

这张刘德华主演的电影海报，终于让她想起《异域》电影了。她刹那间明白了许多，这座沉睡在遥远的中南半岛荒芜人烟的森林中的城市，不就是中国人的"异域"吗？这些生活在南明城的中国人，注定永远漂泊在异域他乡，家太远了！他们是亚细亚的孤儿。

正因为刘德华主演了那部电影，使他成为了南明城最大的偶像，所以刘德华的巨幅广告牌，被摆放在南明城入口最醒目的位置！

是的，林君如已经一点一滴地记了起来——十多年前的那个夜晚，父亲拖着她去看那部电影，她完全没看懂电影说了什么，只记得那些悲伤的音乐，或者还有刘德华英俊的脸庞。而父亲却流了两个钟头的眼泪，将她抱在怀中不住颤抖，泪水甚至落到女儿手上。去看那个电影的多是中老年人，电影散场时不少人擦着泪水，仿佛那些悲惨的故事还没有结束。

当然，“异域”故事还没有结束，回首望故乡的眼泪还在流淌。

林君如的眼角莫名地湿润了……

第三季

大空城之夜

第七章 ■ 催眠

旋转木马，转到此时此刻。

叶萧与小枝，转到童年时光。

转到荒村的进士第，转到大海与墓地之间，转到那座孤独的老房子，转到病毒肆虐的上海一夜……

前世就认识了吗？木马高低颠簸地载着他，像乘着汹涌澎湃的海浪，抱着一只滑溜溜的美人鱼。

是他的小枝。

黑夜的主题公园里，音乐如永不落幕的舞曲，五颜六色的灯光编织梦幻，在最诡异的一匹旋转木马上，骑着一对深深相拥的男女。

叶萧脸颊几乎贴着小枝的腮边，这样的耳鬓厮磨并不陌生，仿佛他们早已相识多年，这温柔美好的瞬间，不过是重复往昔的片断。

去他的沉睡之城，去他的旅行团吧，只愿小枝永在怀中，只愿彼此永不分离。

愿此刻永留。

小枝也配合着他的温柔，侧着脸靠着他的胸膛，抚摸他额头新近的伤疤。只是她的脸颊冷冷的，像一大块储藏多年的冰。

忽然，她幽幽地叹息了一声：

“你抱着的人是谁？”

这是她第一次主动和叶萧说话，仿佛一下子击碎了他短暂的梦境，将他重新拉回到冰冷的沉睡之城。他越发侧过头来，痴痴地看着小枝的眼睛。不知是因为头顶的光线，还是旋转中的晕眩，刹那间视线有些模糊，竟看不清近在咫尺的美丽脸庞。

奇怪，如此简单的问题却难以回答，嘴角随着木马的起伏而颤抖，叶萧感到脑子里闪过一道白光，几乎撕碎了他的身体。

不，他居然看不清抱着的人是谁！

小枝失望地摇了摇头，冷冷地说：“你以为你抱着的人是雪儿吗？”

“雪儿？”

这两个字再度蒙住了叶萧的眼睛，只剩下一条黑暗隧道，他骑着马在隧道里飞奔，直到最深处射出白色的光，笼罩着一个美丽的影子。

叶萧终于看清了她的脸，她的名字叫雪儿。

他的雪儿。

曾经不可磨灭的爱，曾经无法抚平的痛，曾经不能愈合的伤，曾经难以干涸的泪。

叶萧骑着白马来到雪儿跟前，她依然栩栩如生面带微笑。他伸手将雪儿拉上马，让她坐在自己的身前，双臂环抱她在怀里，深深地吻她。

然而，当他重新睁开眼睛，却发现雪儿已经不见，却是另一张陌生的面孔。

她是小枝。

不，他的雪儿已经永远不能回来了。

刚才的一切都是错觉，完美的世界已然崩溃，包括拥抱在自己怀中的小枝。难以抑制的悲戚涌上心头，叶萧仰天看着顶棚，任由灯光刺激着瞳孔，就让木马带着自己旋转到地狱去吧！

突然，他心底打出一个大大的问号，立即盯着马背上的小枝：“你怎么会知道雪儿的？”

“我什么都知道。”

她淡淡地回答了一句，几缕发丝飘到叶萧的脸上，他摇摇头说：“不，不可能的，你不会知道雪儿。”

“你还想念她吗？”

这还用得着回答吗？刚才在木马上紧紧搂着她时，就是他对雪儿思念的错觉，仿佛雪儿又回到了他的身边，两个人共同骑上旋转木马，奔向那片永无烦恼的草原。

但叶萧强忍着悲伤，用男人坚硬的口气说："想念——又有何用？她早已经死去多年，在云南西双版纳的边境，离这里不远的一个地方。"

"也许，她还会回来？"

"是幽灵吗？"叶萧苦笑了一下，"对不起，我不相信这些。"

说罢他跳下了旋转木马，但依旧站在大转盘上，有力的手抓住小枝的腰，沉着地说："下来吧！"

小枝倒是没有反抗，乖乖地由他搀扶下了木马。叶萧拉着她跳到地面，木马仍然在奔腾着，只是已没有了骑手。

"跟我回大本营吧，答应我不要再逃走了！"

他紧紧抓住小枝的手，不容她有反抗的机会，而她也低头轻声说："可是，他们不会放过我的。"

"什么意思？"

"你的旅行团同伴们，他们不会相信我的话，也不会容忍我的存在，我是他们心中的女妖。"

小枝的这种语气就像受了委屈的小女孩，完全不像刚才那咄咄逼人的样子。叶萧挺起胸膛说："放心，我一定会好好保护你的，不会让任何人伤到你一根头发！"

"真的吗？"

"我叶萧从不食言。"

"你敢发誓吗？"

这句话又像个小女孩了，叶萧无奈地笑了一下，便仰头看着月亮说："我对天上的明月发誓，叶萧必将保护小枝，不会让她受一点点的伤。"

"真是个好男人！"也许她想到了张镐哲那首《好男人》的歌词，毕竟是二十岁的女孩，用撒娇的口气说，"还要一生一世哦！"

"好的，一生一世，我都不会让你受伤！"

叶萧盯着她的眼睛，郑重其事地说出了誓言，完全没想到这句话的后果将是什么。

"谢谢。"

女孩微笑了一下，竟带着几分羞涩。

接着他抓着小枝的手，打起手电穿过树丛，离开黑夜的主题公园，向沉睡之城的另一端走去。

旋转木马，依然在地狱与天堂间转个不停。

19:30

大本营别墅的阁楼。

顶顶独自坐在顶灯下，天窗外挂着一轮小小的月亮，仿佛所有的光线都恩赐给了她。

几分钟前，当大家聚拢在客厅看《蝴蝶效应》时，她悄悄走上顶层阁楼，打开下午没有看完的那本书——《马潜龙传》。

虽然，旅行团里又死了一个人，她却没有前几天那么急迫，好像恐惧已奈何不了自己，反倒想要深入了解这座沉睡之城。

下午看到了马潜龙在二战期间的传奇，立下大功晋升为团长，接着就是第四章“泪别家国”。

马潜龙从 1946 年至 1949 年的经历，书中大多语焉不详，竟聊聊数笔就带过了，只说他在孙立人将军麾下带兵，参加了多次重要的战役。在战斗中马潜龙再度身负重伤，在南京的医院里修养了半年。当他伤愈出院之后，便不幸地随部队败退千里，从南京一路溃退到了云南。直到 1950 年的初春，在云南边境的莽莽丛林中，他带着数千残兵败将，面向北方的故乡跪倒在地，痛哭流涕祭拜先祖，然后撤退到了国境线外。

接下来第五章叫“异域孤军”。

这些四处流浪的中国军人们，绝大部分再也没有回过故乡。他们抱着早已绝望的信念，在炎热潮湿的崇山峻岭中生存了下来。这片土地贫瘠而险恶，本地民族闭塞而落后，只能靠种植贩卖鸦片为生，这就是大名鼎鼎的“金三角”。

他们处在各方的包围之中，被迫与别国的政府军交战，经常弹尽粮绝而无后援。无数人埋葬在他乡的泥土中，但却没有十年前远征缅甸的无上荣光。当短暂的和平来临后，除了少数去台湾的人以外，他们永远留在了这片“异域”。

有人成为当地政府的雇佣军，有人以种毒贩毒为生，有人则成立了独立王国。老兵们在此娶妻生子，落地生根，繁衍着中国人的后代，也留下了中国人的坟墓。

马潜龙在晚年回忆过这段漫长而痛苦的岁月："1950—1970 年的二十年，是我人生中最苦闷的年月。最早的几年，我带着数千名老部下，在泰缅边界的山寨中下来扎根，几乎每年都会有激烈的战斗，一个个多年的战友在我面前倒下，让我的心也一起流血。1958 年，台湾终于派遣飞机来接我们了，但我却拒绝了去台湾的机会，我手下的老兵们也没有一个离开我，愿意跟随我做田横三百死士。回首故乡的山河，依然是泪眼朦胧，我们望眼欲穿却再也无法见到。就这样我们在异域漂泊了二十年，当别的部队都开始贩毒或做雇佣军时，我却坚持不沾染这些东西，带着士兵们垦荒种地，宁愿吃粗茶淡饭也不愿同流合污。但是，这片土地太过贫瘠了，出产的五谷难以下咽，无法养育我的老弱病兵们，还有与当地人通婚而繁衍的孩子们。到了 1970 年的春节，我们几乎已陷入了绝境，有的人开小差逃去其他部队，甚至有下级军官阴谋哗变，我忍痛亲手枪毙了三个人，才暂时平息了事端。但我知道这样下去没有出路，我必须为大家找到一个方向，出埃及，渡红海！"

顶顶看到这儿不禁眼眶红了，再看天窗外的那轮月亮，是否也照着北方草原的故乡？

接着，她翻到第六章，"开天辟地"。

1970 年的春天，马潜龙带领了一支小部队，前往他在二战期间隐居的那片山谷。他仍然记得那条秘密的道路，穿越茂密丛林和陡峭的山峦，通过罗刹之国抵达了传说中的神秘盆地。小部队里含有几个有经验的工兵，他们全面勘测了盆地的地质情况，并发现了一处宝藏——黄金！

那是一个蕴藏极丰富的金矿，虽然埋在地下的深处，但盆地的溪流中含有金砂，使得他们很容易就发现了。这个发现给了马潜龙希望，他制订了一个周密而完美的计划，派遣工兵部队寻找四周最薄弱的山口，果然在盆地南缘的一块悬崖上圈定了。他们调来了大量炸药，炸开山体，并用数百人挖掘隧道。

这条无比漫长的隧道，用了三年的时间才大功告成，一切都在秘密之中进行，所人都严格封锁着消息。1973 年的夏天，马潜龙对他的部队和眷属们发表讲话，要带他们去开创一个新的生活。老兵连带眷属总共几万人，带着各种武器和生产设备，从那条一线天的峡谷进入隧道，终于进入那片迦南地！

开始大家不理解为何要迁移到这么闭塞的地方？但当黄金不断从地下开采出来，马潜龙用黄金换来了粮食、衣服、武器、美元时，大家都感到重获了新生，万分卖力地建设起了家园。马潜龙到曼谷秘密聘请了一位华裔设计师，请他为新城全面规划和设计。又经过三年的艰苦建设，一座现代化城市拔地而起，成为真正的世外桃源。

马潜龙给这座新城取名为“南明市”，为了纪念同样流亡到西南边疆之外的南明王朝，也希望子孙后代不要忘记祖先们来自何方。城市中央的广场也被命名为“南明广场”，而那座仿造故宫太和殿的“南明宫”正是马潜龙的办公室。

1980 年，南明城确立了自治城市的地位，马潜龙成为首任执政官。

顶顶看到这里，才明白了南明城的由来！从第一次踏入此地，这个谜团就始终缠绕着大家，却通过这本旧书轻而易举地解开了。

一切都因为这个马潜龙，他实在是个了不起的人物！

继续翻到第七章“域外南明”。

开头是这样写的——

中山先生的最高理想，便是建设一个大同社会。他用了毕生的时间来奋斗，还是没有实现这个目标。他的后继者们用了更长的时间，仍离那理想中的世界相去甚远，革命尚未成功，同志仍需努力！然而，马潜龙却在这域外的群山间，创造了一个真实的“大同社会”。身为中山先生的忠实信徒，这是他终生最引以为豪的事。

整个 80 年代，南明城地下源源不断的黄金，给全城人创造了巨大的财富。马潜龙设立了一个委员会处理财政，先是广泛地开展基础建设，各种商店学校和居住设施，以及城外的水库和电站逐步齐全。整个南明城都实行免税政策，因为依靠黄金收入已足够支持自治政府运作了。人们积

极地从事各种商业活动，通用泰铢等货币，自由开设工厂和企业。

但是，一切对外交通和贸易都掌握在政府手中，在南明隧道的两端有重兵把守，只有自治政府的车辆才能进出。如果有人要离开南明城，必须经过严格审批并交纳押金，除了自治政府的派遣人员外，每年出城的不超过五十人。

许多人都不满马潜龙的政策，认为这将使南明城在封闭中窒息，甚至回到闭塞的中世纪环境。但他一贯地坚持己见，弹压任何反对的意见。1985 年，火药桶终于爆炸，他非常信任的一名亲信，在他开会过程中突

然行刺。一枚炸弹被扔上会议桌，当场炸死了两人，马潜龙本人也被炸伤。

这意外的变故并未击垮马潜龙，他以顽强的意志迅速控制了局面，粉碎了所有的叛乱阴谋，有七名同案犯被捕并处以死刑，只有行刺的主犯侥幸逃脱，并被永远驱逐出南明城。

经此事件之后，所有隐藏的反对势力被一举消灭，马潜龙的威信反而大长，他在自治议会上发表讲演说："我希望建设一个真正的大同社会。但在整个地球实现大同之前，我们必须采取保护措施，用坚强的外壳来保护我们的城市。二十世纪的世界是肮脏的，只要走出南明隧道几公里，便是完全不同的天地，那里的人们在自相残杀，在种植要消灭全人类的花朵，淫欲和贪婪横行霸道，财富者和强权者统治着一切，穷人们被榨干了每一滴血。这是一个多么可怕的世界！只要对外开放那么一点点，只要一点点！我们就会像失去保护的温室花朵，立刻枯萎凋零！永远都要提防人的私欲，这片桃源必须隐藏起来，绝不能为外界所知道，否则便是我们毁灭之时！"

在短暂的争议之后，大多数居民都赞同了马潜龙的观点，并能遵守这些严苛到不合理的规定。南明城仿佛一株深山中的盆景，秘密地茁壮成长起来，并保持了十多年的稳定秩序，再也没有发生过暗杀或政变等事件。到2000年，全城人口竟已超过了十万。

在数十年的岁月中，马潜龙积累起了无上的权威，南明城的兴衰荣辱几乎全系于他一身。在四年一度的执政官选举中，马潜龙连续四届当选执政官，掌握南明城的行政大权，直到1996年，他以76岁高龄退休。

在第七章的最后，作者以自豪的笔触描述了2000年的南明社会——

自治议会：由100名议员担任，每三年换选一次。

执政官：一名，间接选出，由全体议员投票选出，每届任期四年，可连任多届不限。

其下有警察局、税务局、工商局、市政局、卫生局、邮政局等机构。

自治军队：由执政官指挥，拥有1000名士兵，各种先进武器：包括三十辆布拉德利步兵战车，三架黑鹰直升机，一架阿帕奇直升机，均从国际军火商手中走私进口。

司法机构：高级法官一名，中级法官十名，陪审团若干人。

监察机构：高级检察官一名，中级检察官十名。

《南明自治法典》：以法德大陆法系为蓝本，结合东方传统法系。为防毒品渗入南明，法典严禁吸毒贩毒，违者一律处以死刑。

1999 年度，南明城 GDP 总量为 15 亿美元，其中黄金收入占 55%。

接着就是《马潜龙传》的最后一章，“人生的终点”。

2000 年，马潜龙正好 80 岁，他已退休四年了，隐居在南明城的一栋小屋中，再也不问政事。他本有机会回祖国去看看，却因种种原因未能成行，成为他终生的遗憾。许多人劝他写回忆录，将自己毕生传奇经历写下来。他却婉言谢绝，说生命中总有许多不能言说之事。

作者依靠各种零星的记载，包括大陆早期的各种文件和报纸，还专门申请去台北查找档案，了解关于马潜龙在六十年前的军旅生涯。至于逃亡到金三角以后的经历，则来自许多老兵的口述。整部传记写了整整十年，但仍有许多内容不能完整。尤其是 1942~1945 年，马潜龙在这片原始盆地的经历，只要他本人不开口，便永远不会有人知道。

2000 年 9 月 9 日，马潜龙在寓所中突发心脏病去世，享年 80 岁。

十天后举行出殡大典，南明城万人空巷来为他送行，他的骨灰被保存在南明宫中，等待将来能魂归故土。

随着马潜龙的去世，南明城的历史翻过了一页，属于他的时代结束了。

南明城将仍然在他的阴影之中，还是将走上一条新的道路？

《马潜龙传》的结尾没有给出答案，这本 2000 年秋天出版的书，最终在顶顶的叹息声中，结束了最后一句话——

“只有走到生命的最后一天，我们才能真正了解自己的命运。”

看完这句颇具哲理的话，顶顶合上书本沉思默想了片刻。在沉睡的别墅顶层的小阁楼里，月光与灯光共同洒在顶顶额头，仿佛浸入另一个人的人生。

突然，楼下发出一声枪响！

21:23

沉睡的别墅，底楼客厅。

电视机屏幕上打出《蝴蝶效应》的片尾字幕，挤在沙发上的人们松了一口气。100 多分钟过去了，这部电影并未驱散大家的恐惧，反而加剧了他们的不安全感，尤其是刚去过蝴蝶公墓的伊莲娜和玉灵。

孙子楚双眼紧盯着屏幕，好像已深深进入了剧情中，看完后出了一身的冷汗。秋秋始终坐在钱莫争身边，让大家搞不懂他们什么关系。为什么前两天还像仇敌一样，今晚却完全改变了态度？童建国却几乎没怎么看，一直警觉地守在玄关处，或者到别的角落查看一下，他很留心窗外的风吹草动。

突然，院门外响起沉闷的敲门声。童建国冷不防地打了个激灵，立刻示意大家不要慌张。他小心翼翼地走出房门，来到院墙的铁门后，大声地问："谁？"

"是我！叶萧！"

果然是叶萧的声音，童建国又惊又喜地打开铁门，只见一对男女互相搀扶在月光下。

叶萧和小枝。

再度看到小枝的脸，还有她那略带小邪恶的眼神，毫不畏惧地闯入别墅小院，手挽在叶萧的臂弯里，仿佛杀手莱昂的小情人。

相比黄昏时分在蝴蝶公墓，小枝显得更加美艳动人，浑身散发着诱惑的气味，五十七岁的童建国也痴痴地站住了。

叶萧也显得英姿勃发，带着沉睡之城的公主，旁若无人地闯入客厅。

一阵冷风随着小枝的裙摆吹入玄关，大家先感到后脖子冷飕飕的，接着回头看到了那张诱人的脸。

伊莲娜第一个霍地站起来，颤抖着喊道："YOU！"

其他人都瞪大了眼睛，仿佛蝴蝶公墓中的鬼美人再现，正目光高傲步履轻盈地前来赴宴。

此刻的小枝，已与他们第一次见到的那个小枝，彻彻底底地判若两人了！

第一次见到的她脸色苍白，神色惊恐，长发披肩，处处透着忧郁与纯洁，不敢与他人高声说话，极力回避男人们的视线，宛如不食人间烟火的仙子，又似坠落凡尘的悲伤天使。

而现在的这个小枝，却分明是"一树梨花压海棠"的洛丽塔，脸颊红润唇色艳丽，甚至带有几分哥特与朋克，大胆野性欲望蓬勃，目光扫过之地花朵枯萎，眼神直指之处月光羞涩。

数天前与数天后，她在地狱天堂旋转门间变幻身形。

从白玫瑰到红玫瑰！

更令他们吃惊的是叶萧，居然情侣似的带着她，两人的双臂交缠在一起，丝毫不在意他人鄙夷的目光。

“你们……你们怎么？”

林君如正好从楼上走下来，看到这一幕立刻说了出来。

叶萧若无其事地回答道：“下午出去不是找小枝的吗？现在我把她给带回来了。”

“我们欢迎你回来，但是——不欢迎她！”

林君如说完伸手指向小枝。

接着，其他人也都围拢上来，将叶萧和小枝包围在客厅中央，叶萧总算皱起了眉头：“你们想干什么？”

“你一定还不知道！我们中间又牺牲了一个人！”童建国转而盯着小枝，冷冷地说，“杨谋死了！”

“杨谋死了？”叶萧这才意识到严重性，按捺着自己焦虑的心，“为什么？发生了什么？”

“为什么？哼！你问她吧！”

林君如依旧直指着小枝，却不敢靠近这冷艳的女孩。

“怎么回事？”

叶萧转身问着小枝，却得到一句淡淡的回答：“我已经警告过杨谋了，但他一定要进去，那是他自己的选择，也是命运的安排，谁都无法阻拦。”

但还没等叶萧说话，童建国就抢先喊道：“别相信她的话，叶萧，你已经被她迷住了吧？”

最后一句话让叶萧脸上一红，但随即直视着童建国说：“你以为我是那种人吗？”

“别吵了！”

玉灵走到他们跟前，将童建国推到了一边，然后把黄昏时分在蝴蝶公墓，大家见到的离奇景象，以及杨谋的意外死亡，全都原原本本告诉了叶萧。

全部听完以后，叶萧低头喃喃自语：“鬼美人？”

“你不觉得她很可疑吗？她怎么会突然出现在那里？又知道那么多蝴蝶公墓的事情？”林君如依然直指着小枝的脸，“虽然她警告了杨谋，但与其说她在警告，不如说她在诱惑杨谋！故意调起杨谋的好奇心和探险欲，让他自己乖乖地送入虎口！”

夜晚的客厅仿佛成了法庭，面对这些严厉的指控，小枝却显得完全不在乎，淡然地微笑着靠在叶萧身上。

就连十五岁的秋秋，也在心里嘀咕了一句：真邪恶！

叶萧则有些不知所措，又不敢把小枝推走，那温柔的发梢扑在他耳边，似乎自己也坐上了被告席，成为了洛丽塔的同案犯。

“也许这一切都由于她！真正的罪魁祸首！”伊莲娜也指着小枝的鼻子，用审讯的口气说，“既然她是这城市里的人，为什么不把秘密告诉我们？沉睡之城为什么空无一人！”

突然，叶萧推掉了伊莲娜的手，保护在小枝的身前说：“她不是你的罪犯！”

“叶萧，你真的让我很失望！你自己还不知道，你已经失去了理智！”

童建国也忍不住了，视觉掠过叶萧的肩膀，落到后面小枝的脸上。

“不，我很清醒！我知道小枝是无辜的。”

“你知道什么啊，我的叶警官！现在我告诉你，你这个人最大的缺陷是什么？”童建国像个长辈那样管教道，“就是容易受漂亮女孩的欺骗。”

叶萧的心里一颤，耳根子都发红了：“你想要干什么？”

“请你把这个女孩交出来，你知道我有很多的经验，和许多有效的手段，能让她开口说出真话。”

“你的意思是——”

其实叶萧心里已经明白了，所谓的“很多的经验”“有效的手段”，不过就是刑讯逼供！童建国在金三角的游击队打了那么多年仗，什么人没有见过，什么事没有做过？相比较在战场上杀人放火，对俘虏和奸细严刑拷打更是小手段了！

不，绝不能让小枝落到童建国的手里，那简直就是掉到地狱里去了，叶萧可以想象那些残忍的手段，各种让人痛不欲生的酷刑，这二十岁的柔弱女孩怎能承受……

“畜牲！”

他毫不客气地回答了童建国。

“哼，我不认为有什么不对，这样做也是为了大家好。谁不想知道沉睡之城的秘密呢？谁不想活着逃出去回家呢？这个关键就在小枝的身上，只要她说出来大家都好办，如果她不说或者说假话，那我们都会完蛋！就像刚刚死去的杨谋那样，还会有第九个、第十个，直到最后一个全部死光！”

这时钱莫争终于也说话了：“童建国说的有道理，为了大家的安全，我们必须采取这样的行动，不能再等待下去了，现在等待就等于自杀。”

以往他都为叶萧说话的，此刻却站到了叶萧的对立面。钱莫争迫切地想要带秋秋逃出去，他已经失去了黄宛然，不能再失去自己的女儿了，因为谁都不知道下一个死者会是谁？

“休想！”

叶萧又一次斩钉截铁地回绝了他们。

话音未落，童建国出其不意地动手了，一拳打到了叶萧的腰眼上。

当叶萧痛苦地弯腰时，钱莫争已一把抓住了小枝，要把她给拖到楼上去。就在小枝拼命挣扎喊叫时，叶萧强忍疼痛站起来，从背后打倒了钱莫争，又把小枝给拉了回来。

此刻叶萧脑子里嗡嗡作响，伤处仍然火辣辣地疼着，全身的血气都涌上脑门，成为一头愤怒的野兽，只想保护某位柔弱的公主。

他拉着小枝冲向玄关，童建国大喝一声：“站住！”

林君如已大胆地站在门前，阻拦住他们逃出去的道路。叶萧回头再看客厅里，一个黑洞洞的枪口正对准自己。

几秒钟前，童建国从裤管里掏出了手枪，只有这个家伙才能震慑叶萧。

钱莫争爬起来捂住秋秋的眼睛，不能让孩子看到手枪和鲜血。玉灵和伊莲娜都被惊住了，悄悄躲到了厨房里。孙子楚傻傻地站在原地，竟一点都不来帮他的朋友。

小枝仍然靠在叶萧的身后，把他当做了一堵防弹墙。

是的，他绝不惧怕子弹。

叶萧仰头挺胸面对童建国，反而往前走了一步，枪口距离他的心口不到一米。

他的眼神如此坚固，如北极万年不化的冰雪，冷峻而轻蔑地面对枪口说：“童建国，你害怕了！害怕到只敢用手枪来对付我，为什么不一对一地打一架？难道你觉得自己真的老了？还是根本不敢和我较量？”

虽然叶萧赤手空拳地站着，但这番英雄气十足的话语，却让举着手枪的童建国相形见绌，更令小枝柔情满怀地环抱着他的腰，因为他是一个真正的男人。

黑色的枪口在颤抖，童建国第一次在叶萧面前怯场了，他暗暗告诫自己决不能示弱，至少枪还在自己手中，他低沉地吼了一声：“再说一遍，把她交给我！否则我就开枪了！”

“不！”

"我数到三，我就开枪了！"

小枝抓着叶萧腰际的手更紧了，叶萧也抓住了她的胳膊，其他人都远远地躲开了。

"一……"

叶萧仍然面无表情，如雕塑般看着枪口。

"二……"

童建国把"二"字拖得很长，只见叶萧的眉头微微跳了一下。

但还没等他把"二"念完，叶萧就兀自喊出了："三！"

仿佛是叶萧给童建国下了命令，握枪的手指下意识地扣下了扳机。

四分之三秒后……

"砰！"

枪声——穿透了沉睡之城的黑夜。

顶层的阁楼。

瞬间，凄厉的枪声穿过几层楼板，直冲入顶顶的耳膜中。

刚放下《马潜龙传》的顶顶，立刻被这枪声揪起了心，似乎子弹穿过了自己的身体。刚才她全神贯注地沉迷在书本里，完全没听到底楼发生的喧哗。

她赶紧冲出阁楼，跑下两层楼梯来到客厅，却发现四周沉默得吓人。林君如、伊莲娜、玉灵都躲在厨房间，钱莫争紧紧抱着秋秋，孙子楚躲到了沙发后面，童建国呆若木鸡地举着一把手枪。

叶萧与小枝如情侣一般站在一起。

空气中残留着一股淡淡的火药味，叶萧左侧脸颊留下一道伤口，不多的鲜血正缓缓地渗透出来。

顶顶难以相信自己的眼睛，叶萧居然带着小枝回来了，却是这么一番可怕景象，他们究竟在干什么？

她立刻抓住童建国的手，将那把手枪夺了下来，愤怒地喊道："你疯了吗？为什么开枪？你们要自相残杀吗？"

其实，刚才童建国不是有意要开枪的，只是叶萧那一声惊天动地的"三"，直接刺激了他的绷紧的神经，给他的手指下达了开枪命令，便下意识地扣下了扳机。

幸好他立刻将手高高抬起，枪口并没有冲着叶萧胸口，而是对着天花板射出了子弹！

否则，叶萧早就GAME OVER了！

但子弹击中天花板以后，又向地面反弹而来——这就是弹道学中所谓的“跳弹”，正好擦着叶萧的脸颊飞过去，划出几厘米的浅浅创口，若跳弹轨迹再近半寸，肯定会打爆他的脑袋。

所以，叶萧依然是走运的！

死里逃生的他站在原地，即便脸颊火辣辣地疼，却没有丝毫疼痛的表情，任由鲜血从脸上滑落。小枝立刻转到他身前，用手帕关切地擦着伤口，两张脸几乎要贴在一起了。

这一幕枪战片里的柔情场面，被顶顶看在眼里很不是滋味，但又不好意思说什么。童建国从地下捡起手枪，重新放回到裤管里。

终于，叶萧转身拉起小枝，一口气跑上了三楼。

顶顶也紧跟在他们身后，打开阁楼的房门说：“快点进去吧！”

三个人走进阁楼，随后把小门反锁了起来，顶顶还搬来一些旧家具，死死地顶在门后面，防范楼下那些家伙冲进来。

在月光与灯光之下，叶萧的脸色变得惨白，只是伤口已不再流血，凝结成一道鲜艳的疤痕。顶顶抓住他的衣领说：“怎么回事？究竟怎么了？”

“他们要欺负我，是叶萧要保护我。”

小枝替他回答了，但顶顶依然不满意，她反而盯着小枝问：“上午你为什么要逃跑？你知不知道我有多担心你？我还怕你遭到了什么危险！你究竟去了哪里？怎么又跑回来了？”

顶顶说到这儿不知有多委屈，为了眼前这个危险的女孩，中午还被叶萧深深地误会了，整整一天都心情郁闷。现在她又与叶萧卿卿我我的，甚至要叶萧差点为她而送命，怎能不让人气愤？

而面对她的这些问题，小枝是一个字都没有回答。

“够了！”叶萧疲倦地坐倒，摸着脸颊上的伤痕，但愿不要被破相了，“他们刚才要严刑拷打她呢，不要再强迫她回答问题了。”

他脸上的血痕显得很MAN，加上嘴上茂密的胡茬，仿佛一下子成熟了许多。

顶顶焦虑地抓着衣角，怔怔地看着叶萧和小枝，脑中思量了许久，轻声道：“也许，我们可以换一种方式与她沟通。”

“什么？”

“我也不赞同用审讯的手段，但你肯定也想知道南明城的秘密，想知道小枝究竟是什么人吧？”

叶萧低头诺了一声。

“就是嘛，既然我们不能用硬的方式，不如就用柔和的手段。”

顶顶说完坐到小枝身边，这让这个二十岁的神秘女孩局促起来，狭小的阁楼里堆满了杂物，根本没有空间容得她藏身。

“柔和的手段？”

顶顶的眼神变得迷离起来：“你相信催眠吗？”

“什么意思？”

“几年前，我曾跟随一个印度大师学习催眠术，这是一门古老而神奇的技术，你完全无法想象它的作用，能治疗人的许多心理问题，缓解神经衰弱等症状，更能问出你心底的秘密。”

“心底的秘密——你要用催眠来对付小枝？”

两个人在阁楼上谈着催眠，最害怕的自然是要被催眠的对象，小枝躲到了叶萧身后说：“我害怕！”

叶萧抚摸着她的头发说：“别怕，我们都不会伤害你的。”

然而，小枝还是以恐惧的眼神看着顶顶：“我明白了，我和你住在同一个房间时，你的那些奇怪的眼神，谁都听不懂的咒语，还有神像般的姿势，都是对我的催眠手段！”

“是，一开始我就想从你身上得到真相。”顶顶大方地承认了，说完瞥了瞥叶萧，“难道我做错了吗？”

“至少你应该事先告诉我。”叶萧尴尬地低声道，随后柔和地看着小枝，“没事的，我在旁边保护着你，保证不会让你受到任何伤害。”

阁楼上的小枝已无路可逃，只能乖乖地任由他们摆布。于是，叶萧给顶顶使了个眼色，示意她可以开始了。

顶顶随即关掉了电灯，只有天窗微弱的月光射入。她又从阁楼的杂物堆里找出一根白蜡烛点燃，让烛火在小枝的眼前晃动。在这黑暗的幽闭空间，仿佛又回到了罗刹之国，高塔下的石头密室，这二十岁的女孩不再属于人间，而是个八百年前的幽灵。

当月光也渐渐暗淡时，只剩下这点黄色烛光了，叶萧小心地护在小枝身边，仔细观察她的表情和眼神变化。她开始安静了下来，目光也不再恐惧，几乎盘腿坐在地板上，痴痴地面对烛光。白色的幽光射在她脸上，宛如涂上一层灵异的粉底。白蜡烛闪烁的火焰，使她和叶萧的背影不断跳跃，直到覆盖大半个阁楼。

顶顶嘴里念出一长串的音节，叶萧却一个字都听不懂，原来这就是古印度的梵文，如同咒语灌输到小枝的大脑。随着烛光的晃动，顶顶那锐利的眼神，像在泥土中埋藏了千年的神像，突然放出骇人的电光——这里就是罗刹之国，一个微型的曼荼罗“坛城”，一个意念想象中的小宇宙，从时间的起点到终点，从空间的源头到尽头，紧紧将他们三个人包围，带往另一个世界。

小枝已然被完全控制了，就连叶萧也暂时忘了自己，目光随着烛火而颠簸。

“告诉我，你是谁？”

顶顶终于说了一句中国话。

“我是小枝。”

她回答得很乖，像只温顺的小猫。

“你从哪里来？”

“另一个世界。”

“在哪里？”

“荒村。”

“荒村之前在哪里？”

这个问题却让小枝停顿了许久，叶萧注意到她已闭上了眼睛，但想必烛光仍然在她脑海中晃动。

“在北京。”

叶萧忍不住插嘴道：“怎么又到北京去了？”

“别打岔！”顶顶给了他一个白眼，继续用柔和的口气对小枝说，“你究竟姓什么？”

“阿鲁特。”

“你不是荒村的欧阳小枝吗？”

“荒村的欧阳小枝，只是我生命的一部分，其实我更早的名字叫阿鲁特小枝。”

“阿鲁特？你不是中国人？”

“我是中国人，我出生在清朝咸丰年间的北京，我的父亲是蒙古贵族阿鲁特氏，他是蒙古正蓝旗人，他的汉文名字叫崇绮，曾经做过清朝的吏部尚书。”

叶萧听到这里简直要晕倒了，这个小枝转眼又从荒村跑到清朝，而且变换民族成了蒙古八旗。

催眠师顶顶仍保持着镇定："阿鲁特小枝，说说你的人生吧。"

"我父亲虽然是蒙古人，但他精通汉文儒学，是同治四年的头甲头名状元，官拜翰林院编修。清朝两百多年，满蒙人汉文考试而得此荣耀者，只我父亲一人。"

小枝说这句话时，表情还充满自豪，仿佛已摇身变成了格格。

烛火在她眼前晃了两下，顶顶柔声道："你小时候是怎样的？"

"我的父亲虔诚地信仰佛教，在我十岁时派人到南洋暹罗国，请了一位大法师来做我的老师。这位大师有起死回生之术，据说曾让被埋入地下数年的人复活。我跟他学习各种知识长达五年，他常和我说起他过去的经历。他作为苦行僧浪迹于南洋印度等地，漫游在广阔的森林中，与大象野牛鳄鱼为伴，在墓地中过夜与亡灵对话。但他做成的最重要的一件事，是找到了传说中的罗刹之国！"

"他是怎么找到的？"

"大法师没有说得很具体，只是说当他发现那灿烂辉煌的废墟，走进千年之前的伟大宫殿时，仿佛看到了世界未来的命运。他在罗刹之国独自修行了三年，与外界没有任何接触，在完全空无一人的古代帝都中，靠野果与露水度日，渐渐发现了宇宙的真谛。"

"还有呢？"

其实项顶是要故意打断她的话，因为顶顶心里在说：真邪恶！难道可以自比佛陀？

"五年之后，大法师突然圆寂，当被送到寺庙准备火化时，遗体却已神秘消失了。没过两年，同治皇帝筹备大婚，我也被送入宫中候选。当时两宫皇太后共同执政，西宫就是著名的慈禧太后，她选中了富察氏之女，而东宫慈安太后则选中了我。那年皇帝只有十几岁，没看中自己母亲挑选的富察氏，却偏偏相中了比他大两岁的我。虽然慈禧太后非常生气，但在东宫太后支持下，我还是被册封为皇后。"

"你是说——你做了清朝同治帝的皇后？"

项顶终于也受不了了，被迫还要再确认一遍。

"是的！"小枝的回答是一定确定以及肯定，"隆重的皇帝大婚典礼之后，我与少年的皇帝非常恩爱，就像一对年轻的恋人。皇帝甚至有些疏远了亲生母亲，这让慈禧太后更加嫉恨。她多次刁难我，以种种理由给我惩罚，最终强行把我和皇帝分开。少不经事的皇帝，在太监鼓动下出宫去寻花问柳，结果染上花柳病葬送了性命，死时还不到二十岁。”

“你小小年纪就做了寡妇？”

“嗯，同治皇帝驾崩之后，我夜夜以泪洗面，更受到慈禧太后的欺凌。她认为我这个不中意的媳妇克死了她唯一的儿子。在遭到百般虐待之后我自杀了，方式是最古老的吞金。”

“你死了？”

“金块穿透我的内脏，使我体内大量出血而亡，我死去的那年只有二十一岁。我成为了一个幽灵，却没有脱离躯体，仍寄存在尸体之内，仍有各种感觉，只是无法动弹无法表达思想，我就像个被囚禁的犯人，藏在身体的牢笼里却不为人知。”

听到这儿叶萧和顶顶都毛骨悚然了，顶顶故作镇定道：“但你会被埋葬的。”

“我和皇帝的尸体，在紫禁城的棺材内躺了五年。直到光绪五年，我们位于清东陵的陵墓才完工，举行了下葬大典。我和我的夫君躺在两口棺材里，被送入深深的地宫之中，我们被各种随葬物品包围，等待自己腐烂殆尽的那一天。”

小枝说完停顿了片刻，忽然仰头吟出了一首诗：“回头六十八年中，竟往空谈爱与忠。土已封皇帝顶，前星欲祝紫微宫。相逢老辈寥寥甚，到处先生好好同。如同孤魂思恋所，五更风雨蓟门东。”

这首诗如此悲凉凄惨，宛如有孤魂从眼前飘过，顶顶听之不免动容：“是你写的吗？”

“不，这是当时的一位清朝官员，被我的悲惨命运所感动，死前留下的绝命诗。”小枝睁开眼睛苦笑了一声，“其实，我死后的命运要比这首诗更凄惨。我在清东陵地下躺了几十年，我的丈夫同治皇帝早已变成一堆枯骨，我的身体却仍然保持鲜亮，仿佛刚刚睡着了一样，其实并没有人给我做过防腐处理。而我的灵魂依旧锁在体内无法逃出，仿佛被判处无期徒刑，永远沉睡在这冰冷的坟墓中。”

这段话又让叶萧心里一抖，仿佛在听吸血鬼的哭诉。

而小枝更为投入地回忆下去：“外面的时代在不断前进，坟墓中的我却一无所知，不知道大清王朝已然灭亡，也不知道中国与日本打了一仗，直到1945年——盗墓贼又一次掘开东陵，我和同治皇帝的惠陵也未能幸免。他们闯入我的地宫，从棺材中拖出皇帝的尸骨，然后打开了我的棺材。”

“他们看到了什么？”

终于，顶顶也被她带进去了。

“看到了我，一个睡着了的我，永远停留在二十一岁的我。盗墓贼们把我抬出棺材，发现我的关节转动自如，脸色光泽红润，皮肤甚至还有弹性。但那些卑鄙的强盗们，竟然剥去了我的衣服，抢走了所有珠宝首饰，让我赤身裸体地躺在地宫中！”

小枝说到这竟“哇”的一声痛哭出来，眼泪如潮水涌出眼眶，双手紧紧护住胸前，仿佛全身的衣服都被剥光，被扔在坟墓冰凉的地砖上。她哭得那样凄惨，泪水涟涟惹人心碎，叶萧情不自禁地将她搂在怀中。

“别哭了，没有人再会伤害你了。”

“还没有结束呢！不久，另一伙盗墓贼又闯入了地宫，他们发现金银财宝都被人盗光了，便丧心病狂地剖开了我的肚子！”

“是一群变态狂吗？”

“不，他们是想要找六十多年前，我殉情自杀时吞下的一点点金子！我感受不到身体的痛苦，心底却无比屈辱，老天为什么不让我真正死去呢——虽然六十多年前我就已经死了，此刻却是死不如生，死不如死！几天后，第三批强盗闯入地宫，发现我赤身裸体地躺在地上，长发披散宛如生人，肚子被剖开，肠子流了一地，却没有任何痛苦表情。”

叶萧已经无法承受了，虽然听起来这个故事如此耳熟：“别！别说了！”

可小枝仍然流着眼泪说下去：“后来，我被人从地宫下抱走，我的灵魂也渐渐失去知觉，当我觉得自己可以解脱时，却出生在荒村的一户人家，变成欧阳家的小女儿。”

“阿鲁特小枝？”叶萧怔怔地盯着她的眼睛，“欧阳小枝？”

小枝的大眼睛点了两下，泪水也渐渐干涸，叶萧伸手抹去她脸上的泪痕。

“喵呜！”

某处突然响起一阵尖利的猫叫，顶顶握着蜡烛的手微微一颤，烛火倒在地上随之熄灭。

阁楼里恢复了漆黑，幸好月光又出来了，微弱的光线射入天窗，叶萧紧紧地抓住了小枝。

催眠结束了。

顶顶迅速恢复了镇定，抬头向天窗上望去，只见一双棕黄色的猫眼，正隔着玻璃射出宝石般的幽光。

又是它！那只神奇而捣蛋的白猫！它正站在高高的屋顶上，把猫脸贴着天窗往里看。

“你又回来了！”

叶萧站起来走向天窗，入夜时分就是这只猫，引导着他来到主题乐园，从而发现了旋转木马上的小枝。

此刻，他对这只神秘的猫竟有几分感激之情。

顶顶悄悄走到天窗底下，忽然打开天窗要去抓它，白猫敏捷地躲闪开来，迅速消失在黑夜的屋顶上。

“放它走吧！”

叶萧轻轻叹息了一声，回头看着地板上的小枝。

阿鲁特小枝 OR 欧阳小枝？

小枝已完全清醒过来了，脱离刚才被催眠的状态，大大的眼睛反而清澈纯洁了不少。

她走到叶萧的跟前，几乎是贴着他的耳朵说：“我要和你单独说话。”

第八章■洛丽塔

22:30

孙子楚沉默地守在客厅里，一动不动地盯着大门。童建国在厨房抽着烟，十几根烟头聚集在烟缸中，烟雾缭绕着狭窄的空间。

经历了叶萧的枪击事件后，大家纷纷解散上楼睡觉了。林君如依然与秋秋在二楼主卧室，钱莫争独自在二楼小卧室，伊莲娜和玉灵在三楼房间。

童建国在客厅地板上找了很久，在沙发边上发现了弹头，刚才擦着叶萧的脸颊飞过，差点要了人家的性命。经过天花板反射的弹头，已经严重扭曲变形了，也许还残留着叶萧的血，他将弹头塞进口袋中，静静地站在厨房里，被烟雾和回忆包围着……

三十年前，他不是现在的这个样子，三十年后，他却再也无法回到往昔，无法见到那个让人魂牵梦萦的影子——兰那。

1975年，那片群山中的孤独村寨，一度成为了童建国的家。传说中的罗刹王族后代，美丽的白夷女子兰那，把他从死神的边缘救走，又收容他在村寨中避难。不久他最好的朋友兼战友——李小军也身负重伤来到村子里。他们都有些意志消沉，在大自然的山水之间，萌动的不是革命的种子，而是一种叫做爱情的化学元素。

二十多岁的童建国，第一次确信无疑地爱上了一个女子。他无数次在梦中见到兰那，次日清晨又羞涩地不敢与她说话，只能静静地注视着她，或殷勤地帮她挑一担水或一捆柴，送到她的竹楼又马上离开。心里越是强烈地想着她，面对她时就越是紧张，尽管有许多次单独相处的机会，却总是让机会从眼前溜走。

有时她会在晚上来找他们，通常是某个阴冷的雨夜，她想让童建国和李小军，这两个来自中国的知青，告诉她外面的世界。李小军的口才更好一些，可以从红卫兵讲到上山下乡，从农业学大寨说到工业学大庆。他甚至结合了东南亚形势，大谈美帝苏修争夺世界霸权，中国无私支援越南抗战，唯有毛泽东思想才能解放挣扎在水深火热中的劳动人民。

兰那神往地听着这一切，但最后都会淡淡地笑道："谢谢你们告诉了我那么多，不过外面的世界不属于我。"

每当她离开竹楼以后，童建国又会长长地叹息，李小军拍着他的肩膀说："你那么喜欢她，为什么不当面告诉她呢？"

童建国却躺在席子上沉默不语，听着外面淋漓的夜雨。

他知道白夷话的"我爱你"怎么说，很多次单独陪在兰那身边，还有一次保护她走夜路时，都有机会把这三个字说出口，可每次都会酝酿很长时间，刚想要说出"我爱你"，临到嘴边又活活地咽了回去。

他平时并不是羞涩的人，面对兰那却成了胆小鬼，这让他感到无地自容。但童建国仍在等待时机，让自己的勇气一点点增加，直到那个薄暮弥漫的黄昏。

那天，他赶着一头水牛回竹楼，路过一片开满莲花的池塘，粉红的莲花在雾气中摇曳，散发着摄人心魄的淡淡香气。他痴痴地坐在池塘边，莲花让他想起兰那的笑颜，还有幻想中的销魂夜晚。视线不经意地越过池塘，空旷的稻田里走来一个袅袅婷婷的身影，那不正是筒裙包裹着的兰那吗？也许刚刚从小溪边沐浴归来，边走边梳理着一头乌发。

黄昏中的她让童建国怦然心动，目光又回到了池塘的水面，这些美丽的莲花不正象征着兰那吗？刹那间，他已相信这是上天给自己的机会，便撩起裤管走下池塘。池底的淤泥远超过他的想象，当他摘下那朵最大最艳的莲花时，自己全身上下都已是泥水了。

但他毫不顾及地捧着莲花，美丽的粉红花瓣纯洁无瑕，与他的浑身污泥鲜明映照，仿佛地狱恶鬼嗅花叹息。童建国激动地走上田埂，穿过一片神秘的薄暮，将要把莲花献给心中的女神时，却看到了另一个人——李小军，也是他生死之交的好兄弟，正拿着一朵幽幽的兰花，插上兰那的鬓角。

一阵黄昏的凉风吹来，仿佛揭去兰那脸上的面纱，她正含情脉脉地看着李小军，如温顺的绵羊低着头，任凭中国知青抚摸她的头发。兰花插在她的鬓角上，更像是古代女子的装束，李小军同样也看着她，直到两双嘴唇热热地贴在一起。

从淤泥中走出来的童建国，目瞪口呆地看着这一幕，原来自己的好兄弟竟然——但他的心里并没有仇恨，只是更加地胆怯和自卑。心脏瞬间分裂成了无数片，再沉入北极的冰雪之中。

他唯一恨的人只有自己！

手中的莲花掉进了水田，他悄悄地蹲下不让人看到，隐入田埂外的树丛中，但愿永远从兰那的眼前消失。

从此，童建国再也不敢和兰那说话了，和李小军的关系也发生了微妙的变化，虽然他们还是最好的朋友，可两人之间仿佛多了一层纸，一层永远也捅不破的纸。

一个月后，有群不速之客来到了村寨，要求村里为他们种植罂粟。他们会给村寨提供粮食和各种物资，保证村寨不但会永远不挨饿，而且会变得更加富足。村中的长老征求了兰那的意见，立刻就被兰那坚决地否定了，她已从童建国和李小军口中知道了罂粟是一种邪恶的植物，会祸害许多人的生命。

不久，毒品集团对村子发动了武装袭击。童建国和李小军抓起两把土枪，与毒品集团展开了激烈的枪战。李小军藏在竹楼里向对方射击，结果连同竹楼都被炸成了碎片。目睹好友惨死的童建国，狂怒地向敌人冲过去，结果又一次中弹昏迷了过去。

他不幸地成为毒品集团的俘虏。没想到毒枭居然是一个中国人，

1950年随国民党逃亡至金三角，脱下军装干起了毒品买卖。毒枭很看重中国知青，想把童建国留下来重用，培养他成为新的骨干。

然而，童建国在养好伤后，便悄悄逃出了毒品集团，九死一生地回到村子里。但他看到的却是一片废墟，全村都被彻底毁灭了，只剩下腐烂的尸体，和池塘里疯长的莲花。

在潮湿炎热的气候里，许多尸体都难以辨认了，他流着眼泪寻找了三天，却未曾发现兰那的踪迹。

她是死还是活？

童建国离开了地狱般的死亡村庄，带着心底永远难以愈合的伤，这是他一生中最大的耻辱——没有能够保护好自己心爱的女子。

小阁楼。

“你要去哪里单独说话？”

叶萧并不忌讳地大声问了出来，顶顶心里也“咯噔”了一下。

还有第三个人——小枝乌黑的眼珠转了一下，仰头看着天窗说：“上面。”

“上面？”叶萧也看了看天窗，十几秒前那双猫眼还在窗外，此刻只剩下城里的月光了，“你要到屋顶上和我说话？”

“是的。”

二十岁的女孩嘴唇微撇，不知是来自前清的阿鲁特氏，还是荒村的欧阳小枝？若再口衔一支玫瑰，简直可以入画了。

叶萧拧起眉毛，回头看了看顶顶。

顶顶却避开他的目光，低头说：“你自己决定吧。”

“嗯——”他想了足足半分钟，最后抬头盯着小枝的眼睛，“好吧，我们上去。”

说罢他搬来一张破桌子，踩到桌上打开天窗，双臂用力攀着窗沿，爬到屋顶上了。随后小枝也踩上桌面，叶萧伸手拉住她的胳膊，将她安全扶上了屋顶。

铺满月光的屋顶。

院子四周被大树环抱着，黑夜里难以看清远处的景象，几乎半点灯光都看不到。叶萧仰头深呼吸了一下，晚风灌入他敞开的衣领，刹那让体温降了不少，也许这样可以让人冷静些。

他仍然紧紧抓着小枝的手，生怕她从会从屋顶上掉下去。她的骨头在男人手中又细又轻，就像那只屋顶上的白猫。

“你要对我说什么？”

叶萧靠近她的眼睛问，黑夜里她闪烁的目光，如同坠落人间的钻石。小枝微微笑了一下，随后从他手中挣脱出来，在瓦片上直起身来，大胆地往屋脊上爬去——那是整栋房子最高的地方，叶萧被她的举动吓了一跳，轻声喝道“小心！”

可小枝丝毫都不惧怕，虽然看不清脚下情况，却很好地保持着平衡，她步履轻盈地攀上屋脊。夜风拂起她的发丝，只能辨认一个迷人的轮廓，如黑色幕布下的剪影，就差一点昏黄的灯火。二十岁的尤物在屋脊行走，仿佛回到蒲松龄先生笔下，每一步都吐出诱惑气息，对叶萧回眸一笑——

“我们看星星吧！”

这句话让叶萧的表情僵硬了几秒钟，随后无奈地笑了一下，心底竟升起一股暗暗的暖流，他也迅速爬到了屋脊上面，抓着小枝的手坐了下来。

“半夜数星星？”叶萧仰头看着星空，月亮竟也识相地淡去了，“这就是你要单独和我说的话？”

“为什么不是呢？”

小枝的表情又像个小女孩了，叶萧也笑起来抓住她的手：“你真可爱。”

“可惜，今夜没有流星雨。”

她撅起嘴轻叹了一声，有些撒娇似的靠在叶萧身上，而他也无法逃避她的热情，因为坐在屋脊上无法挪动半步。

夜空里闪烁着无数星星，如一块古老的深紫色地毯，铺在神秘的穹苍之上。叶萧也被这星空所感染，似乎屋顶下的人们都不存在，整座沉睡之城只剩下两个人，在地球的天涯海角，只属于他们的天长地久。

叶萧看着她的眼睛，那里闪烁着原始的火苗，将肉体和灵魂全部点燃，发出暗夜沉闷的爆炸，一齐在心底喊出那个名字——

洛丽塔，我的生命之光，我的欲念之火。我的罪恶，我的灵魂。

洛——丽——塔：舌尖向上，分三步，从上颚往下轻轻落在牙齿上。

洛。丽。塔。

是，小枝就是他的洛丽塔，愿意为之而毁灭一切的洛丽塔，绽开在死亡的沉睡之城的洛丽塔。

她在数着星星。

星星在数着她。

这朵滴着鲜血的玫瑰，把头靠在他的肩上，口中幽幽地唱出一段歌词——

想说今夜为你而美丽
独自数着天上星星
那是我们的钻石
寄存在天使的手指

这是某位作家在2006年的冬天写的，不知何时竟被小枝听到了，变成她的旋律低吟在南明城的夜晚。

然而，这最后一句“寄存在天使的手指”，却一下子让叶萧猛醒了过来。他兀地抓住小枝的肩膀，却没有如电影里那样吻女主角的双唇，而是将她的身体扶正离开自己的肩膀，让两人保持十几厘米的距离。

“我的天使究竟是谁？”

他痴痴地问出来，眼神里一片茫然，小枝也冷静地回答：“你说呢？”

瞬间，眼前闪过一个熟悉的影子，十年生死两茫茫，不思量自难忘的影子。

明月夜，短松冈……

她的名字叫雪儿。

“我知道你在想谁！”

在叶萧陷入回忆的绝境时，小枝冷冷地点破了他的幻想。但他无法阻止那个影子，仿佛月光全都集中到她身上，堆积成一个有血有肉的躯体，画出经年的长发与裙摆，还有那张永不磨灭的脸庞。

“不！”

他抓自己的头发，身体剧烈颤抖了几下，差点从屋脊上摔了下去。

小枝扶了扶他的肩膀，幽幽地吐着气息：“没有什么是我不知道的，因为我是阿鲁特小枝——小枝是无所不能的。”

“你知道雪儿？”

“是的，叶萧，我知道你的一切，你最美丽也最恐惧的梦，就是雪儿。”

他无奈地仰头望着星空，月光又隐去了星星，想象中的那张脸越发清晰：“是！”

“雪儿是你的初恋，也是你在公安大学的同学。你们读的都是刑事侦察专业。她来自一座北方小城，虽然看起来楚楚可人，却是全校闻名的神枪手，就连擒拿格斗也不逊于男生，各项刑侦技能都名列前茅。你虽然也非常用功，但总是不及雪儿出色，而你看起来的冷漠眼神，却意外地触动了她的心。于是，她成为了你的女朋友，你曾经非常非常地爱她，并发誓要永远和她在一起。”

叶萧唯有痛苦地点头，似乎心底最隐秘的记忆，全都被小枝偷了过去，自己完全没有还手之力。他闭上眼睛想起二十二岁那年，雪儿站在一片雪地中，她的眼神略带忧郁，雪儿是否已有了某种预感？他们将要一起去遥远的地方，等待他们的是未知的命运……

“毕业前夕，你和雪儿一起被派去云南实习，参与非常危险的缉毒行动。”小枝说到这儿停顿了片刻，声音好像一下子成熟了许多，“可惜出现了意外，由于你的疏忽使行动失败，雪儿负伤后被毒品集团绑架了！”

“别说了！”

但他根本无法阻止小枝，残酷的记忆仍被一点点地撕开：“很不幸！毒品集团给雪儿注射了大量海洛因，让她在极度的痛苦中死去。更残忍的是在她的生前，竟然被毒品贩子轮奸了。”

叶萧发出沉闷的低吼，却发现嗓子近乎嘶哑了，仿佛有一双手掐住了自己，也仿佛被轮奸的人就是自己。

“不久，警方发现了雪儿的尸体，你在追捕行动中抓获了一个毒贩。你知道他就是轮奸并杀害雪儿的罪犯之一，你用枪顶着他的额头。你已经愤怒到了极点，就像一座沉默的活火山，你心里充满了复仇的念头，于是对他扣下了扳机——”

“不！”他终于大声喊了出来，“我没有，我没有向他开枪！虽然当时我非常非常恨他，就算开枪打死他一百遍，都无法消除我的仇恨和痛苦，也几乎就扣下了扳机——但是，我没有，我流着泪放下枪，将他押回缉毒队里。我也曾为此而后悔，也觉得自己是个胆小鬼，那么多年来一直忘不了，一直幻想自己开枪打死了他。但真相是，我没有！”

叶萧好像站在法庭的被告席上，满是忏悔地做着自我辩护，最终却仍然宣判自己有罪。

小枝沉默了许久，月光洒在她没有表情的脸上，直到她柔声道：“对不起，我不该对你说起雪儿。”

“没关系，反正我也无法忘记她。”叶萧无奈地苦笑一下，又一次体验那深深的内疚，他轻轻抹去脸上的泪水，“雪儿死去的地方，就在距金三角不远的边境线上，我猜想离这里不过几十公里，也许她的灵魂已飘到了这座城市。”

他回头盯着小枝的眼睛，似乎看到了另一个人的影子。

似乎被他的痴情感染，一双温柔的手，抚摸着他白天受伤的额头。小枝的眼神也越加柔和，冰凉的手指就和雪儿一样。

“你回来了吗？”

叶萧恍惚地在心里问，却不知道自己想的究竟是哪一个？已经化为幽灵的雪儿？还是早已化为幽灵又复活的小枝？

00:00

屋顶之下，三楼的卧室里，亮着一盏温暖的台灯。

这是女孩子的卧室，又被整理清扫了一遍，伊莲娜正在床上熟睡。玉灵独自坐在灯下，抱着一个泰迪熊的靠垫。打小在山村里长大的她，从未住过这种房间，不知这辈子还有没有机会？她都有些嫉妒这屋子曾经的主人了，低头叹息了一声，从包里掏出那本笔记簿。

翻开小簿子的内页，密密麻麻地写满了蝌蚪文，这是英俊的年轻僧人送给她的，记录了一位森林云游僧大师的故事。几年来她一直反复看着这些文字，在沉睡之城的漫漫长夜，没有比阅读这本笔记簿更合适的了。

玉灵在心里默念一位老僧人的自述——

我，阿姜龙·朱拉，在我漫长的森林云游僧生涯中，担负了许多个不同的使命，除了去寻找传说中的罗刹之国外，还要探究灵魂与肉体的关系。

灵魂与肉体——最好的研究场所是墓地。

我的师傅曾经告诉我，为了在禅修时不被打扰，最好是去森林中的墓地。但每个人都出生自世俗，总免不了对鬼魂和死亡的恐惧。而为了克服这种恐惧，去坟场过夜就成为修行的重要部分。

在我年轻的时候，也有过对坟墓的强烈害怕。有一次我目睹村民们的火化仪式，死者身上窜出绿色的火焰，发出令人作呕的恶臭，也许那就是远去的灵魂？

在我为死者诵经完毕之后，便独自留在墓地过夜。虽然表面上装作镇定自若，其实心里早已颤抖不已，我发觉自己未能脱离凡尘，仍然留恋这一点点的生活。

夜幕降临，森林漆黑一片，地下埋藏着无数尸骨。只有我一个人枯坐着，身边有一具火化好的尸体。我不断告诫自己要驱散恐惧，想象中有无数鬼魂向我走来，我只能高声诵经以驱赶他们。直到我再也无法忍受之时，却毅然地站了起来，披上袈裟走向不幸的死者。

我点燃了一盏油灯，火化的尸体只剩一些残骨。想象一个完整的人，也许昨天还生龙活虎，此刻却变成了这些肮脏之物，我心里反而升起怜悯。我强迫自己坐在尸体边，心想自己也迟早会变成这样。

突然，我听到身后的树丛传来什么声音，也许是什么夜行的猛兽？我知道这附近有老虎出没，但它们很少攻击人类，只有在吃过死人的肉之后。但是，在这荒凉的坟场，老虎吃未被火化的死人肉的机会并不少。

但四周全然没有老虎的声音，就连气味也不属于这种猛兽。我让自己的心冷静下来，面对尸骨盘腿打坐，闭上眼睛不再去看那东西。

我感到它已来到我身后，又围绕着我转了一圈，阴冷的风掠过我的耳边，就像什么人对着我的脸吹气。

那是鬼魂的气味？

也许还有一对破碎的眼珠，那是浑身烧焦的尸体，来向我讨教解脱痛苦的办法？

然而，此刻我自己也全被痛苦笼罩着！

我首先要解脱的是自己，但恐惧已全部控制着我，仿佛洪水淹没了森林，即将淹过我的头顶。

“你害怕什么？”

冥冥中响起一个声音，那是来自我的体内。

我开口用自己的声音回答：“死亡。”

“‘死亡’在哪里？”

“‘死亡’就在我身体里。”

“如果死亡就在你身体里，你又要逃到哪里去？逃走了，还是会死；留下来，也是会死。无论到哪里，它都跟着你，因为它就在你身体里面，你无处可逃。不管你害不害怕都一样会死，根本无处可逃。”

当这神秘的声音渐渐隐去，我却完全消除了恐惧！很快天空响起雷声，一阵大雨倾盆而下，森林中响起各种声响，无数断枝向我扫来，我却依然盘腿坐地不动。

我在哭。

出家以来第一次流下眼泪，为什么我要像个流浪汉？被世界抛弃而坐在大雨中，坐在漆黑的墓地上，坐在鬼魂们的嘲笑里？人们都躺在自己家里，抱着美丽的妻子或心爱的儿女，喝着热热的茶水欢笑着听雨声。谁都不会想到世上还有一个我，不会想到我这个森林云游僧，独自忍受这一切的痛苦！

默默地坐着聆听心声，眼前浮起一幕幻象——

许多具尸体环绕着我，它们在渐渐分解腐烂，或被烧成一堆骨头，我无法去触碰它们，因为只要一接触，我自己的身体也会腐烂。但这是无法避免的命运，相比较这些消失于“无”的人们，我这个在“有”中承受苦难的人，至少能够思考这些问题。虽然我现在无法得到答案，但只需要思考就足够了，大雨反而让我的心平静了下来。

旷野中的风雨，也驱散了墓地的鬼魂。仍然只剩下我一个，独自面对所有的寒冷与饥饿。但我并没有被世界遗弃的感觉，恰恰相反，我感到心底充满了温暖，自己在拥抱整个世界！

观想自身如坟场……

当你升华至如此境界，你对尸体和他人死亡的观察，将转化为对自己生死的审视，直至你全然了解自我。

诚如阿姜布瓦所说：“外在的坟场会逐渐地不再那么必要，因为我们的内心已系在这个核心上，不再需要依赖外在任何东西。我们要观想自己的身体，看它就像外在的坟场一样，不论生前或死后。我们可以从每个角度来与外在作比较，问题便会自然地从心中消失。”

（注：上文对生命与死亡的思考，参考了 Kamala Tiyavanich 的著作《追忆森林岁月》）

玉灵每次读到这一段，都会想起小时候在村子里，偷看大人们给死者火化的场景。她同样如阿姜龙在笔记中所写的第一次，在森林中忍受恐惧与痛苦，好像灵魂们都在哭泣，将所有的苦难送到自己头上。

而在沉睡之城的子夜，重新阅读起这段文字，玉灵心里却有不一样的感受，也许已渐渐明白了几分。

观想自身如坟场……

就在她轻声念出这句话的同时，楼下响起一阵野兽的狂吠!

是小枝养的那条狼狗的声音，它又到院子外寻找主人了。阵阵犬吠震动着屋子，没有一个人不被它吵醒。玉灵赶紧合上笔记本，走到窗外看着黑暗的院落。

一切都是模糊的，只有荒野的呼唤是那么清晰。

02:00

阁楼。

没有灯，也没有月光，天窗外一团漆黑，只有小枝均匀的呼吸。

她已经熟睡了，躺在顶顶为她准备的席子上，还盖上了一条毯子以免着凉。

叶萧和顶顶尴尬地坐在旁边，黑暗中什么都看不清，就像守护着自己的妹妹。他们都不知该怎样度过这长夜，倒是很羡慕小枝想笑就笑想睡就睡，似乎一切忧虑都是留给别人的。

三个小时前，叶萧与小枝爬到屋顶上，数完星星聊完雪儿，叶萧已感到浑身虚脱了，再聊就要从屋脊上摔下去。他们从天窗爬回了阁楼，似乎还带回了天上的月光，顶顶已经等了许久，强压着郁闷的心情。

他们必须要保护好小枝，不能让楼下的童建国等人进来，只能暂时在小阁楼里过夜了。小枝在席子上很快睡着了,就连子夜时分狼狗的狂吠，也只是让她摇了摇头，便又闭着眼睛睡下去了。叶萧和顶顶也不敢说话，生怕会吵醒别人的好梦。

终于，叶萧实在撑不住了，他对着顶顶耳语道:“有什么办法让人坐着睡着?”

“也许——催眠?”

顶顶同样也轻声回答，叶萧轻轻打开阁楼的门，拉着顶顶出去说:“我们可以在外面谈。”

他们走到三楼的露台上，现在不用担心吵醒小枝了，又能同时监视着阁楼门。顶顶披上一件旧衣服，抵御着凌晨山区的冷风。叶萧不想再看星星了，揉着疲惫的眼睛说:“给我催眠吧!”

“什么?”

“我说给我催眠吧，我需要深度的睡眠！就像你让小枝回忆起一百年前，说出自己是阿鲁特小枝那样。我不需要回忆那么多年，只要回忆十几天就可以了。”叶萧盯着她的眼睛，仿佛重病的人乞求着医生，“顶顶，你能明白我的处境吗？我的记忆断裂了一小块，而这断裂的部分对我们至关重要，我必须要把记忆重新连接起来。”

“所以你想让我给你催眠？”

叶萧着急地点了点头：“是的，我相信你能够做到的。”

“这——”顶顶犹豫地看了看四周，确信不会被其他人听到，低声说，“就在这里吗？”

“没错，快！”

“可我从来没有在露天环境中做过催眠。”

“想象这天空是屋顶，这栏杆是墙壁。现在灯都已经关了，只剩下两点烛光，就是你的眼睛。”

顶顶靠近了他的脸，睁大那佛像似的双眼，宛如罗刹之国的神龛，目光穿越千年的尘封，在黑夜中熠熠生辉。

她的声音也渐渐变了，仿佛具有洞窟里的穿透力，富有磁性地灌入叶萧耳膜：“你在自我催眠吗？”

“也许。”

“你断裂的记忆是什么？”

就像带有密码的电波，顶顶的声音阵阵发出，环绕着敞开的“露台密室”，但对被催眠者而言，却宛如坐在幽深的井底。

“我不知道自己为什么来泰国旅游？也不知道旅行团发生过什么？直到我们离开清迈的那个上午，我的记忆完全是空白的。”

他一字一顿地说出这些，与平时的说话也完全不一样。顶顶紧咬着嘴唇，努力保持着镇定，她还从未尝试过用催眠治疗失忆。

“好了，你会记起来的，看着我的眼睛——看着我的眼睛——看着我的眼睛——”

这声音反复洗涤着叶萧的大脑，似乎在擦去记忆中的杂质，让模糊的世界变得清晰起来。

“距离你记忆最近的地方是清迈。”

“清迈？”他已看不清顶顶的双眼，只剩下两点烛光，“我不记得自己到过清迈……”

“不，你到过，你再想一想，我们住在清迈的兰那酒店，还记得那个酒店的名字吗？”

顶顶吐出的每个字都清晰而缓慢，让叶萧进入了深度的催眠状态。

“兰那？我好像记得这两个字，微笑的少女和人妖。”

他果然开始想起来了，顶顶保持着语音的节奏，乘胜直追：“9月24日上午，我们从清迈的兰那酒店出发，从那里前往兰那王陵，结果在路上发生意外，误入了沉睡之城。”

“那么前一天晚上呢？”

“9月23日的晚上，我们旅行团去清迈的夜市逛街了。”

“夜市？”叶萧拧起标志性的眉毛，记忆的缺口开始渐渐填补，那些流走的水分倒灌回来，浸湿已经干枯的井底，“是的，我看到了，我看到了我自己，我和孙子楚还有其他人，也包括你在内，我们走在清迈的夜市——”

夜市，仍然喧闹的子夜。熙熙攘攘的人流，簇拥着不同肤色的人们，有拿着DV的欧美人，也有寻花问柳的日本人，还有这群来自中国的人们。耳边此起彼伏着叫卖声，小女孩们挤到他面前卖着兰花，街边的摊上摆满了木雕，偶尔还有人悄悄贩卖违禁品。不远处有女子在唱歌，听不懂的南国之音婉转婀娜，抑扬顿挫如泣如诉，竟在汹涌的人潮之中，微微勾起叶萧的一怀愁绪。

又一群游客挤来，竟冲散了叶萧和孙子楚，他觉得自己就像孤独的船，在夜市中随波逐流，只想被放逐到一个安静的角落。但耳边仍充满嘈杂，四周全是陌生的脸庞，还有卖春的女子拉扯他的衣服，他厌恶地奋力甩开胳膊。就在他回头寻找同伴们时，眼前的人群中掠过一张面孔——如针一般深深扎进了他的瞳孔中。

那张曾经熟悉却又尘封了多年的面孔，无数次在他梦中出现的面孔，刹那间在许多张面孔中清晰生动起来，这清迈的午夜是否是灵魂的轮回之所？

他看到了雪儿。

叶萧用力揉了揉眼睛，那张脸分明就是雪儿的！尤其是那双眼睛，无论隔了多少年都不会忘记。她的周围都是清迈本地人，她的外貌更显得与众不同，似乎多少年来没有改变过，仍然是在公安大学读书的样子。而他却已经变化了许多，再也不是那个懵懂的毛头小伙子了，岁月让他变得成熟而忧郁。

他浑身打着冷战，难道这么多年来都是一场梦？他们从来都没有分开过，现在梦醒后重逢在清迈？叶萧用力推开前面的人们，很快来到雪儿的面前，对她瞪大着眼睛，要再把她仔仔细细看一遍。

“叶萧。”

她叫出了他的名字。

如此平静。

毫无疑问，再也不用犹豫了。叶萧抓住她的肩膀，无比激动：“雪儿！就是你！我的雪儿！”

但她依然平静地点点头。

“真是你！真是你！”

叶萧不再顾忌什么了，在热闹的夜市上流下了眼泪，将雪儿深深地拥入怀中。偶尔有人瞥来奇异的目光，但又算得了什么。

某个沧桑的声音在心底歌唱——

one night in Chiang Mai

拥抱的片刻之间，叶萧脑子里掠过了许多许多，所有的回忆都涌上来，紧张的幸福的痛苦的忧伤的……

难道当年雪儿没有死？虽然叶萧亲眼看到过她经百般折磨后的尸体，并目送她在云南被火化。但总是有许多我们无法确知的事，就像这个天机的世界。

她从叶萧的怀里挣脱出来，拉着他的手向旁边走去，穿过几个卖小吃的摊点，走入一条清冷的街道。灯火辉煌的夜市被抛在身后，转眼便进入了黑暗的世界，路边全是低矮的木屋子，几乎看不到半点灯光，只有借助微弱的月光，走向藤蔓丛生的街道尽头。

没错，应该快点脱离那喧嚣的尘世，他们有太多的悄悄话要说了。

但一路上雪儿都没有说话，叶萧也只是紧紧抓着她的手，满腹的话竟不知该如何说起。只有肌肤的交流了，他温暖的体温传递到她手心，虽然她的手依然冰凉。

抬头却是一间寺庙，破败的山门前有古老的神龛，池塘围绕着残旧的石墙。庙里点着几盏幽幽的灯，照着一片凄凉的野树杂草。

他们在池塘边停下，叶萧终于说出来了：“那么多年你去哪里了？”

“我——另一个世界。”

雪儿的回答依然如此冷静，嘴角还带着柔和的微笑，不由得让他更为揪心：“你怎么会在这里？”

“我们都会在这里的。”

“什么？”

“这是天机——不可泄露。”

说完她用手指竖在嘴唇上，然后转身向寺庙里走去。

叶萧抓住她的胳膊：“不要走，我们还可以一起。”

但雪儿挣脱了他，一阵神秘的雾从山门里涌出，刹那间模糊了他的视线。

“别走！”

当他冲进破败的寺庙时，却再也看不到一个人影了，只有残颓的屋檐下，点着一盏莲花灯。

闪烁的灯影笼罩他的脸，一如永别的当年，不用挥一挥衣袖，也带不走一片云彩。

“不要走！”

叶萧泪流满面地喊了出来，睁开眼睛却是南明的星空，微凉的夜风拂上额头，把他拉回被围困的城市。

凌晨两点半，他在三楼的露台上，对面是顶顶锐利的目光。

“催眠结束。”

她深深吁了一口气，都出了一身冷汗，从没在这种环境下做过催眠，好像第一次要跳海拯救溺水的人。

“我见到了雪儿。”

他睁大着眼睛，嘴唇仍然颤抖，泪痕清晰地印在脸上。

顶顶点头安抚着他，伸手抹去他的眼泪：“刚才你都已经说出来了。”

“谢谢你。”叶萧的情绪稍稍平复了一些，“帮我记起了那一晚。”

“雪儿是你曾经最爱的人吗？”

“是。”

叶萧说完仰起头，呼吸着数年来所有的痛楚，让月光直射入瞳孔的最深处。

03:00

沉睡的别墅，万籁俱寂，灵魂在小憩。

底楼的沙发上躺着童建国，除了耳朵以外全身都睡着了，但只要有稍微的风吹草动，他会立刻跳来拔出裤管里的手枪。

孙子楚坐在通往二楼的楼梯上，黑暗笼罩着他的眼睛，却仍牢牢地盯着虚空。已经熬了好几个钟头，磕睡虫无数次爬上脑门，又被他残忍地驱赶掉了。有几次实在撑不住了，他使劲扭着自己的手，让疼痛感来保持着清醒——他再也不敢睡觉了，担心自己一睡着就会梦游，说不定又干出什么可怕的事情?

当他差点坐在楼梯上睡着时，头却轻轻撞到了墙壁上，看来这里也坐不下去了。他强打精神站起来，悄悄走上二楼的露台，让晚风吹凉一下脑袋。

好不容易才缓过来时，身后响起一个清脆的女声——

“你又来了。”

这让孙子楚几乎惊倒，还以为是宅子里的女鬼出来了，回头才发现是林君如。

她穿着一件宽大的睡袍，显示是属于这里的女主人的，打开露台上的一盏小灯，才看清孙子楚熬得通红的眼睛。

他低头躲避林君如的目光，尴尬地回答：“我——我没有梦游，别这么看我。”

“你怎么了？”她还是头一回温柔地看着孙子楚，强迫他把头抬起来，“哎呀，看你的脸色太糟糕了，眼睛里还都是血丝，不会一直没睡吧？”

“我不敢睡。”

林君如摇摇头说：“我知道你不睡觉的原因，但是不能这样折磨自己。”

“你怎么变得这么关心人了？”

除了孙子楚，旅行团里就数林君如最伶牙俐齿了，旅途中也是他们两个打嘴仗最多，好像是一对天生的欢喜冤家。

“我变了吗？我本来就很会关心人嘛。”

林君如也没意识到自己的变化，只能硬撑着给自己辩护。

“也许吧。”

孙子楚无奈地苦笑了一下，现在自己还有什么资格去评价别人呢？

“你在怀疑自己？”

“是的，我感觉我快要崩溃了，我甚至搞不清自己究竟是谁？”他再也没有必要隐瞒了，索性都说出来吧，“也许是个魔鬼。”

“每个人都是。”

林君如回答得很淡然。

"什么？"

"有的人躺着梦游，有的人站着梦游，不管有没有梦到魔鬼，实质都是一样的。"

他长叹了一声："但躺着梦游不会伤害别人。"

"睡着的时候不会，但醒来的时候会，而且会伤害得更深，这就是躺着梦游和站着梦游的区别。"

林君如说完微笑了一下，轻轻拍了拍孙子楚的肩膀，就好像是多年的老朋友。

"谢谢你的安慰。"他竟然有些害羞了，原先绷紧的神经也放松下来，抬头望着古今无不同的月亮，"我不知道自己在梦游时做过什么，连自己都不知道的秘密，谁能解开呢？"

"自己都不知道的秘密？至少我知道自己的秘密。"

孙子楚好奇地靠近她的眼睛："你的秘密？"

"好吧，我可以告诉你，其实我的父亲就出生在金三角。"

"啊，难道是——"

"我想你猜对了。"林君如靠在栏杆上，看着月亮淡淡地说，"在我台北的户籍本上，籍贯一栏填的是浙江宁波。我的祖父是国军的军官，五十多年前败退到东南亚，在金三角扎根下来。"

"果然是这样啊。"

"我的父亲就出生在这附近的某个地方，他从小在金三角长大，并继承了我爷爷的职业和军衔。三十年前，他独自离开这里，经曼谷去了台北，并保留了原来的军职。他在台北认识了我的妈妈，后来就有了我。"

此刻，孙子楚已全无睡意了："这就是你参加这次泰国旅行团的原因？"

"有一点点这个原因吧。爸爸从没有说过他年轻时的经历，好像那二十多年都没有发生过。但我看到过他身上的伤疤，至今还有一块弹片藏在他的大腿里，每当阴雨天就会疼痛难忍。"她也轻松了许多，与孙子楚靠得如此之近，几乎在交换着呼吸，"呵呵，就这些了。"

"有时候我在想，这个世界有太多的秘密了，我们真的要全部弄清楚吗？"

"不需要吧。"

"是啊，我的毛病就是太较真，太想什么都得到答案了。"

孙子楚悄悄抓住了她的手，她甩了一下却没有甩掉，他反而抓得更加紧了，让她的心跳疾速加快，脸颊也泛起了绯红。

身后就是露台的栏杆，她已经无路可退了，低头羞涩地问："你是认真的吗？"

"我们还有选择吗？"

第 三 季

天空城之夜

第九章 ■ 亡命空城

05:00

天窗外仍然是一片紫色，漆黑的小阁楼里寂静无声。小枝仍然在睡梦之中，不知梦回大清还是荒村？顶顶靠在墙边睡着了，身上盖着一件大衣，这是叶萧从一个大纸箱里找到的。

刚刚关上一盏小台灯，叶萧已然是一夜未眠。手里拿着一本薄薄的旧书——《马潜龙传》。

几小时前，他和顶顶从露台回到阁楼。顶顶把这本《马潜龙传》塞到叶萧手里，告诉他这本书里记录着南明城的历史。

于是，在小枝与顶顶都睡着以后，叶萧独自开着一盏台灯，用两个多钟头读完了全书。假设这本书里的内容是真实的，那么至少到 2000 年为止，南明城的历史已一目了然。让他感到不胜唏嘘的是，一座城市的兴衰荣辱，完全寄托于马潜龙一个人身上，实在是非常奇特也是非常危险的事。

可惜，这本书是2000年出版的，作者没有预测五年后发生了什么。现在真正的谜团是，在2005年的夏天，那个传说中的“大空城之夜”，南明城到底发生过什么？最终导致全城几乎空无一人，成为一座封闭的沉睡之城。

至于小枝在昨晚自我陈述的离奇身世（或者说是神话），叶萧就更加无从考证了。

他疲倦地站起来，眼皮重得像沙袋，这狭窄的阁楼几乎让人窒息，他便轻轻推开门走出去，回到三楼的露台上。

深呼吸，再来一个深呼吸。在黎明前紫色的天空下，叶萧大力伸展着身体，似乎每一根骨头都吱呀作响。

突然，身后有一阵脚步声，他警觉地回过头来，却看到一头长发的钱莫争。

“你上来干吗？”

叶萧小心提防地走向他，不想让他靠近小阁楼。

“你起得这么早啊！”钱莫争的神色有些怪异，“我有个重要的发现要告诉你。”

他有些尴尬地回答：“一宿没睡呢，说吧。”

“快跟我去二楼看看。”

“什么？”

叶萧警觉地盯着他身后，担心这是他们的调虎离山之计。

“快点吧。”

钱莫争硬是把他拉了下去，来到二楼的书房里。他刚在这里睡了一觉，拉开书架最底下的抽屉，里面是一本厚厚的相册。

翻开相册的第一页，便是一家三口的合影——背景正是这栋别墅，一对四十多岁的夫妇，带着一个十八九岁的女孩。

凌晨五点的灯光下，照亮了美丽女孩的笑容，叶萧对着照片瞪大了眼睛，因为那正是小枝的脸。

照片里的人是小枝！

虽然要比现在更小一些，但那脸形和眼神却丝毫未变，加上她身上独有的气质，绝对不会把她认错的。

再看照片里的中年夫妇（假定就是夫妇吧，从两人合影的姿势和表情来看，八九不离十了），小枝的相貌与他们十分相似，尤其是像那个男的，他年轻时恐怕也很英俊。

照片下面印着拍摄时间：2004/9/19

“是她的父母？”

叶萧下意识地问了出来，钱莫争点头翻到下一页的照片。是在底楼的厨房拍摄的，小枝看起来只有十五六岁，头顶还翘着一个小辫子，穿着一件红白条纹的小背心，手里端着一个小锅，好像在煎鸡蛋。她对着镜头笑得如此灿烂，要比现在更胖一些，脸上还发着几颗青春痘。

下一张是在三楼卧室拍的，明显是在女孩自己的闺房。小枝大约十七八岁的样子，手里抱着一个猫咪靠垫，身边还堆了许多漫画书。她故意做了一个鬼脸，穿着一件很洛可可的衣服，好像是在COSPLAY一个日本动画片。

再下张是双人的合影，小枝和第一张照片里的中年女子，她们两个坐在露台上，手搭着彼此的肩膀。然后又是夫妻的合影，但是是抓拍的镜头，正在院子里栽种竹子，真是其乐融融的家庭生活。

然后是在院门口拍的照片，小枝搂着一条黑色的大狼狗——正是那条让大家胆战心惊的“天神”，它在小枝的怀中却温柔得像金毛，面对镜头摇着尾巴，果然是她的好伙伴。

后面还有张照片是在客厅拍的，抱在小枝怀中的是一只猫，那只让叶萧神魂颠倒的白猫！又是那宝石般的双眼，雪白的身体有一条火红色的尾巴，原来它也是这一家的宠物。

下一张照片更清楚了，是小枝父母在后院的合影，旁边停着他们家的小轿车，主人左边蹲着那条大狼狗，精灵般的白猫站在汽车上。这家人养了一条大狼狗和一只小白猫，真是少见的宠物组合。

后面还有大量的照片，有些是小枝更小时候拍的，比如扎着羊角辫的小姑娘，虽然看来不过七八岁，但那眼睛和鼻子分明就是个美人胚子，一眼就可以想象到如今的小枝。有些照片不在这屋子里，背景是南明城中心的大广场，在那宫殿般的建筑前面，童年的她熟练地摆着POSE，俨然就是童星的风范。

“现在你该明白了吧，我干吗要那么着急地上来找你。”

叶萧的嘴唇有些颤抖：“谢谢你的发现。”

“太明显不过了，这是小枝的家庭相册，我已经翻箱倒柜了整整一夜，终于在抽屉的最底下，发现了这本相册。她就是在这栋房子里长大的，那只猫和那条狗，都是她家养的宠物。这里就是她过去的家，我们被引到这栋房子里，也完全是她的一手策划的！”

"这——"

他的脑子完全乱了，面对咄咄逼人的钱莫争，不知道该再说什么了。

"叶萧，你不能再包庇她了，我不管你和小枝是什么关系，但你必须把她交给我们。事实证明，她就是对我们最大的威胁，这是一个阴谋！"

这一声声催促都如子弹，接连射入叶萧的心脏。他强忍痛楚翻到相册的最后一页，背景却是罗刹之国的大金字塔，小枝的爸爸穿着特殊的工作服，戴着鸭舌帽，左手拿着什么工具，右手举起做出V字。他身后还有几个穿着工作服的人，围绕着几座古老的佛像，照片正上方的五座宝塔，正庄严地看着他们。

叶萧的目光又落到写字台上，台子上有本厚厚的《亚洲考古年鉴》，随后他重重地合上相册，低头沉闷地说："你能不能让我冷静一下。"

2006年9月30日，清晨。

《天机》的故事进入了第七天。

没等钱莫争回答，叶萧就迅速冲出书房，他仍担心会有人趁隙上去。回到三楼，天色已经微明，外头响起晨鸟的鸣叫。他心情郁闷地来到阁楼门口，小门却突然打开了。

"小枝？"

他睁大了眼睛，几乎已认不出眼前的人。

昨晚还是一袭白裙，今晨却换成了一身学校制服——不，根本就是日本学生装！黑色的双排扣制服，漂亮的红黑格子领带，白色的衬衫，故意撩短的黑色裙子，还有白色的大象袜套。

这"全副武装"的标准打扮，有许多小女生喜欢收藏，也有许多猥琐的大人喜欢意淫。加上小枝青春的脸庞与酷酷的眼神，好像刚从日本校园恐怖片里走出来。

"不好看吗？"

她微微翘起嘴角，骄傲地拉了拉小领带，走到清晨湿润的露台上。

"只是……只是……太意外了……"叶萧被她的装扮震住了，难道她的阴谋就是COSPLAY吗？他也跟到了露台上，"这是哪来的衣服啊？"

"阁楼里有个纸箱子，里面有许多这种衣服。"制服秀的小枝笑了一下，靠在栏杆上摆了个POSE，"要是现在有照相机就好了啊。"

叶萧低头苦笑了一下："顶顶呢？"

“她还在阁楼里睡着呢。”

在沉睡之城的清晨，东方的天空正渐渐泛白。小枝把头探出栏杆，呼吸着树木的芬芳，好像回到了学生时代。而这身制服又充满诱惑，尤其是那撩高的短裙，欲走还留地刺激着含蓄的人们。

也许是彻夜未眠的缘故，叶萧面对“制服小枝”有些头晕，他回头看了看楼梯，防范随时会有人上来。他深呼吸了几下，却仍然在犹豫，不知道该怎么问出来。

“你要和我说什么？”

倒是小枝先问他了，叶萧只能淡淡地回答：“刚才，我看到了你家的相册。”

沉默，十秒钟。

她拧起眉头，咬着嘴唇说：“全都看到了吗？”

“是的，整本相册里的全部照片。”

“在哪里找到的？”

“二楼的书房，书架底下的抽屉里。”

小枝轻轻叹了一下：“我以为把家里所有的照片都撕掉了，没想到还是漏了爸爸的书架，他居然把一本相册放在那底下，我真服他了！”

“这里就是你的家，你从小就在这里长大的，那只白猫和那条狼狗，都是你家养的宠物，是不是？”

“是的。”

其实，那条叫“天神”的狼狗，已经暴露了她说话的自相矛盾。

叶萧难过地摇着头：“为什么？你为什么要骗我？欧阳小枝？大海与墓地间的荒村？阿鲁特小枝？同治的皇后？荒诞！太荒诞了吧！”

“对不起。”穿着日本校服的她低着头，像犯了错的小学生，“我承认，这一切都是我编造出来的，我欺骗了你们。”

“全是假的！假的！你简直可以去写小说了！”

叶萧抬头看着天空，他拼死保护的究竟是谁？是不幸而无辜的女孩，还是一个真正险恶的女魔头？

“我——请原谅我。”

她的喉咙有些干涩，缓缓靠近叶萧，制服的裙摆几乎擦着他，晨光里楚楚可人的女孩，似乎是“被侮辱与被损害的人”。

但叶萧却面带厌恶地躲开了：“你还想告诉我什么？继续编造一个新的故事？”

“你讨厌我了？”

小枝伸手抓住他的胳膊，但又被他甩开了：“别用这种语气和我说话。”

“你会需要我的，因为只有我才知道南明城的秘密。”

“先回到阁楼里去吧，你在这里会很危险的。”他陪着小枝回到阁楼门口，并在她耳边轻声道，“至于你究竟是谁？为什么会出现在这里？我相信你会告诉我的。”

“也许吧。”

她回到狭窄的阁楼，天窗里的晨曦射到脸上，穿着制服的洛丽塔。

07:00

童建国走出二楼的书房，他的脸色分外凝重，刚才钱莫争给他看了相册，更明白无疑地戳穿了小枝的身份。他快步走下楼梯，双拳紧紧地捏起来，后悔昨晚怎么没把叶萧摆平。钱莫争迅速地跟了下来，两个男人坐在沙发上沉默了半晌。

“毫无疑问，她是个骗子！”

“也许小枝这个名字也是假的。”钱莫争又把长发放了下来，“从头到尾她都在骗我们。”

“现在，她把我们骗到她家里，如果不是有什么阴谋的话，为什么一开始不告诉我们呢？显然这栋房子是个陷阱，我们已经成了她的猎物。”

“是，从我们闯入南明城的第一天，我就感到四处都非常蹊跷，直觉告诉我会有一个巨大的阴谋。”

童建国霍地从沙发上站起来：“最可恨的是叶萧！他完全被女人迷住了，我不会轻饶他们的。”

几乎同时，楼梯口传来一个轻脆的女声：“你不会轻饶了谁？”

原来是林君如和秋秋走下了楼梯，童建国转头尴尬地说：“没什么。”

秋秋揉着眼睛走到钱莫争面前，像女儿对父亲那样说：“我饿了。”

“我们快吃早餐吧！”

十分钟后，孙子楚、伊莲娜和玉灵都走下楼梯，几个女生聚在厨房，但实在是没什么可吃的，全是些真空包装的食品，打开液化气，把它们在油锅里过了一下，便端上餐桌开吃了。

这是他们在这栋房子的第二顿早餐,童建国烦躁地望着天花板说:“叶萧他们怎么还不下来?”

“显然是不敢，谁知道他和小枝还有顶顶在干什么?”

伊莲娜受罪一样嚼着食物，没有牛奶和咖啡的早餐让她形同嚼蜡。

“我们很好。”

突然，客厅里响起叶萧的声音，让所有人都沉默了下来，伊莲娜嘴里的东西都掉了出来，赶紧低头不再说话了。

虽然一宿未睡，但不知为何已恢复了精神，叶萧大步走到厨房里，毫不畏惧地看着童建国的眼睛。

“昨晚怎么样?”

童建国冷冷地问道。

“这个问题与你无关。”

他的回答颇有气势，随手从灶台上拿了些食物，又拎上一大桶水，看来是要把早餐带上三楼。

“叶萧，请不要再执迷不悟了!”钱莫争实在看不下去了，站到他面前说，“你都已经看到那些照片了，你明白小枝是什么角色。”

“对不起，这个问题我自己会解决的，不用你们操心。”

“但这牵涉到我们所有人的生命，请你对我们大家负责!”

钱莫争把话说得很重，但叶萧重重地推开了他，抓着食物边走边说:“小枝是我和顶顶带回来的，不管她是天使还是魔鬼，都由我和顶顶来负全部的责任。拜托大家给我一些时间，我一定会查个水落石出的。”

他说完就径直走上了楼梯，钱莫争向他大吼道:“不会再有时间了，我们一分钟都不能等!”

但叶萧根本没有回头,只剩下他走上楼梯的声音。餐厅又恢复了沉默，只有孙子楚在闷头吃着，童建国悄悄把手垂到裤管，摸了摸那个硬硬的铁家伙。

这顿糟糕的早餐持续了十多分钟,秋秋第一个站起来说:“我吃不下。”

她刚离开桌子往外走了几步，便摇摇晃晃地摔倒在了地上。钱莫争心里猛地一揪，紧张地把女儿扶起来，大声呼喊着“秋秋”，并把她抱到了沙发上。

十五岁的少女面色苍白，眉头紧蹙，好不容易才缓过一口气来。玉灵和林君如也围了过来，她们怀疑女孩是不是来了月事，赶紧端来热水给她喝下。

但钱莫争必竟见多识广，他从女儿的脸色分析，觉得可能是营养不良导致的，孩子正在长身体，没营养是不行的。这几天在南明城里最糟糕的就是吃，全都是真空包装的食物，有黄宛然在的时候还好一些，她死后的两天便更惨了。每个人都需要补充各种营养，在没有新鲜食物的情况下，发生昏迷等情况也是很自然的。

果然，秋秋睁开眼睛的第一句话是："鱼……鱼……我想吃鱼……"

听到这句话，钱莫争的心里更有数了，因为黄宛然也最喜欢吃鱼。在香格里拉的时候，钱莫争就时常给她弄鱼吃。

这女孩平时最喜欢吃的就是鱼，但自从进入天机的世界以来，她就和鱼断绝关系了，她更没有摄入过其他类似鱼的营养，体内严重缺乏维生素 A，再这样下去会影响到视力，甚至是短暂的失明。

钱莫争低头对她耳语道："乖，爸爸这就给你带鱼回来吃！"

他抚摸了一下秋秋的头发，便站起来对玉灵说："请务必照顾好秋秋，一定等我回来。"

这些举动让大家都很奇怪，为什么他要对秋秋那么好？谁都不会想到他就是秋秋的亲生父亲。

接着，他来到厨房找了一把锋利的刀子，藏进贴身的小包里面，稍作准备便要出门了。

"你去哪里？"

童建国立刻叫住了他。

"我去钓鱼！"钱莫争打开底楼的房门，那架势就像出征的兰博，"秋秋还是个孩子，她必须要吃鱼，否则身体支撑不下去。"

"你疯了吗？在沉睡之城钓鱼？"

他冷静地摇摇头说："我没疯，我知道哪里能钓到鱼。"

"该死的，我还需要你呢。"童建国追到门口喊道，"你不知道外面有多危险吗？"

"为了秋秋，再大的危险都不算什么。"

钱莫争不再和他们啰唆了，快步冲出了院子，来到外面的小巷中。

这几天来在南明城的探险，已使他初步了解了街道的布局，常年在世界各国的旅行，使他养成了良好的方向感和位置感。他很快找到往北的方向，踏上那条叫"中山路"的大街，有一家户外用品商店，几天前路过特意进去看了看，记得里面有钓鱼的设备。

果然在店里找到了专业钓杆，还有全套的设施装备，带着全副武装的钓鱼家伙，走在空无一人的南明城，他觉得自己正在变成一个合格的父亲。

南国的太阳又出来了，偌大的城市静得如同坟场，只剩下他自己的影子在移动。钱莫争牢记着最主要的几条街，一路走到了城市的中部。

终于，他看到了溪流。

地图上早就标明了这条小河，从城市东边的水库流下来，从中部横穿整个南明城，从西面出城流向鳄鱼潭。

但小溪被城市建筑遮挡住了，许多大桥直接从水面跨过，使旅行团的其他人都没有注意到这里。钱莫争迅速到水边，仔细观察周围的环境，这里的水流相对平缓，在城市中心流过却异常清澈，可以看到许多水草，还有一些游动的鱼儿。他相信这里没有被污染过，水库就是最好的例子。他选择了一个合适的地方坐下，把线饵扔进了水里。

一天到晚游泳的鱼儿们，都已经在沉睡之城憋了一年，终于将见到第一个鱼钩，并将第一次葬送在人的手中。

究竟谁将葬送在谁的手中?

08:00

难得的阳光洒入房间，玉灵和林君如在客厅照顾着秋秋。十五岁的女孩已经没事了，她在等待钱莫争钓鱼归来。孙子楚回到二楼的书房，那里有他熟悉的历史专业书。童建国和伊莲娜在餐厅里傻坐了半晌。

“你愿意帮我吗？”

童建国冷不防地冒出一句话，美国女孩只感到后背一凉：“你，什么意思？”

“其实不是帮我，而是帮我们所有人——我要你去把叶萧从阁楼里引出来，然后我趁机把他制伏，你再把小枝锁在里面。这样我们就能从她的口中，知道这座城市的秘密了！”

伊莲娜嘴唇微微发颤：“你要绑架他们？”

“没错，必须采取这个措施，我们没有时间了！”

“你有成功的把握吗？”

“有！”

说完他从裤管里掏出了那把手枪，黑洞洞的枪口对准天花板，仿佛要向三楼的叶萧射击。

“GOD，你真的要这么做？”

“放心吧，我不会伤害任何人的。”童建国又把手枪塞回了裤管，以免被客厅里的人们看到，“跟我上去吧！”

他不动声色地走出餐厅，轻轻踏上楼梯，没有惊动林君如和玉灵。伊莲娜不由自主地跟着他，低头怕被别人发现自己惊慌的神色。

两人悄然走到三楼，并没有什么特别迹象，也不敢发出任何声音。童建国断定叶萧、顶顶、小枝三人还在小阁楼内，他闪身躲到阁楼的木门后面，然后打手势让伊莲娜敲门。

伊莲娜屏着呼吸，双脚颤抖着靠近门前，转头看看藏身门后的童建国，她只看到一张沉默的老男人的脸。

停顿了几乎半分钟，手指终于敲到了木板上。

沉闷的声波穿透了几厘米，荡漾在阁楼狭小的空间内。

门后——三个人同时警觉过来。顶顶第一个揉着眼睛，推了推坐倒在墙底的叶萧。接着是穿着日本制服的小枝，躲到了阁楼的角落里。

刚刚小憩了片刻，又被吵醒的叶萧浑身疲倦，耳边却依然是恍惚的敲门声。顶顶又连推了他几下，他才彻底清醒了过来，紧张地贴在门后喊道：“谁？”

“是我，伊莲娜，楼下出事了，你快点下来看看！”

叶萧刚要打开房门，却又皱起眉头问道：“是谁出事了？”

“孙子楚！他要自杀了！”

这句话立刻击中了叶萧的心，作为旅行团里唯一的好朋友，他早就看出了孙子楚的问题，尤其是昨天的反常表现，更让他对那家伙非常担心。

叶萧呼地拉开房门，只看到伊莲娜一个人站在门外，一时着急而没有注意她的表情。他刚刚踏出阁楼，便感到旁边一阵冷风袭来，再怎么迅速闪躲都来不及了，只感到一记重拳打在头上。刹那间眼前昏天黑地，整个脑子像被悬在空中剧烈摇晃，同时沉沉地撞到了地面上。

伊莲娜先是吓得尖叫了一声，又重新关紧了阁楼房门，以防小枝她们逃出去。童建国迅速单腿下跪，用膝盖顶在叶萧的背上，使他趴在地面无法动弹，并将他的胳膊反着拧过来，喘着粗气道：“对不起了！我必须要这么做！”

大脑如同浸入冰水中，叶萧的脸贴着地面，鼻梁被挤得火辣辣地疼，艰难地发出声音来："放开我！"

"这全是你咎由自取，怪不得别人。"童建国继续死死地顶着他的后背，冷笑了一声，"放心吧，我会好好审问小枝的。"

说着他从外套口袋里取出尼龙绳，原来昨晚就已准备好了。他将叶萧的双臂反过来，刚把尼龙绳套上去，叶萧突然奋力仰起头，用后脑勺撞在他低下的前额上。

头骨与头骨的碰撞。

童建国只感到额头几乎裂开，立刻摔倒在地上。叶萧终于艰难地爬起来，在伊莲娜的尖叫声中，好几秒钟都没反应过来，毕竟他的脑袋被撞击了两次！

但转眼之间，童建国就从裤管里掏出了手枪。叶萧赶紧拉开阁楼的房门，在童建国开枪之前逃了进去。

他刚刚关上阁楼门，门外便传来一声轻脆的枪响。

童建国居然又向他开枪了！

顶顶和小枝都躲在阁楼的角落，叶萧的脑袋仍然昏昏胀胀，从旁边搬了一些旧家具，拼命顶住阁楼的小木板门。

"你又流血了！"顶顶抓住叶萧的胳膊，掏出手帕来擦着他头上的血迹，"我们该怎么办？"

还没等他回答，木门就被震得咚咚作响，原来童建国开始用脚踹门了，老游击队员如愤怒的公牛，顶在门后的破烂家具眼看就要散架了。

对方手里还有一把枪，赤手空拳的叶萧不想和人家搏命，而且子弹出了镗就不长眼睛，很可能会伤害到顶顶和小枝。

就当他决定逃跑时，小枝也冲到天窗下面，指着那束射下的阳光说："从这走吧！"

他们又像昨晚那样，叶萧推开天窗先爬出去，再把小枝拉了上来。他趴在屋顶上向阁楼里伸手，顶顶却摇摇头说："你们快点走吧，我留在这里和他们周旋！我不会有事的，放心吧！"

"一起走！"

"人越多就越跑不远，你们快走吧，别管我。"

叶萧的手颤抖了几下，只听到下面的木门破碎声，童建国已经冲进来了。他只能把头退出天窗，又把它重新牢牢地关紧，心底默念了两个字：保重。

独自留在阁楼里的顶顶，只见木门被踹成了两半，那些旧家具也支离破碎，童建国浑身木屑气势汹汹地冲了进来。

这凶神恶煞般的男子，举着手枪对准前方，天窗里射入的光束，正好照亮顶顶的脸庞。

眼角余光扫了扫阁楼两边，他狐疑地问道："他们两个人呢？"

"消失了，他们消失了。"

顶顶回答得异常镇定，表情恢复了佛像般的肃穆，面对锃亮的枪口毫无畏惧。

"胡说八道，到底是怎么回事？"

刚被砸过脑袋的童建国，对着顶顶大发雷霆，颤抖的手指随时会扣动扳机。

突然，阁楼顶上传来"咯噔"一声，他再看天窗便全都明白了，骂出一句"该死"，便也打开天窗爬了上去。

沉睡之城的太阳洒在倾斜的屋顶上，叶萧和小枝正想方设法从屋顶爬下去，此刻可不比昨夜面对月光的浪漫，身着日本学生制服的小枝，一脚踩碎了一块瓦片，若非叶萧紧急揽住小蛮腰，便要立时摔下三层楼去了。

总算找到了一根落水管道，叶萧让她先爬下去，他抓着她的身体以防万一。双手双脚都攀住落水管时，整个人贴着外墙往下降去。小枝安全地降落在地面，叶萧也赶紧抓着管子往下爬，正好看到童建国把头探出天窗。

两个男人的目光撞在一起，童建国大喝一声："别跑！"

他说着已完全钻出天窗，在屋顶上举起手枪，扣下扳机——

"砰！"

又一记枪声！

二楼书房里的孙子楚，惊得几乎跳了起来。几分钟前的枪声，把他从沉思中拉了出来，刚刚埋头在一本考古书中，又被子弹的爆炸唤醒了。

他紧张地走到窗边,只见一个影子滑了下去。他不敢再把头探出去了，退到墙边大口喘息，难道童建国要大开杀戒了？不，难以想象叶萧被打死的样子，或许小枝死在了枪口下？

孙子楚看了一眼写字台，上面有他从书架里翻出的好几本书，全是历史和考古专业的书籍，还有几本英文版的图书。他觉得这房子的主人——至少这间书房的主人，是搞历史研究或者考古专业的。

忐忑不安地打开房门，是否该去三楼看看？这时童建国和伊莲娜从楼上跑下来，两个人都像着魔的疯子，转眼就冲到了底楼。

孙子楚的双脚在二楼颤抖，却又遇到林君如跑了上来，她心急火燎地喊道："快点跟我下去看看。"

"什么啊？"

容不得他犹豫，林君如硬生生地将他扯下楼梯。

客厅里已没有其他人，玉灵正在二楼卧室里陪着秋秋，孙子楚的胳膊都被拉痛了，嘟囔道："你又在发神经啦。"

"找死啊！"林君如把他拉到楼梯后面一个阴暗的角落里，鬼鬼祟祟地压低声音，"我有了非常重要的发现！"

没等孙子楚反应过来，她拉开楼梯后的一盏小灯。原来底下还暗藏着一个小柜子，颜色和外面的楼梯一样，所以很容易被忽视。柜子已经被打开了，里面放着一叠厚厚的旧报纸。她把最上面的报纸拿到孙子楚面前，报头印着四个楷体大字——

南明日报

孙子楚立即睁大了眼睛，如获至宝地将报纸捧起来，第一眼就看到了报纸的发行日期：2005 年 9 月 4 日。

正好是一年以前！

应该也是南明城最后还"活"着的日子，因为自那以后全城就空无一人了。

"大空城之夜"？

无数个问题涌上心头，孙子楚的额头冒出冷汗。他深呼吸了一下镇定心情，随即把全部的报纸都搬了出来。

沉睡了一年多的旧报纸，散发着油墨和纸张潮湿的气味，他费力地将其搬到客厅茶几上，抬起头喘着气说："没错，确实是非常重要的发现。"

显然这些报纸是按照时间顺序叠起来的，就像我们家里摆放旧报纸的习惯一样，孙子楚决定从头开始看起。于是他将所有报纸翻了个个，变成最早的报纸在上面，最晚的压在底下。

翻开第一张报纸，"南明日报"的报头下面，印着 2005 年 1 月 1 日的日期——也许那之前的报纸都被处理掉了，难道这里也有收废纸的？

如果每一张都仔细看的话，恐怕三天三夜都看不完，只能先看头版头条的新闻。2005 年元旦的《南明日报》头条是《执政官元旦讲话，全民达成新年幸福》，下面是全部竖排的繁体字。草草地看了一遍，所谓的执政官讲话，不过是些“今天天气哈哈哈”的表面文章，甚至连2005年南明城的发展规划和未来展望都未提出，只是笼统地要带领全民走向繁荣，继续提高“幸福指数”等。

孙子楚很快翻到1月2日的报纸，头版新闻同样无聊至极——《南明中学二十年庆典，执政官到场讲话》，看来这里毕竟是小地方，那么点事情都能上头版。

于是，他又分了林君如一厚叠报纸，两个人同时看了起来，孙子楚看单月的，林君如看双月的，这样效率就高了许多。

不多久，他们把八月以前的报纸全都翻完了，只是扫扫头版头条的内容，并未发现什么特别之处。这张《南明日报》除了字体和版式像港台报纸以外，内容竟和一些地方小报大同小异，无非是领导讲话群众欢迎，也有市议会里的激烈辩论，大体围绕着某条臭水沟的整治，或是医院里出现非法的药品。

8月23日，头版头条是《走入罗刹之国》。

这一条立刻抓住了孙子楚的眼球，嘴里轻轻念出“罗刹之国”四个字，那是几乎成为他坟墓的地方，近在身边却又难以琢磨。

他咬着嘴唇埋头在文字间——

“8月15日-22日，南明文化院考古小组，首次正式进入罗刹之国遗址。考古小组全面勘察了遗址，进行拍照、录像等工作，并清理了部分已露出地面的文物。罗刹之国系八百年前之古国，围绕这一神秘文明有许多传说，一度被认为是荒诞不经的传说，但在二次世界大战期间，为马潜龙执政官所发现。

遗址分为外层城市、内层宫殿、大罗刹寺三部分。考古小组重点清理了大罗刹寺，这座宏伟的建筑堪称东方金字塔，顶端的五层宝塔更是远远超过了吴哥窟。根据考古小组负责人欧阳思华博士介绍，考古小组在20日获得了重大突破，他们发现了寺后的秘密通道，并由此通道进入大罗刹寺内部。欧阳思华等人发现了一间石室，深入大金字塔的中心，室内有一口古老的石棺，装着一具古代将军的遗体。

考古小组又在石室的后部，发现一座极其隐蔽的密室，欧阳思华第一个进入其中。狭小的密室正中，躺着一具神秘的石匣，长宽高各为20、10、10厘米，表面有古印度风格的护法天王浮雕。经过谨慎的摄影测量之后，欧阳思华用特制的工具，缓缓打开了位于大罗刹寺最深处的石匣。

石匣里有一尊琉璃酒杯。

半透明的琉璃杯中，盛满了暗绿色的液体，经过八百年的沉睡仍然鲜艳如许。

欧阳思华表示，此次发掘的成果非常惊人，考古小组正在持续清理发现的文物，尤其是密室石匣中的液体。"

孙子楚看完就出了一身冷汗，那大罗刹寺里的密室，他们也曾经进去过，也发现了那个神秘石匣，只不过当他打开石匣的时候，里面却是空空如也，只有一行梵文的咒语：**踏入密室者，必死无疑**！

报道里并没有写上这句话，却告诉大家石匣里有一杯绿色液体，光这种描述就让人毛骨悚然。

报纸上登了一张欧阳思华的照片，孙子楚乍一看觉得有点眼熟，再仔细一瞧却恍然大悟了——原来书房里有一张男主人的照片，正是这张报纸上的欧阳思华博士！

这栋沉睡的别墅正是欧阳思华博士的家！

这是巧合吗？还是某个早已预谋的陷阱？

冷汗出得更加厉害了，他不想再看这天的其他报道，从林君如手中抢过第二天的报纸。

8 月 24 日，头版头条印着《南明未来，何去何从》——

"南明建城已三十年，经过全体同胞之胼手胝足，我们已将这座城市建设为新的家园——未来大同世界之起点，值得全民为之自豪并自勉。但是，需要看到南明城的富饶依靠的是什么？除了我们中国人的聪明才智之外，还严重依赖着大自然赐予我们的财富——金矿。

必须要感谢前执政官马潜龙先生，虽然他已在五年前去世，但没有他就没有这笔财富的发现，也不会有今日的南明城，和我们这些漂泊异域的华夏子弟。然而，黄金终究不属于我们，那是大自然的遗产，终有一天会使用殆尽。也因为我们引以为傲的黄金，使我们被迫封闭我们自己，以免受到外界的侵害——物质的侵害我们并不害怕，而我们恐惧的是精神上的侵害。这也是马潜龙先生给南明城定下的规矩，所有与外界的交流必须警惕，严格控制人员与信息的沟通。

但在这信息时代的二十一世纪，已没有任何信息能被阻挡在围绕南明城的大山之外了。而我们就像笼中的小鸟，虽然可以看到外面的一切，却被禁锢在这小小的监狱中了！

这才是我们最大的危机！

是否有人想象过，一旦我们脚下的黄金枯竭，我们还能依靠什么生存下去？越来越多的人口，越来越多的欲望，每天有无数物资运送进隧道，又有无数垃圾被运送出去，诺大的南明城不过是一间制造垃圾的工厂！除了黄金以外它还能创造什么？而黄金并不属于我们！

南明城如果想要有一个灿烂的明天，唯一的办法就是对外开放。这已经是一个文明的时代了，我们并不惧怕外界的威胁，我们最惧怕的是被世界遗忘，成为自生自灭的野蛮部落，桃花源只是不切实际的梦想，只是用来吸引人们好奇心的梦想。

然而，我们可以利用这个桃源之梦，招徕世界各地的游客们。这将是一个绝妙而宏伟的计划，东南亚深山中的中华之城，地底的黄金诱惑，南明宫殿的景观，山间水库的风光，还有城外的罗刹之国，这些才是取之不尽用之不竭的资源！

南明的人们，请敞开胸怀迎接世界，世界也会迎接我们！

看完这篇激情洋溢的文章，孙子楚感到心都有些热了，再看文章底下的署名："市议员文振南"。

不知道这篇文章代表官方的意见，还是这位市议院的个人意见，但无论怎么看都很有道理啊。

林君如也在旁边仔细地看着，她叹了一声道："原来，南明城真的是国军残部后代建立的城市，也许爸爸就出生在这附近？"

阳光，冷冷地洒入客厅，旧报纸上的油墨反射出暗淡的光。

现在，让我们回到上午八点十五分。

沉睡之城，寂静别墅，屋顶之上。

气急败坏的童建国爬出天窗，正好看到叶萧在屋顶上一晃，他立刻抬起手扣动扳机——又一发子弹射出枪管，此刻叶萧已把头缩到屋檐下，子弹擦着他的头飞过去，近得能感受到弹道灼人的温度。

他的整个身体迅速滑下去，抓着落水管的手掌全被磨破，他鲜血淋漓地掉到了底楼，还好地下是泥土，只感到屁股火辣辣地疼，幸好还没有伤筋动骨。

小枝一把将他拉了起来，两个人互相搀扶着跑出大门。正好外面停着那辆克莱斯勒，叶萧强忍着疼痛跳上车，捉摸了足足半分钟才弄通电路，将这台没有钥匙的车发动了起来。

就在克莱斯勒 SUV 载着他们开动时，童建国与伊莲娜已追出了大门口。童建国万万没想到这辆车居然被叶萧发动了，他还来不及再次掏出手枪，车子已将他们远远地甩开了。

“该死！”

童建国如凶神恶煞般咒骂道，同时又看到路边停着一辆菲亚特。没时间再撬门了，他直接从地上搬起一块大砖头，重重地砸碎了车门的玻璃。

伊莲娜再次被吓得尖叫起来，童建国已拉着她坐进车里，用他特殊的技能发动了车子，猛踩油门往前追去！

在空旷的南明城街道上，菲亚特不用十几秒钟，时速就已加到了 80 千米。被砸碎的车窗不断灌进风来，副驾驶座上伊莲娜的头发全被吹乱了，童建国双眼布满血丝直视前方，好像在开着 F1 赛车，追赶赛道前方的舒马赫。

很快，又看到了那辆克莱斯勒 SUV，正载着叶萧和小枝亡命天涯。

童建国继续猛踩油门，同时肆无忌惮地按着喇叭。沉睡之城寂静的街道上，充斥着马达轰鸣与喇叭警告。

前头的叶萧丝毫没有减速的迹象，克莱斯勒 SUV 连续几个急转弯，差点撞到对面的街角上去。但菲亚特仍在后面紧追不舍，童建国右手把住方向盘，左手握着手枪伸出车窗，对准克莱斯勒的车尾。

“Shit！你要杀死他们吗？”

坐在一边的伊莲娜已面如土色。

“不，我在拯救他们。”

童建国话音未落，手中的枪声已经响起，子弹精确地击碎了克莱斯勒的车后窗，又钻进车顶的铁皮里。

克莱斯勒明显摇晃了一下，但又继续往前头开去，至少开车的叶萧没事。

“算你命大！”

童建国继续咬牙切齿地追上去，这简直是电影里才有的追车场面，一路穿越了大半个南明城，一直追到那条曾经繁华的商业街上。

眼看前面是条宽阔的道路，不能再让他们跑远了，童建国再次把手伸出车窗，对准克莱斯勒的车轮又是一枪。

“砰！”

这一枪是精确无比，正好击中了SUV的左后轮胎，当场发出清脆的爆裂声，克莱斯勒立即失去了控制，一头撞向大街边上的橱窗。

失控的克莱斯勒SUV像头史前怪兽，把整面橱窗玻璃撞得粉碎，车身也冲进橱窗里的商场，几个人的耳朵里都是一片稀里哗拉的碰撞声。

可怜的新光一越广场，沉睡了一年之后又惨遭破坏。

童建国在商场门口停下了车，跳下菲亚特喊道：“我不信你爆了个轮子，还能从商场里开出去！”

伊莲娜不敢一个人坐在车上，被迫跟着他跑进商场大门。底楼仍然摆满了各种商品，柜台上闪烁着广告灯箱，灰尘盖住了假人模特，却弥漫着一股坟墓般的气息。

有一面墙已被完全破坏了，克莱斯勒SUV就停在那里。左后轮胎的爆裂使它像个瘸子，车上的玻璃全部震碎，车身也被撞得惨不忍睹。

童建国小心翼翼地靠近它，并注意不被地下撞碎的东西绊倒。他始终平端着手枪，黑洞洞的枪口对准前车门，缓缓地喊道：“叶萧！你逃不掉了！快点打开车门出来投降，把小枝交给我们来处置，否则我一枪打爆你的脑袋！”

但车子里没有任何动静，童建国更加小心地走到车门前，靠在旁边打开车门，却发现里面空空如也，叶萧和小枝都不见了！

又一记重拳砸在车门上，显然车子刚刚撞进来时，他们就已经逃下了车。童建国举着枪冲到商场底楼的中央，向四面环视着喊道：“你们出来啊！不要做胆小鬼！快点出来！”

突然，二楼传来什么声音，好像是某个物品掉下来了。

童建国立刻做了个手势冲上去，自动扶梯居然还在自己转动着，他三步并作两步跑上二楼。伊莲娜在自动扶梯前犹豫了片刻，但还是颤抖着双腿走了上去。

等她慢吞吞地由传送带送上来，早已不见了童建国的身影，只听到空旷的新光一越广场里，充满了不同人的脚步声——是叶萧、小枝还是童建国？抑或是其他幽灵？

她再也不敢快跑了，每走一步都东动张西望。假人模特穿着性感的内衣，婀娜窈窕的身体上，却铺着一层厚厚的灰尘。她再往上看立刻尖叫起来，原来那些模特全都没有头！

伊莲娜慌不择路地跑去，却又撞倒了一排模特，那些倒在地上的“女人”，都穿着世界名牌的衣服，宛如盛装出席的尸体。

脚下又被绊了一下，整个人摔倒在模特们身上，感到心脏几乎要碎裂了。当她惊恐地再爬起来，却摸到一个雄壮的“男人”，但摸到“他”的头就立刻停止了，因为这个模特的脸上没有眼睛、鼻子和嘴巴——确切地说是一个没有脸的模特。

她又一次尖叫着跑开，整个商场已成为了一个大停尸房，那些穿着各种昂贵衣服的男男女女们，宛如被禁锢灵魂的僵尸，说不定何时又会动起来——难道沉睡之城里消失的人们，都变成了这些假模特人？

好不容易找到安全出口，跌跌撞撞地跑下楼梯，狭窄的逃生通道挂着一盏灯，照亮了对面一个人影。

肯定又是哪个该死的假人，她刚要推开那个塑料家伙，却感到对方的胸口是热的！

伊莲娜的双手已僵硬了，她感觉自己也变成了僵尸，在这楼梯里看着对面的人。

灯光照亮了那双眼睛，来自赛纳河畔的眼睛。

毫无疑问，那是个大活人！

同时，她也喊出了对方的名字：“亨利？”

第三季

大空城之夜

第十章 ■ 大空城之夜

09:00

底楼的客厅，茶几上堆满了旧报纸，在密密麻麻的铅字里，埋葬着南明城过去的声音。

虽然阳光洒在孙子楚背上，但他仍然感觉到这房子里的寒气，因为同伴们越来越少，整栋房子的人气也渐渐消散，很快就要被沉睡之城吞噬了。

这可怖的情绪促使他翻得更快，来到2005年8月26日的《南明日报》，头版头条却让人不寒而栗——《南明建城闻所未闻，同时惊现恐怖尸体》：

昨夜八时，仁义南路上发现一具男尸。全身皮肤呈现糜烂状态，其景象不堪卒睹。发现尸体的行人当场呕吐不已。警方随即查明了死者身份，40岁，韦姓，系市政府一名工作人员。死者平时并无特别疾病，当天上班也无任何异常情况，下班还未回家却已变成一具僵尸。

昨夜九时，孝悌中路发现一具女尸，同样呈现全身糜烂状态。死者身份为文化院秘书，25岁，刘姓。亦为上班时无任何状况，下班后便不知去向，直到尸体被发现。

昨夜十二时，椰林小道发现一具男尸，死亡状况与之前两个案例完全相同，死者身份目前尚未查明。

一夜之间，小小的南明城内发现三具离奇死去的尸体，这是建城有史以来未曾有过的事件，警方正在加紧调查。

孙子楚和林君如共同看完这条新闻，同时蹙起了眉头，因为这里所写的死状，正与旅行团的导游小方以及屠男相同！

他的手指有些发抖，翻到了第二天的报纸，8月27日的头版头条为《罗刹计划启动》：

昨日，执政官柳阳明于市府宣布，正式启动“罗刹计划”。政府将对罗刹之国遗址进行全面的考古挖掘，并将其开发成为亚洲最壮观的人文旅游景观，南明城将在一年之后正式对外开放，欢迎全世界各地的朋友来本城观光消费。

自南明建城以来，政府一直没有开发遗址，也曾有人提议对罗刹之国进行考古发掘，并开发成为世界旅游胜地，但被马潜龙执政官严厉拒绝。他发布命令严禁任何人踏入罗刹之国一步，甚至在必经之地的黑水潭中，放养了几条巨大的鳄鱼，以保护罗刹之国免受打扰。这也是罗刹之国遗址就在我们身边，却始终不为人知的原因。

近期，文化院考古小组已作出考古报告，对罗刹之国的历史以及遗产价值进行了全面分析，从已遗留的古代建筑及艺术珍品来估计，其文化及观光价值将远远超过吴哥窟，甚至有机会申请世界文化遗产。市政府又从经济角度进行评估，预测在“罗刹计划”启动并实施之后，每年至少会有一百万名游客前来参观，其中大多是欧美及东亚的高端人群，他们将带给南明城可观的外汇收入，创造数以万计的就业机会，其利润将远胜于以往南明所依赖的黄金开采。

由于“罗刹计划”将决定南明城未来的生死存亡，市议会将对此进行深入讨论，并在投票通过之后再行实施。

林君如翻到下一张报纸，8月28日的头版头条为《恶犬杀人，黑猫夺命》：

昨晚八点，民族北路发生恶犬伤人致死事件。一户居民饲养的大型犬，在主人牵出溜狗过程中，突然发狂攻击一名路人。受害人及犬主人均猝不及防，无法阻拦大犬的疯狂攻击，只能拨打电话报警求助。警察赶到也无法制伏恶犬，被迫开枪将其击毙，但受害人已血肉模糊，遍体鳞伤，送到医院即宣告死亡。

几乎在同一时间，五权路也发生一起野猫伤人致死事件。一名十岁女童在回家路上，忽遭路边黑色野猫攻击。在旁人赶来救援之时，野猫咬破了女童的颈动脉，随后逃窜入树丛之中。女童送到医院后也宣告身亡。

看到这儿，林君如下意识地摸了摸脖子，确定自己的颈动脉还在跳动后，翻开 8 月 29 日的报纸，头版头条是《市议会第一次讨论罗刹计划》：

昨日下午，市议会第一次讨论执政官提出的“罗刹计划”。

议员文振南首先发言，以热情洋溢的讲话，支持了执政官的决定。他认为“罗刹计划”若不立刻启动，南明就会迅速走向衰弱以至于灭亡。在赢得议员们热烈掌声的同时，也遭到了一片抗议的嘘声。

紧接着议员罗云山发言：“罗刹计划”并不是救命稻草。目前虽然有了考古报告，但对遗址的认识还不明朗，对于如何开发遗址也没有调研。如果真要建设成为亚洲最有价值的旅游胜地，首先得有巨大的前期投资，以目前南明城枯竭的黄金资源来看，要完成投资简直是不可能的任务。如果吸引外来资本进入的话，原本绝对封闭的南明经济能否承受？所以，在短期内开放南明城是不现实的，“罗刹计划”必须缓行。

另一位议员吕梁的意见更加极端：“罗刹计划”将会毁灭马潜龙一手创建的南明城。当年南明城的建设和发展，完全得益于其封闭的环境，世界并不知晓本城的存在，与外面的交流控制在政府手中，很好地保护了全城居民。几十年来，南明已养成了桃花源般的民风，保留了许多淳朴的中华文明。一旦对全世界开放，就如同打开了潘多拉的魔盒，邪恶的思想与习俗会腐蚀人们的精神，全城会迅速腐化堕落，变成可怕的所多玛城以至毁灭。

面对众多的非议与责难，文振南在市议会上舌战群儒：南明城不能变成温室里的花朵，继续封闭唯有死路一条。在对外开放的初期，经历阵痛在所难免，但以中国人的聪明才智，一定可以解决这些问题。

此次辩论持续四个小时，双方唇枪舌剑不分伯仲。“罗刹计划”最终是否施行尚不得而知。

孙子楚翻到下一张报纸，8 月 30 日的头版头条为**《血腥事件导致全城恐慌，人与动物剑拔弩张》**：

昨日，全城进入血腥的一天。据警方统计，有 49 位市民遭到了动物的攻击，其中 32 人当场死亡，10 人送到医院后死亡，另有 7 人正在医院抢救，情况危急。攻击市民的动物有家养的犬和猫，也有野生的鸟类，甚至还有蜜蜂和蚂蝗等昆虫。

全城市民都处于高度恐慌之中，有些市民自发组织起来，手持各种棍棒器械，在街头击杀猫狗等动物。有的市民无奈之下处死了自己心爱的宠物，也有人表示绝对不会伤害自己的宠物，即便对自己构成了生命威胁。

据悉，警方已成立了专案调查组，就最近的连续死亡事件进行调查，南明科学院已介入配合。

林君如看到这儿，脸色已然煞白，因为窗外正蹲着一只白色的猫。

09:00

南明新光一越广场。

叶萧拉着小枝的手，迅速地爬出克莱斯勒 SUV。虽然身上全都是碎玻璃，但在撞入商场的一刹那，他们都把头埋到座位底下，所以并没有受什么伤。两人悄悄绕到撞坏了的柜台后面，又从逃生通道跑到了商场的二楼。

他们听到童建国在大声呼喊，那暴虐的家伙已失去了理智，加上手中的枪就是杀人魔鬼了。小枝也在瑟瑟发抖着，叶萧温热的手紧紧抓着她，回头以眼神安慰着她。他们几乎踮着脚尖走路，在感觉到有人追上二楼时，又从一大堆假人模特后面，绕到商场另一面的安全通道，从那悄然逃回了底楼。

两人狼狈不堪地冲出新光一越广场，忙中出错忘了开走童建国留下了菲亚特，只顾着手拉手向横马路狂奔而去。他们根本来不及停下喘气，因为身后仿佛又响起了童建国的叫喊，寂静的沉睡之城里声嘶力竭，长眠的幽灵们恐怕都要被唤醒了。

就像两个刚刚越狱的囚犯，小枝的学生制服已又破又烂，他们衣衫褴褛地冲过两条路口，迎面看到一条清澈的溪流。

完了！

叶萧在心底暗暗叫苦，这下子无路可逃了，不知道小枝会不会游泳？他正摇头的时候，却看到一个人坐在河岸边——钱莫争！

他的手中端着长长的钓鱼竿，身形如古时候的老翁，神色凝重地盯着平静的水面。身边放着一个塑料桶，几尾活鱼正在桶里游着，看来此番姜太公收获颇丰。

这家伙怎么会来这里钓鱼？但叶萧已来不及多想了，刚想大喊一声“救我”，却听到一阵沉闷的震动。

地动山摇！

叶萧和小枝等惊慌地向那边望去，就在钱莫争钓鱼的地方十几米外，一头长鼻子的庞然大物，悠闲悠哉地踱了过来。

居然是一头大象——不，后面还跟着一头，两头，三头……

这幕景象让人心惊胆战，起码有七八头野生亚洲象，开道的是头大公象，顶着凶猛的象牙，沿着溪流向他们走来。这些大家伙每走一步，地表都会产生震动，宛如战场上驶向步兵的坦克。照理说野象只在森林中活动，它们怎会进入城市之中，不过考虑到南明城空无一人，也许这里早就是它们的乐园了。

钱莫争也看到了大象，他将钓竿从水中收起来，又把装着鱼的水桶挪到路边，回头却意外地看到了叶萧和小枝。

三个人面面相觑地傻站着，不知该如何应对这群大象。

在这千钧一发的关头，一声枪响划破了天空。

致命的枪声。

但三个人都没有倒下，叶萧与小枝回头望去——街道彼端是童建国魁梧的身影，他的手枪正朝向天空。

子弹，呼啸着钻出黑色枪口，撕裂沉睡之城的空气，射入空虚的云端，不知将击中哪个不幸的灵魂。

童建国的手枪又摆下来对准他们，大声喝道："站住！不要逃，否则就打死你们！"

原来他从商场一路追赶到此，也不顾伊莲娜到底去哪里了。正好看到叶萧与小枝两个，便立即朝天鸣枪警告他们。

但致命的并不是他鸣枪示警，而是他并没有看到野象群，街道拐角阻拦了他的视线，甚至没看到钱莫争的存在。

野象们听到了枪声。

人类所发明的火药声，是动物们最最恐惧的声音，包括巨大无朋的野象们。

当子弹冲出枪口的刹那，所有的野象都心惊肉跳，粗厚皮肤里的血液熊熊燃烧起来，数百万年前的野性勃然爆发，沿着溪流边的狭窄小路狂奔而来。

距离象群最近的是钱莫争，他痴痴地停顿了几秒钟，直到领头的大公象冲到他身前。

"快跑！"

叶萧大喝了一声，随即拉着小枝的手向另一边跑去。

象群虽然行动缓慢，但由于腿长身躯大，只要迈开步子跑起来，便像一辆横冲直撞的卡车。钱莫争刚回头跑了几步,大公象已撵到他的身后，他张大嘴巴想要呼喊，却感到背后一阵冷风，什么东西重重地打到身上。

那是坚韧有力的象鼻子，轻而易举地将他推倒在地。钱莫争只感到天旋地转，在接触地面的一刹那，脑中掠过女儿秋秋的影子，她仍然在等待那几条活鱼。

于是，他又要挣扎着爬起来，但一只粗大的脚掌踩了下来。

那是上帝的手，力量如此巨大，任何人都难以抗拒。

瞬间，钱莫争感到脊椎骨断裂了，能清晰地听到骨头粉碎的声音。但他仍拼尽全力要站起来，可再也使不出任何力气了，大公象将他牢牢地踩在脚底，整个背部都被踩烂了。

接着内脏也被剧烈地压迫，直到整个胸腔和腹腔化为一团血肉。钱莫争还剩下最后一点知觉，感到自己正被踩到泥土里去，此地将成为埋葬他的坟墓。他的眼睛仍然睁大着，身体内巨大的压力，迫使眼珠掉出了眼眶。两颗黑色的眼珠滚到水桶边，鱼儿们正在水中上下摆动。

虽然失去了眼球，但他仍然看到了一个人。

黄宛然。

那个曾经属于他的女子，在一片黑暗的雪夜，那是香格里拉的世界。二十岁的她迎风而立，如此年轻如此迷人。有一道光打在她的脸上，照亮那双无比明亮的眼睛。

他又一次吻了她，寒冷的雪花飘落到嘴上，又被温热的双唇融化。

然而，她摇摇头转身离去，转眼消失在无边的黑夜中，再也不会回来了。

终于，他听到了自己心脏碎裂的声音。

同一时刻。

林君如看到了一双猫眼。

她恐惧地低下头看着旧报纸，仍然是那触目惊心的标题。等她再抬起头来时，那只神秘的白猫已无影无踪了。

“别！别再看下去了。”

“是你把我叫下来看的，现在谜底就在眼前了。”

孙子楚执拗地翻到下一张《南明日报》，2005 年 8 月 31 日的头版头条为《死亡源头真相大白》：

昨日凌晨，警方召开记者发布会，宣布造成全城恐慌的连续死亡事件，以及动物伤人事件的源头，已有了初步调查结论。

专案组调取了一周以来的死亡记录，并对前几例死者的社会关系，尤其是死亡当天接触的人和事，进行了大量细致的调查工作，发现第一例神秘死亡事件，早在 8 月 23 日夜即已出现。死者系南明文化院考古组的欧阳思华博士，刚刚负责完罗刹之国考古发掘活动，在死亡前一天接受过本报的特别专访。警方迅速封闭了欧阳博士的实验室，在传讯考古组的其他成员时，才发现这些人都已在近日神秘死亡。但文化院并未如实向警方通报，而是自行秘密处理了尸体，据说是得到了高层某重要人物的指示。据悉专案组也遭到过某些高层阻挠，但由于得到了执政官的亲自关心，得以顺利开展各项工作。

专案组在医院找到了欧阳思华的遗体，并对其进行了全面尸检，发现他体内已充满了毒素，但法医尚无法确认为何种毒素，只能初步判定此种毒素非常危险，可通过不为人知的途径传播。鉴于欧阳思华是第一个进入大罗刹寺金字塔内部的，警方怀疑遗址内部是否有致命的古代气体或毒素。

专案组又以专业的防护设备，对考古组遗留下来的大量文物，进行了生物和化学的测定。疑点集中到一件关键文物上——从罗刹之国的密室石匣中，取出的一尊琉璃酒杯，杯中盛满了暗绿色的神秘液体，无法判断那是古代的酒类或是其他物质。

只有欧阳思华一人亲手接触过这个酒杯，他将酒杯带回实验室后不到48小时，他本人就神秘地全身糜烂而死了。

但专案组的发布会上，并未公布琉璃酒杯中的液体究竟为何物？也未公布欧阳思华的死是否与罗刹之国或琉璃酒杯有关？警方称正在继续深入调查，希望能够尽早控制局势，避免继续发生死亡事件。

虽然报道里没有说明酒杯里是什么？但孙子楚的心中已有了答案——蛊！

他们已到过罗刹之国最高的石室，根据壁画和铭文的记载，石匣里藏着神奇的“龙之封印”。而人们一旦打开“龙之封印”，国家就会灭亡！

八百年前，大法师打开“龙之封印”，利用其神秘的力量发动叛乱，几乎篡位夺权成功。但是，古格武士仓央的勇敢牺牲，又消灭了几乎战无不胜的大法师。七位国王的御用画师，意外发现“龙之封印”，将其送回大罗刹寺的密室，重新封闭于石匣之内。

一直沉睡到2005年8月被欧阳思华亲手打开。

所谓“龙之封印”，其实就是那尊琉璃酒杯。里面盛满的暗绿色液体，经过千百年都不会退去，只会让毒性越来越强烈，成为毁灭世界的力量！

想到这手指都发颤了，孙子楚脑中生出无数线索，如黑夜里疯长的触须，伸向那最最可怕的坟墓。

不！

他一刀斩断了那些念头，接着看第二天的《南明日报》，9月1日的头版头条，极具莎士比亚风格——《生存还是毁灭？》：

昨日，市议会对“罗刹计划”进行了第二次辩论。

在辩论开始之前，执政官柳阳明在议会发表讲话，宣布已枯竭的南明金矿正式关闭，金矿职工将被另行安置。柳阳明又向议员们表示，他正在关注本市发生的连续死亡事件，并指示专案组要深入调查平息事端。他还将继续推动“罗刹计划”，不会受到任何突发事件的影响。

但柳阳明的讲话遭到许多议员的反对，率先发言的是最年长的议员，已经八十高龄的向杰老先生，他忧心忡忡地说：我们应该遵循马潜龙执政官的遗愿，不得擅自打扰古人的遗产，更不得利用古人的尸骨来赚钱，这样我们与盗墓贼又有何异?

强烈拥护“罗刹计划”的文振南议员接着发言,仍然是他一贯的观点。他相信专案组会找到办法，这次连续死亡风波定会平息。“罗刹计划”本身并没有错，在考古过程中发生意外是常有的事，不能因此而破坏整个计划。

但文振南刚说到一半，就被南明城最年轻的议员张弘范赶下了台。张弘范的讲话仅仅几分钟，就被一只飞起的高跟鞋砸中。市议会里全场哗然，原来是女议员杨玉娟砸鞋抗议。她气势汹汹地强占讲台，强烈支持文振南及“罗刹计划”。

接着最暴力的一幕产生了，体格强壮的谢力议员冲上讲台，竟一拳将杨玉娟打倒在地。接着支持“罗刹计划”的议员们，纷纷冲上来群殴谢力。而反对“罗刹计划”的议员们，也卷起袖子施以老拳。整个市议会变成了“全武行”，支持与反对“罗刹计划”的两派议员泾渭分明，他们势同水火拳脚相加，完全顾不得颜面，几成全城人之笑柄!

林君如叹了一声：“就和台北一样!”

昨天上午在南明电视台里,他们已经看过相似的录像画面了。看来“罗刹计划”让南明城分裂成了两派，不知道哪一派能笑到最后。

他们翻到下一张报纸，9月2日的头版头条为《执政官发布宵禁令，全城进入紧急状态》：

凌晨，执政官柳阳明发布全城宵禁令：9月2日起，每晚20点至次日凌晨5点，任何人未经批准不得走出家门，否则将被拘捕遭受处罚。何时解除全城宵禁令，待市政府另行通知。同时柳阳明还宣布，鉴于不断有居民神秘死亡，动物伤人致死事件有增无减，全城居民处于恐慌情绪之中，故南明城从即日起进入紧急状态。

今晚，南明自卫队将上街巡逻，广大市民请配合政府宵禁令，不要擅自出门上街。若有紧急情况必须出门，可事先电话通知警方，会有专人来护送市民出行。

孙子楚眉头又锁了起来，抓紧报纸翻到了下一张，9月3日的头版头条颇具震撼性，仅有两个大字——《政变》：

昨晚，执政官柳阳明通过电视直播向全城居民发布讲话。

柳阳明在镜头前面色凝重地表示：目前全城局势已恶化到了极其严重的地步。自从8月下旬发现了第一个神秘死者后，越来越多的人死于非命，也有许多动物发狂而攻击人类致死。虽然市政府成立了专案组，并找到了死亡事件的起因，但并没有遏制住死亡的继续。截止9月2日下午五点，南明城中已有581人死于不知原因的全身糜烂，另有472人死于动物发狂的攻击，死亡总人数为1053人。南明全城人口不过十万，在短短数天之内，相当于总人口1%的居民死于非命，几乎每家每户身边都遇到了不幸。死亡的阴影笼罩着每一个人，导致全城灾难性的恐慌，许多人想要逃出南明城，被严格看守隧道的士兵阻挡，其间甚至发生了骚动。同时，市议会已彻底分裂成敌对的两派，围绕着“罗刹计划”的执行与否，双方剑拔弩张并运用各种手段，南明已接近内战的边缘！近日更有秘密情报表明，城中有一股隐蔽的邪恶势力，正在酝酿一场毁灭南明的阴谋。为了全城居民的安危，政府才被迫施行宵禁令与紧急状态，希望市民们体会执政官的苦衷，并能积极配合市政府的行动，保证大家共同度过这场生死攸关的考验。

就在电视直播的过程中，一队来历不明的士兵闯入了电视台，他们全副武装地冲进直播间，肆无忌惮地开枪破坏，并中断了所有的电视节目信号。士兵们绑架了电视台工作人员，销毁了全部的电视录像资料，由领头的军官宣布政变。

南明建城以来的第一次政变就这样开始了。

政变？

孙子楚抓紧这张旧报纸，脑中掠过许多电影中的画面，昨天在电视台也看到了同样的场景。他迅速翻到9月4日的《南明日报》，也是最早看到的这一张，头版头条又是两个言简意赅的大字——《末日》：

南明城的末日到了。

昨日，政变部队首先控制了电视台，然后以武力进攻执政官居住的南明宫。执政官的卫队进行了拼死抵抗，昔日肃穆庄严的南明广场，成为双方弹火纷飞的战场。本报记者冒险深入采访，目击到有至少二十人被打死，五十余人受伤。

中午十二时，政变部队在付出重大伤亡之后，浴血攻占了南明宫，俘获执政官柳阳明。市议会与法院同时陷于瘫痪，大部分议员在家闭门不出。

下午二时，大量市民在恐慌中涌向南明隧道，但被守卫隧道的士兵阻挡。

下午三时，有十八名议员在南明中学开会：宣布政变为非法，参与政变的军人均犯有叛乱罪，他们呼吁全体市民不要服从叛乱分子，并要求政变部队迅速投降，释放包括执政官在内的所有人员。

下午四时，一支反政变部队组织起来，试图夺回南明宫与全城的控制权。他们开动装甲车、直升机等武器装备，与政变部队展开激烈的巷战。截止发稿，双方仍然在城内展开激战，伤亡人数尚无法统计。

这是南明城历史上最黑暗的一天。

“最黑暗的一天……”

孙子楚轻声念了一遍，这也是最后一张《南明日报》了，再往后是因为没有收到？还是报纸因南明内战而停刊？他感到有些呼吸急促，打开房门大口喘息起来。

忽然，外面响起咚咚的敲门声。

10:00

钱莫争死了。

在南明城中心的溪流边，发狂的公象将他踩在脚下，整个身体几乎被压入泥土，眼球从眶中爆裂滚落，当即气绝身亡。

钱莫争是第九个。

野象群从他的尸体上踩过，继续向前横冲直撞过来。叶萧与小枝都目睹了这一切，惨烈的死亡让他们目瞪口呆，身着制服的小枝几乎要呕吐了。

“快跑！”

叶萧知道钱莫争已经完了，自己不能成为第十个牺牲者，他紧紧拉着小枝的胳膊，沿着溪流向另一头跑去。

不知道童建国又死到哪里去了，这家伙总是在不该出现的时候现身，又在最应该救援的时刻消失！

仅仅狂奔了十几米，后面响起野兽的咆哮声，再回头象群仍然紧追不舍。领头的公象顶着象牙，粗大的脚掌上沾满血迹，眼看就快要撵上来了。

就在两人心惊肉跳之时，却绝望地看到迎面有堵高墙，把他们逃生的去路完全挡住了。左边是紧闭的房门和窗户，右边却是清澈的溪流，身后狂怒的象群已近在咫尺！

无路可逃？无处藏身？

叶萧面对那领头的公象，人与兽的四目相交，仿佛回到十万年前的非洲草原，人类竟是如此脆弱，进化到现在更加不堪一击。

“跳下去吧！”

在象鼻已卷到他们眼前时，小枝在他耳边轻声道，随即穿着制服跳下了溪流。

一秒钟都无法耽搁了，叶萧脑子都没有转过，便一同跳到清澈的溪水中。

几乎是同一个瞬间，公象冲到高墙底下，巨大的身躯无法迅速转动，只能向溪流甩着象鼻咆哮。

叶萧已没入冰凉的水流中，他屏着呼吸深入到水底，脚底踩着滑滑的鹅卵石，睁开眼睛看到水草和游鱼，还有一个穿着制服的身影。双脚用力往上一蹬，整个人向水面浮去，眼看就要摸到小枝的腿了。

似乎在梦中见过这景象？全身都被水流包围着，奋力划动双臂，追逐那条美人鱼。光线在水下折射，变成幽暗浑沌的世界，只有那个身体如此温暖，散发着无法描述的光芒，指引他已死亡的灵魂，走向复活的那一刻。

终于，他浮出了水面。

阳光如利剑射入双眼，溪水不断拍打在脸上。他抹了一把脸看到了小枝，她的头发全都湿透了，美丽的脸上沾满水花，眨着那双无辜的眼睛。

伸手将她揽入怀中，冰凉的水中是火热的身体，孤单的心里是热烈的绝望。

野象群仍在岸上发出怒吼，每一步都激起阵阵溪水。叶萧拥着他的小枝，缓缓向对岸游去。他们的脸不知不觉已贴在一起，皮肤与皮肤之间的摩擦，生出轻微的电流触及全身，使他的唇变得不由自主，轻轻碰到了她的唇上。

水中的制服小枝，一双妩媚的眼睛，四片热热的嘴唇，两颗无法捉摸的心，三生有幸渡苦海……

苦海无边，回头是岸。

但对面也是岸。

他们已到了溪流的对面，叶萧先将她托上去，然后自己疲倦地爬上岸。

两个人上了岸都大口喘息，仿佛都早已淹死在了水里，做了几十年的落水鬼，如今终于得以往生。

对岸的大象也在看着他们，虽然它们可以涉水渡河，现在却缓缓后退。或许那狂暴的兽血已平息，仍将归于寂静的森林之中。只是在象群来往的道路上，多了一具叫钱莫争的尸体。

叶萧胆怯地放开了她，嘴唇仍残留着她的温度，他颤抖着摸了摸嘴角，一股罪恶感涌上心头，低头轻声说："对不起。"

"你没有做错什么。"

小枝甩动浸湿的头发，抱着湿透了的制服瑟瑟发抖，竟又大胆地伸手封住他的嘴，就像情人的抚摸。

呼吸又急促了起来，他转头躲避她的手指，眼睛却忍不住瞥向她。头发垂到眉目之间，他忽然觉得自己很可怜，像个被人追赶的落水狗，于是又一次伸手抱住了她。

湿湿的，干干的，热热的，冷冷的……

但缠绵总是短暂的。

十秒钟后，他柔声道："快把湿衣服换了吧！"

他们很快离开了河岸，进入一条幽静的街道。路边正好有几间服装店，小枝冲进女装店换了身淑女装，仿佛居家的女中学生。叶萧则在男装店里随便换了件衬衫和牛仔裤。

两个人回到街上，都拿着毛巾在擦头发，他揉着她的肩膀问："还冷吗？"

"有你在，就不冷。"

叶萧怔了一下，站在清冷的街上不知如何作答，太阳洒在他未干的头发上，如一只迷途的流浪狗。

她反过来抓住了他的手，微笑着说："前面就是我的学校，我带你去看看。”

又往前走过一条路口，一座高大的牌楼竖在眼前，匾额上四个大字：南明中学。

牌楼两边还有一副对联：“风雨漂泊毋忘中华，江湖苦旅不改炎黄”。

此联虽不太工整，却道出了南明城的归属。

小枝拖着他走进学校，穿过一片空旷无声的操场，教学楼前绿树成荫，好像寒暑假时的校园。

“这就是你读过的学校？”

“是啊，在这里读了六年。”小枝说着走进了教学楼，穿过一条明亮的走廊，掀起一片厚厚的灰尘，“可惜，现在一个人都没有了。”

这句话带着许多伤感，如传染病涌到叶萧心头，也禁不住叹了一声：“也许我们也会没有的。”

“你那么绝望吗？”

“不知道，我不知道。”

他低头走到一间教室前，却看到了另一个自己——原来墙边镶嵌着一面镜子，一人多高的落地镜子，将他和小枝都纳入镜中世界。

“这里面就是我们班的教室。”

小枝往教室里探了一眼，所有的课桌都很整齐，只是黑板上写着两个粉笔字——

绝望

叶萧看到黑板也愣了一下，随即听到小枝淡淡的声音：“那是我写的。”

“一年前吗？”

“是的，一年前的‘大空城之夜’，我跑到我过去的教室里，在黑板上写下这两个字。”她退出教室苦笑了一声，“奇怪，我以为早就该褪掉了，没想到还是那么显眼。”

两个人依然站在落地镜前，小枝不知道从哪找来一块抹布，在镜子上用力地擦了几下，让他们的脸都清晰了许多。

叶萧凑近了看着自己，第一次发现竟老了许多，皮肤显得更深更粗糙了，嘴巴和下巴爬满了胡须，还有充满男人味的络腮。他摸着自己的脸，觉得镜子里的人是那么陌生，他究竟是谁？还有——站在自己旁边的女孩。

她是洛丽塔。

眼睛里一半是冰块一半是火焰，一半将人凝固一半将人燃烧。

她的嘴唇越来越靠近镜子，差点就要留下两片唇印，这景象在叶萧脑中勾出一句话来——

美女是毒药，中毒无解药，慎服之。

他痛苦地低头离开落地镜，快步往走廊外面走去，小枝蹙起蛾眉跟在他身后。

两人走后并没有发现——他们的影子，依然停留在镜子里。

在死寂的教学楼里，叶萧无头苍蝇般乱转，不小心撞进一个小房间，却看到屋里全是各种电子设备。

小枝跟进来说："这里是学校的直播间，我以前当过学生电台的主播。"

说着她熟练地打开机器，电脑屏幕上出现了歌单，她不眨眼睛地选定按下鼠标，随即音响里飘出一段旋律。

二十多秒后响起一个男人的嗓音："喜欢容易凋谢的东西像你美丽的脸，喜欢有刺的东西也像你保护的心……"

叶萧先是愣了一下，这声音那么悲凉那么执著又那么深情，眼前自然地浮起一张并不好看的脸。

赵传？

没错，这是赵传的一首老歌《男孩看见野玫瑰》。

小枝拽起他的手，将他拉出了小房间。走廊里还放着赵传的歌声，他们一路冲出教学楼，来到空旷无人的操场上，原来整个校园都充满了这首歌，仿佛一下子从坟墓中复活了。南明中学里的每个角落里，都隐藏着小小的音箱，通过电波释放出《男孩看见野玫瑰》。

喜欢容易凋谢的东西像你美丽的脸
喜欢有刺的东西也像你保护的心
你是清晨风中最莫可奈何的那朵玫瑰
永远危险也永远妩媚

男孩看见野玫瑰
荒地上的玫瑰
清早盛开真鲜美
荒地上的玫瑰

不能抗拒你在风中摇曳的狂野

不能想象你在雨中藉故掉的眼泪
你是那年夏天最后最奇幻的那朵玫瑰
如此遥远又如此绝对
男孩看见野玫瑰
荒地上的玫瑰
清早盛开真鲜美
荒地上的玫瑰

叶萧痴痴地站在操场中心，一个足球场的中圈弧里，和小枝手拉手听着歌——赵传的声音，伴着忧伤的旋律，被无数个扩音器放大出来，飘荡在教学楼和图书馆，飘荡在大操场和实验楼，飘荡在两个人的心间。

你能否想象这幕场景？

当你和他（她）闯入空无一人的学校，却听见到处都弥漫着一首歌，有人在歌中唱道："男孩看见野玫瑰 / 荒地上的玫瑰 / 清早盛开真鲜美 / 荒地上的玫瑰。"

而这支野玫瑰就绽开在你的身边，无法捉摸也无法形容，娇艳欲滴又无法接近。她的刺会把你扎得浑身是伤，扎得鲜血淋漓，但唯有如此才能永远动人。

他低头看着小枝的脸，这朵野玫瑰几乎要被他噙在口中。

现在的疑问——她是白玫瑰，还是红玫瑰呢？

而在每个男人心里，都有一朵白玫瑰，也有一朵红玫瑰。

也许，小枝既是白玫瑰也是红玫瑰。

一朵让人不能抗拒的野玫瑰。

第三季

天空城之夜

第十一章 ■ 毒

同一时刻。

铁门外咚咚作响的敲打声，似重锤击在孙子楚的心口。倒是林君如大胆地跑出去，躲在铁门后大声问："谁啊？"

"我！"

是旅行团里最苍老沉闷的童建国的声音。

打开铁门，他好像比清晨老了几岁，身上的衣服又脏又破，双眼布满骇人的血丝，手里却提着一个塑料水桶。

林君如注意到有几条鱼在水桶里拍打着："你去钓鱼了？"

但童建国并没有回答她，径直拎着水桶走进客厅。正好玉灵和顶顶陪着秋秋走下来，大家都看到了桶里的鱼，尤其是虚弱的秋秋，立即跑过来问："他人呢？"

那个"他"，指的自然就是钱莫争，秋秋还不知该如何称呼他。

童建国疲倦地将水桶放在厨房，颤抖着坐倒在沙发上，微闭起双眼说："他死了。"

"什么？"

秋秋睁大了眼睛，客厅里其他人都一下子沉默了，一切的死亡都是有可能的，他们早已对死亡麻木。

“钱莫争死了。”

他总算喘了一口气，异常冷静地告诉大家这个消息。

几十分钟前，他追逐叶萧和小枝到小溪边，没想到他的一声枪响，使得闯入城市的野象群发狂，结果踩死了正在河边钓鱼的钱莫争。

等到叶萧与小枝游过溪流逃命，象群们渐渐平息愤怒离开以后，童建国才大着胆子钻出来。他回到溪流边寻找钱莫争的尸体，发现这位可怜的摄影师，已整个被踩入泥土之中。大地已成为他的坟墓，地面上只能看到他的血肉模糊的后背，还有几根碎裂出来的脊椎骨。

身经百战的童建国，也未曾看过如此惨烈的死状，只有在古印度有被大象踩死的酷刑。他没有办法把钱莫争弄出来，只能从路边找了些纸板盖住。这时他发现了那个水桶，里面的鱼还好好地游动着。钱莫争临死前把桶推到路边，野象群的脚步也没有震翻了它。

这些鱼是用钱莫争的命换来的。

好像是接受了某种指令，童建国不由自主地提起水桶，那是钱莫争未完成的使命，要给秋秋准备的鱼汤。

无法抗拒——像有人在推着他走路，也像有人在帮他提着水桶。童建国没有去追叶萧和小枝，也没有再找一辆汽车，而是快步疾行了几千米，带着一水桶的鱼回到了大本营。

孙子楚、林君如、玉灵、秋秋、顶顶，五个人听完他的讲述后，都沉默了半晌，好像钱莫争血肉模糊的尸体，正镶嵌在客厅的地板里。

“不！我不相信！”十五岁的秋秋突然狂怒起来，弱小的她抓住童建国的胳膊，声嘶力竭地喊着，“你在骗我！骗我！”

五十七岁的童建国岿然不动，任由女孩捶打唾骂。还是玉灵过来拉开了秋秋，抱着伤心的女孩说：“我们都相信是真的，他不会骗我们的。”

秋秋的眼泪已夺眶而出，她不晓得该如何说出来——钱莫争真是自己的亲身父亲吗？如果是的话，那她生命中最重要的三个人：她的父亲（或者是养父），她的母亲（毫无疑问是亲生的），还有她的亲生父亲（假定是吧），竟在几日之内相继死亡，全都死在这该死的沉睡之城！

自己真的如此不幸吗？成为一个彻彻底底的孤儿，再也没有人疼没有人亲，她感到一阵无法言说的孤独，浑身上下都冰凉彻骨，心脏瞬间碎成了无数片，倒在玉灵怀中放声抽泣。

突然，秋秋又跳起来说："我要去看一下！如果钱莫争死了的话，我要看到他的尸体！"

"别傻了，外面很危险的，你必须乖乖地待在这里。"

童建国淡淡地回答，但女孩已经挣脱了玉灵，却被他一把拉了回来，牢牢地按在沙发上动弹不得。秋秋想要挣扎却使不出力气，林君如和顶顶接着按住了她，直到她又一次哭倒在沙发上。

"照顾好她吧，千万不能让她乱跑。"此时童建国担负起了长辈的责任，他又指了指厨房里的鱼说，"这是钱莫争用命换来的鱼，你们中午就给小姑娘做鱼汤喝吧！"

玉灵点头走到厨房，看着那些可怜的鱼说："水里还有血。"

"那是钱莫争的血，把鱼鳞刮得干净些吧。"

"好吧。"

她无奈地应了一声，刚拿出菜刀准备杀鱼，又想起一件事："伊莲娜呢？她怎么没回来？"

"这女孩跑丢了，谁知道去哪里了，运气好的话会自己回来的吧。"

"真要命！"

玉灵利索地剖开鱼腹，清理着鱼鳞和内脏，仿佛在解剖活人。

短短的一个上午，旅行团就有两个人逃跑，一个人失踪，还有一个人干脆死掉了。

转眼之间四个人就不见了，这房子里只剩下他们六个人，老的老，小的小，这些老弱病残如何能捱过去呢？

想着想着又是悲从中来，她这个地陪导游算是彻底失败了，一切都不在掌握之中，唯有手中的鱼任她宰割。

在她低头洗鱼之时，胸前的坠子悄然滑出衣领，这个鸡心形的小相框，立刻勾住了童建国的双眼。

"等一等。"

他伸手抓住鸡心坠子，玉灵放下鱼洗洗手，将坠子里的小相框打开，里面露出了一张美人的脸。

"这是我的妈妈，很像我吧。"

童建国盯着相框微微颤抖："是的，很像，她的名字叫兰那。"

"为什么这么看着她？"

聪明的玉灵已察觉到了什么，童建国苦笑着长叹一声："是的，我曾经认识你的妈妈。"

"什么时候？"

"很久很久以前。"

寂静的厨房，连剩下的活鱼也沉默了，玉灵转头看了一眼客厅，其他几人都已陪着秋秋上楼了。

她的嘴唇也颤抖起来，心跳怦然加快联想到了什么，害怕地抬头看着他问："你——你究竟是谁？"

"我？"他感觉突然碰上了一个严重问题，一辈子都无法回答清楚的问题，"我也不知道自己是谁。"

"不，你一直在关心我——从见到我的那一刻起，我就知道你在盯着我看。是因为我长得很像我妈妈？而你说你曾经认识我妈妈，你和她有过特殊的关系？"

玉灵大胆地追问着他，让童建国无处可退，他仰头悲怆地回答："我不知道什么叫特殊关系？但至少我可以承认——我喜欢过兰那，也就是你的妈妈。"

他的回答让玉灵更加紧张，她深呼吸了一口气说："现在，我有一个问题，一个非常重要的问题，让我难过也让我困惑了许多年的问题。"

"问吧。"

"你是我的爸爸吗？"

这个大胆的问题让厨房里沉默了一分钟。

玉灵睁大着清澈的眼睛，希望得到一个肯定的回答。

"不是。"

但童建国给了她一个失望的答案。

"真的不是吗？"

"对不起，如果你真是我的女儿，我怎么会不敢承认？"他痛苦地抓着头发，灌下一大杯凉水，"我倒真的希望做你的父亲！可惜不是我！可惜不是我！"

他那悲伤至极的眼神，已说明这不是撒谎。

玉灵的鼻子有些酸涩了，低声道："对不起，是我自己太傻了，我不该问这个问题。"

"让我把一切都告诉你吧。"

童建国又喝了一大口凉水，先将三十年来千头万绪的记忆整理一遍，然后简明扼要地娓娓道来。

从当年私越边境参加游击队，到受伤避难于深山小村，又爱上了传说中的罗刹公主兰那，却难过地发现最好的朋友李小军已捷足先登，最后遭遇毒品集团袭击，全村毁灭，此生再也见不到美丽的兰那了。

她是童建国这一辈子唯一真正爱过的女人，可惜连一句“我爱你”都没有说出口过。

这是世界上最遥远的距离吗？

1975年，经历了那次生离死别的创痛之后，童建国再也没有回到游击队。他失去了原来的理想和信仰，那个红色的梦彻底醒来了。他不敢再回到国境线以内，只能像孤魂野鬼在异域流浪。

最不幸的是，童建国变成了自己鄙视的那种人——投靠毒品集团当了一名雇佣兵，纯粹为了金钱而卖命。他将脑袋别在裤腰袋上，过了十几年刀口舔血的生活。他自己也记不清杀过多少人了，至少有四位数的亡灵在地狱咒骂着他。

十多年前，金三角的局势趋于缓和，许多毒品集团和武装组织都放下了武器。童建国获得解脱而“失业”了，他厌倦了漫长的杀人岁月，便带着一笔积蓄离开丛林，经由香港回到了家乡上海。

童建国的父母早已离开人世，以为儿子永远死在了异乡，当年的亲戚看到他也不敢相认。好不容易才恢复被注销的户籍，但他在金三角的血腥岁月，却从未敢向任何人吐露过。他用以前杀人得来的积蓄，在上海开了一家军迷用品专卖店，出售各种仿真军品。他常去射击俱乐部兼职做教练，也算是最擅长的老本行。

虽然他也有过其他女人，但他从没有真正爱过一个人，因为心底永远藏着一个完美的兰那——得不到的就是最完美的。

隔了那么多年之后，童建国又一次回到金三角，回到这片埋葬了他的青春的土地，却见到了当年唯一暗恋过的女子的复制品——就在他的眼前楚楚可人，却不能去拥抱亲吻，尽管在梦中已做过无数次。

听完他漫长人生的传奇故事之后，玉灵的嘴唇已然发青，该怎样面对这个五十七岁的男人呢？是同情还是怜悯还是恐惧？

唯一能确定的是，1975年以后，童建国就再也没有见过她的妈妈。而玉灵是1985年才出生的，所以童建国当然不可能是她的父亲。

玉灵苦闷地仰起头，将镶着母亲照片的坠子放回胸前，眼眶湿润着说：“天哪，我的父亲究竟是谁？”

11:00

新光一越广场。

这里曾经是南明最大的商业中心，总共有六层的营业楼面，其中地上五层地下一层。从世界名牌到大众超市一应俱全，每天的客流超过数千人。虽然南明城已封闭了数十年，但仍无法避免这里的女人成为购物狂，每当周末便会熙熙攘攘。地下的美食城和顶楼的电影院，构成了一个巨大的销品茂，可以使他们度过快乐的一天——只要他们有足够的腰包和体力。

现在，镜头推移到地下的美食城。从过桥米线到桂林米粉再到广州小吃，从日本拉面到韩国烧烤再到意大利面条，和国内的商场美食城没什么区别——只是一个人都没有，巨大的空间寂静无声，所有的灯光却把室内照得通明。餐桌上铺满了灰尘，料理台上结着厚厚的油垢，有的还成为老鼠和昆虫的乐园。

一阵脚步声打破了寂静，随即出现两个人影，时隔一年之后的第一批顾客？

“Shit！这是什么鬼地方！”

紧接着又是一长串的英语脏话，伊莲娜的头发像个女疯子，在地下一层绝望地咆哮着。

“被命运选中的地方。”

回答她的是一句蹩脚的英文，带着浓浓的法国口音——亨利·丕平。

三十多岁的法国人也是破衣烂衫，昨天下午差点被叶萧抓住，使他如惊弓之鸟般小心翼翼。他已经好几天没有洗澡了，只能用商场柜台里的香水，遮盖自己本身浓郁的体味，使得周身充满了 HUGO BOSS 的气味。

“你为什么要逃跑？”

伊莲娜理了理头发，用英语追问着亨利，空旷的地下美食城响起她的回声——逃跑……逃跑……逃跑……

“我，因为，因为——”他摩挲着光滑的腮边，上午刚用飞利浦专柜里的剃须刀刮去了满脸的胡须，“我不能再撑下去了，情况完全超出了预料，谁都不知道接下来还会发生什么！”

“难道你知道？”伊莲娜睁大了眼睛，吸血鬼似的狠狠地盯着他，“你不要告诉我，你知道本来应该会发生什么？”

“很遗憾，就是这样的，我知道你们的结局，我也知道这一切原本不是这样。”

“Shit！”

“抱歉。”亨利痛苦地吁出一口气，“现在我也不知道该怎么办？不知道该到哪里去？”

伊莲娜大声骂道：“混蛋！告诉我究竟是怎么回事？”

“不，我还不能说，我不能——”

“啪！”

一记耳光重重地打在他脸上，伊莲娜就像头愤怒的母狮，容不得亨利有任何忤逆。

她又指着亨利的鼻子说：“跟我回旅行团去，不管你有什么秘密，都必须告诉我们大家，如果你觉得有危险，我们也要互相保护，总比你一个人死在外面强。”

“出去我们会死的！”

“胆小鬼！那我自己去死，你留在地下等天使来救援吧。”

伊莲娜大步向楼梯走去，突然感到后脑勺一阵剧痛，随即天旋地转失去了知觉。

偌大的地下一层再度陷于死寂，法国人亨利面色苍白，手握身边餐厅的平底锅，就是用这个坚固的锅子，将可怜的伊莲娜砸晕在地上。

他放下锅子跪倒在地，抚摸着伊莲娜痛苦的脸，随后轻轻吻了她的额头。他接着发出一阵苦笑，但很快转变为悲惨的抽泣，大粒的泪水滚落到她脸上。

“你出去会死的！傻女孩！”

亨利发出一句沉闷的法语，如地狱警钟在地下一层回荡着。

随后，他抓住伊莲娜的双腿，就像拖着一具僵硬的尸体，把她拖往地底某个无尽的空间……

中午，同一时间。

老弱病残们的“大本营”，沉睡的别墅的客厅。

孙子楚和顶顶走下楼梯，从沙发上拿起那叠旧报纸，指着上面的日期说：“你看，这里记录着一年前南明城发生的一切，最最离奇的‘大空城之夜’。”

童建国和玉灵走出厨房，一锅鱼汤正在液化气灶上煮着。他们也凑到了沙发上，孙子楚索性就像开会一样，召集大家说：“看这些报纸太费力了，还是听我来讲述吧。”

他又恢复了油嘴滑舌的老样子，不再像昨天那样萎靡不振，然后用了二十多分钟，将《南明日报》上记录的“大空城之夜”的来龙去脉，巨细无遗地说了出来。

其他人都仿佛在听天方夜谭，只有童建国频频点头说：“怪不得——原来这座房子就是小枝的家，她的爸爸就是第一个中毒死掉的人，可她怎么没死呢？”

“导游小方和屠男死亡的状况，也都和报纸里描述的非常像。还有报纸里说的动物杀人事件，让我们再仔细回想一下，成立是死于鳄鱼潭中，唐小甜是死于山魈之手，杨谋死于蝴蝶公墓，钱莫争又死于大象脚下，这些凶手不都是动物吗？”

孙子楚的联想能力得到顶顶的赞同：“对啊，尽管南明城已经没有人了，但那些可怕的动物们还在啊，也许它们体内也残留着毒素，使它们无缘无故地攻击人类。”

天机的世界就是动物世界？

“太可怕了！”

顶顶又想到了叫“天神”的大狼狗，还有那只神秘的白猫。

“可为什么报纸后来没了？”

“都发生内战了，报纸还能出吗？或者报社的人也死了？”

“那我们现在确知的只能是，因为打开了罗刹之国的‘龙之封印’，使得南明城发生了瘟疫，进而引发了南明城埋藏多年的矛盾，最终导致了血腥的政变和内战。”孙子楚低头思考了片刻，“至于内战的结果如何？南明城的数万居民究竟何去何从？这里为何会变成沉睡之城？所有这些谜团仍然难以解开。”

顶顶无奈地点头同意：“也就是说所谓的‘大空城之夜’，到现在还是没有答案，我们仍然不知道居民们去哪儿了。”

“但有一个人肯定知道。”

“谁？”

“小枝！”童建国冷冷地吐出这个名字，咬牙切齿地说，“假定她真叫这个名字！”

顶顶厌恶地问了一句：“所以你想方设法要抓住她审问她？但你认为她还会说真话吗？”

“我会让她说真话的，在这方面我是最有经验的，就连叶萧警官也不能和我比。”

这句话倒是不虚，童建国当年做雇佣兵的时候，抓住的俘虏没有一个敢不说实话的，他自然有许多酷刑和折磨人的手段。

“听着，叶萧是我的好朋友，不管怎么样都不要伤害到他。”

孙子楚大着胆子警告了童建国，随即遭到一个白眼。童建国摸了摸裤管，隐隐露出手枪的形状，立刻让孙子楚安静了下来。当叶萧带着小枝逃出去后，童建国成了这里的老大，暴力手段永远是最终的解决方式。

气氛又变得紧张了，玉灵乖巧地回厨房看了看，便招呼大家说：“鱼汤已经煮好了，快点来吃午餐吧。”

几分钟后，楼上的林君如和秋秋也下来了。玉灵将一大锅鱼汤放到桌上，还有不少煮熟的真空包装食品，六个人都闻到了浓浓的鱼香。

玉灵给每人都盛了一大碗鱼汤，尤其是秋秋的那碗更多更浓。黄澄澄的鱼汤表面，漂浮着一层黏稠的膜，鱼腥味已经被熬到最淡了。这是进入南明城以来，他们能够吃到的最新鲜的美味佳肴，但所有人都沉默着不敢动调羹。

这是钱莫争用命换来的鱼，也许鱼汤里还残留着他的鲜血。

林君如看着鱼汤只想反胃，好像碗里盛着钱莫争的血和肉。童建国是看过钱莫争尸体的，虽然是他带着这些鱼回来，但若要自己把它们吃下去，实在是没有这个勇气。顶顶干脆闭上眼睛，嘴中默念起一段经文，绝不敢尝半点鱼肉。

玉灵有些着急了，毕竟是她亲手做出来的鱼汤，她催着秋秋说：“快把汤喝了吧，这些鱼就是为你捉的。”

“不，你们不要为了我做任何事，我不值得你们关心！”

十五岁的女孩低着头，眼泪已悄悄地滑下来了。

“你早上不是还说要吃鱼吗？”

秋秋摇着头大声说：“我不喜欢吃鱼了，我最讨厌吃鱼！最讨厌！”

“听话！”

玉灵像个大姐姐一样对她说话，但秋秋的倔脾气上来了，她一把将碗推到地上砸得粉碎。

浑浊的鱼汤伴随破碎的瓷屑，在厨房的地板上四溢。

大家心头都猛然揪了一下，却再也没有人去教训小女孩了。秋秋转头跑上二楼，玉灵轻叹一声低头收拾碎碗，用拖把将地板收拾干净。

“你们真的都不吃吗？”

还是孙子楚打破了骇人的沉默，他拿起调羹匀了匀鱼汤。许多天没吃到新鲜菜了，更别提这诱人的活鱼汤，鱼汤的鲜味不停地往鼻孔里钻，顿时勾起孙子楚腹中的谗虫。

虽然，明知道是钱莫争用命换来的鱼，但孙子楚实在无法忍耐了。那股百无禁忌没心没肺的劲头又涌了上来，使他不能控制住自己的手，不自觉地舀起一口鱼汤，缓缓送往干渴的嘴里。

所有人的双眼都盯着他，目送那调羹里浓稠的黄色液体被孙子楚吞噬，灌入一条无法抵抗诱惑的食道。

温热的鱼汤迅速滑入胃中，舌头上的味蕾饱受刺激，传递到全身的每一寸神经。那是自本故事的第一天，那顿致命的“黄金肉”以来，孙子楚最幸福的瞬间。所有毛孔都已张开，呼吸着全世界的空气，各种香艳气味和甜美滋味，一齐汇聚于体内。体重减轻了一大半，他仿佛从地面飘浮起来，升入云霄之上最快乐的天堂。

仅仅几分钟的工夫，一碗鱼汤已然见底，连同鲜美的鱼肉送入腹中，桌上只剩一堆鱼骨和鱼刺。孙子楚一下子胃口大开，把餐桌上的其他食物也一扫而光。吃完后他拍着肚子长吁短叹，好似人生如此夫复何求？

但他吃得越是香甜，别人就越是倒胃口，大家都稍微吃了一些袋装食品，但就是没人敢动鱼汤，包括煮汤的玉灵自己。

接近正午时分，五个人仍围坐在沉默的餐桌边。童建国的眼皮突然猛跳起来，急忙扫视着身边每一个人，目光直直地撞到孙子楚脸上，发现他的脸正在迅速变白。

顷刻之间，孙子楚竟已变得面如白纸，同时额头冒出豆大的汗珠。他的双眼仍睁大着，鼻翼剧烈地扩张抽动，喉咙里发出毒蛇般的咝咝声。

林君如也感到不对劲儿，她抓着孙子楚的胳膊，紧张地问：“哎呀，你出什么状况了？”

顶顶和玉灵也围到他身边，可孙子楚一句话都说不出来，双眼无神地盯着前方，颤抖的嘴唇已发黑发紫。冷汗像下雨一样滴下来，林君如再一摸他的后背，衣服竟然也已全部湿透。大家都被他的样子吓到了，顶顶使劲掐了掐他的人中，可还是毫无反应。

“糟糕！只有死人掐人中才没反应！”

“别吓唬我啊。”林君如已心急如焚了，“快把他扶到床上去！”

话音未落，孙子楚重重地摔了下去，幸好童建国眼明手快，将他拦腰死死地抱住。再看他整个人已毫无力气，只有双眼还瞪得浑圆，仿佛受了冤屈的人死不瞑目。

手忙脚乱之际，林君如失手把锅打翻，鱼汤霎时铺满了厨房地板。顶顶被鱼汤气味刺激了一下，惊恐地喊道：“鱼汤有毒？”

童建国已把孙子楚背在肩上，回头看了一眼厨房，愤愤地说：“妈的，只有这小子喝了鱼汤，所以我们大家都没事，只有他活该倒霉！”

“这怎么可能？”这下最紧张的人变成玉灵了，这锅鱼汤可是她亲手煮出来的，“不，不会的，我什么都没做。”

“放心，没人怀疑过你！”

童建国边说边背着孙子楚走上楼梯，林君如在旁边小心地帮着他，将孙子楚送到二楼卧室的床上。

此时的情况更加危急了，孙子楚在床上浑身抽搐，脖子高高仰起像受到重击，口中发出含混不清的声音，嘴角甚至流出一点点白沫——这是明显的食物中毒症状，童建国当年也用过毒药，亲手用蛇毒杀死过敌方头目。

“该死的！我早就该想到那些鱼了，我究竟是哪根神经搭错了？”

童建国心里一阵内疚，千错万错，错在自己不该把那桶鱼拎回来，让它们去给钱莫争陪葬好了。

“鱼肉里果然有剧毒？”林君如立刻想到了河豚，有一年去日本旅行，别人都吃了河豚，只有她无论如何都不敢尝一口。“天哪！那他会不会没命？”

她恐惧地抚摸着孙子楚的脸，却不知该如何救他的命，只有无助地用纸巾拭去他嘴角的白沫。再翻开他的眼皮看了看，瞳孔已明显扩散放大了，说明他正命悬一线，随时可能 GAME OVER。

顶顶和玉灵也冲了上来，看到孙子楚垂死挣扎的样子，她们同样也手足无措。林君如也不顾忌其他人了，就连自己也无法理解，眼泪为何要滚落下来，而那如珠滑落的泪水，刚好打湿了孙子楚发黑的嘴唇。她索性抱紧他的脑袋，痴痴地说：“不要，我不准你死！”

“快去倒点开水！”

童建国从贴身口袋里掏出一个小药瓶，这是他多年来随身携带的防毒药，是一个掸族老人为他调配的，以前在森林中不慎遭到蛇咬，用这个药都可以化险为夷。

瓶子里倒出一粒黑色的小药丸，散发出令人难以忍受的恶臭，连林君如都被熏得捏起了鼻子。但孙子楚的牙关紧咬，像具僵尸一样掰不开嘴。

童建国又掏出一把小匕首，雪白的刃口让顶顶惊叫道："你？你要干吗？"

他用行动做了回答，这把锋利的小匕首，正好插入孙子楚上下排牙齿间的缝隙。他再轻轻地往上一扳，就把孙子楚的牙关撬开来了。童建国一手捏着孙子楚的鼻子，一手将黑色小药丸塞入他嘴里，同时玉灵将温水灌入他口中。

"你给他吃的是什么药？"

林君如仍然皱着眉头，她感觉那药像大便的气味。就连昏迷中的孙子楚都皱起了眉头，不一会儿胸口就剧烈起伏起来，喉咙里难受得想要反胃，却怎么也呕不出来。

"有这反应就算正常了！"童建国擦了擦额头的冷汗，"希望他能尽快呕吐出来，我现在是给他洗胃，知道医院里怎么抢救服毒自杀的人吗？"

"到底是什么药？"

这回轮到玉灵问他了，同时她和林君如用力按着孙子楚。

"一种特别的眼镜蛇毒。"

林君如差点给气昏过去："你给他吃毒药？"

"你知道什么叫以毒攻毒？我以前被毒蛇咬了之后，都靠这个药救命的，所以才养成随身携带的习惯。"

"我们村子里也常用蛇胆解毒。"玉灵附和着童建国说，"他只要把毒吐出来就会好了。"

现在，大家都把目光集中在孙子楚脸上，看他何时难受得呕吐出来。

六十秒过去了，上下折腾的孙子楚仍然没吐出来，林君如看着他都快吐出来了。

六分钟过去了，孙子楚又恢复了平静，面色苍白地躺在床上，只剩下一点微弱的呼吸。

童建国失望地摇了摇头："妈的，这里的鱼毒还真的很特别，我的药居然不管用了！"

孙子楚的命，依然捏在死神的手中。

12:00

南明城的另一个角落

正午的阳光。

隔着厚厚灰尘的玻璃橱窗，射进来的太阳已很稀薄，黄色光晕笼罩着小枝的脸，仿佛一个油画里的人物。

叶萧就坐在她的对面，捧着一大包保质期内的薯片，这就是他们的午餐了。这是学校对面的一间便利店，他们刚用热水壶烧了一些水，又享用了货架上的一些食物。

似乎世界上的一切都是自己的，也仿佛自己也不再属于这个世界。

“好了，你现在可以告诉我真相了。”

他平静地看着她的眼睛，虽然最近的二十四小时，他在小枝身上倾注了某种特别的感情，以至于为了她而不惜冒险，差点命丧在童建国的枪口下，也差点彻底坠落到欲望的陷阱中。

但他毕竟还是叶萧，一个成熟的二十九岁的警官，虽然此刻身上没有穿着制服。他知道自己该做什么不该做什么，必须要让自己冷静下来，超出个人的欲望去看待她。此刻他要做的最重要的事，就是知道沉睡之城的真相，知道眼前的小枝究竟是谁。

“你在审问我吗？”

他无奈地叹息了一下：“总比把你交到童建国手里去审问好。”

“你不会相信的，我已经骗过你几次了，再说一遍你仍然会以为我在骗你。”

小枝的回答相当老练，她靠在便利店的收银台后面，就像年轻的实习收银员。

“未必！”叶萧觉得自己必须要保持威慑，不能再像恋人一样听命于她了，“那要看你说的是什么了。”

“你想要听到什么？”

“你的过去，你的家庭，还有‘大空城之夜’。”

她低头沉默了片刻，突然温柔地反问道：“你真的想知道吗？”

“是的，我真的想知道，知道真的事实，不要告诉我假的。”

“我可以告诉你，但得有一个条件。”

叶萧又拧起标志性的眉毛：“说吧，尽管你没有资格和我交易。”

“你先要答应我，只要我告诉你真相，你就发誓必须要为我完成三件事情。”

“哪三件事情？”

小枝丝毫都不畏惧他：“你先答应我并发誓！否则我不会说出半句真话的。”

“真要命，你要我去死我也去啊？你先说是哪三件事？”

“我现在只想好一件事。”小枝托着香腮，眼珠子转了转说，“其他的两件事，等我想好了再说，你先答应我吧！”

沉默，持续了一分钟。

他想起《倚天屠龙记》里赵敏对张无忌提的条件，要张无忌必须为她完成三件事，而且还是没有想好的期货，难道这也是小枝从金庸书里学来的？

张无忌为了救人而答应了赵敏，结果一辈子都被她套牢了，还好他最终得到了幸福。

如果，叶萧为了救大家而答应了小枝，最终得到的又会是什么？生存还是毁灭？

唯一可以肯定的是，只要叶萧承诺的事情，就算付出生命也会做到，绝不反悔。

“好！我答应你！”

正午的阳光涂抹在小枝脸上，她诡异地微笑了一下：“你真是个男人。”

“快点说吧，你要我做什么？”

“第一件事——再吻我一次！”

叶萧瞪大了眼睛：“什么？”

“你已经在水里吻过我了。”她挑逗似的伸出舌头舔了舔嘴唇，“我喜欢你吻我的感觉，我要你再吻我一次。”

“可是，那次我不是故意的。”

“我不管，你已经答应我了，难道那么快就要赖了吗？”

他无奈地苦笑一声：“好，我就豁出去了。”

叶萧已别无选择，他不需要再犹豫了，哪怕半秒钟都不需要，径直凑上去抓住小枝的脸，轻轻地吻了她的嘴唇。

依然是热热的感觉，湿润的四片嘴唇，电波流过两个人的身体，都微微颤抖了一下。

从她的嘴唇上离开，叶萧有些尴尬地别过头，冷冷地说："我已经完成了第一件事，你可以说出你的秘密了吧？"

"好，你说到做到，我也说到做到——如果我现在说的有半句假话，就让我立刻死掉吧！"

小枝虽然发出如此毒誓，但叶萧心底仍将信将疑，他将头转回来问："先说说你父母吧。"

"我爸叫欧阳思华，他就出生在金三角。我的爷爷是军官，1950年以后退出国境，一直跟随着马潜龙执政官，直到十年前去世。我妈叫薛燕，她也出生在金三角，我外公是个军医，所以我妈后来成为南明医院的医生。我爸在年轻的时候，被执政官送到香港去读书，获得了香港大学历史学博士学位。他参加过许多海外的考古活动，但他信守着对执政官的诺言，从未向外界透露过南明城。二十多年前，他放弃了剑桥大学的邀请，回来担任南明文化院的研究员，同时也是为了和我妈结婚。"

"怪不得书房里有那么多历史书和考古书。"叶萧放松了一些，喝了口热水说，"我看过你家阁楼里的《马潜龙传》，现在说说你自己吧。"

"我的真名就叫欧阳小枝，这一点我并没有骗过你。我生于南明，长于南明，在这里读小学和中学，从未离开过父母。我确实是故意把你们带到我家里，但我并没有任何恶意，只是看到原来的楼房被烧了，你们都像群无家可归的流浪儿，索性就把我的家让给你们住吧，可没想到不但没人感激我，还要对我恩将仇报。"

"那是因为你一开始就在隐瞒，如果你早就说清楚了，怎么会走到现在这一步？"

她并不介意叶萧的责难，平静地看着午后寂静的街道："妈妈说我生下来就与众不同，我的爷爷是马潜龙执政官的老部下，所以小时候经常去执政官的官邸。人们印象中的马潜龙，是冷静、沉稳而冷漠的，但他待我却非常热情，就像对待自己亲生孙女一样，总是抱着我到处走，用他的胡茬来扎我的脸。"

"我知道你和别人不一样，除了你的脸庞你的眼神，还有浑身上下散发的气质。"

"谢谢。"她又莫名忧伤起来，就像刚刚与叶萧相遇的那两天，"我很敏感，天生就异常地多愁善感，但有时候又很叛逆。在父母和老师面前是个乖小孩，在有的人面前又是恶魔，我既是天使又是恶魔——你怕了吗？”

他心底暗暗给自己壮胆：“我怎么会怕你，小姑娘。”

“你会怕我的，而且你已经怕我了。”小枝咬着嘴唇冷笑了一声，“我会把你给吃了的。”

“好了，说说一年前吧，‘大空城之夜’。”

“一年以前——是永远都无法醒来的噩梦。当时，执政官决定开发城外的罗刹之国遗址，以南明文化院的名字组建考古队，由我的爸爸来全权负责。他的工作相当成功，率领考古队打开了大罗刹寺的金字塔，他亲手走进内部的甬道，取出了许多无价之宝。那时候我正好得了严重的流感，妈妈将我安排在南明医院里，无法分享爸爸的喜悦。没想到几天之后，我就听说爸爸意外去世了！”

“怎么回事？”

小枝的眼眶有些发红，泪水却始终没有流出来：“我非常非常难过，但妈妈却不愿意告诉我爸爸的死因。直到一周之后，我妈妈也永远离开了我！这时我才知道，他们都是全身溃烂而死的，据说是因为爸爸接触到了某样带有剧毒的文物，而从他的身上再传播到文化院的其他人，结果导致全城病毒的爆发。同时，还有许多动物感染病毒，从而无缘无故地发狂攻击人类，有许多人都死于非命，南明医院的太平间天天都客满。”

“瘟疫？”

“也许是吧，总之一切都陷于混乱。我的流感也早就痊愈了，不过医生劝我不要随意外出。但我的父母在一周之内都离开了人世，让我如何能睡得着觉！我偷偷逃出了医院，此时的南明上已是恐怖的世界，许多人在追打猫、狗等动物，还有人当场死在街头。我独自回到了家里，发现许多东西都被人动过了，也许是有人检查了我爸爸的遗物。但我家的狼狗‘天神’和白猫——我叫它‘小白’，仍然留在家里等着我，并忍受了好几天的饥饿，只能在外面自己捕食吃。”

“它们没有发狂吗？”

一想到动物攻击人类，叶萧就为那两只动物而担心。

“没有，我也不知道什么原因，可能是它们也沾染了我的灵气吧。”

“晕，这也算理由？”但他转念又苦笑了一下，“好吧，就算相信你。”

“我独自在家里躲了几天，好在冰箱里有许多的食物，足够我和‘天神’还有‘小白’过些日子了。后来外面响起了许多枪声，一到晚上就全是军人。执政官发布了宵禁令，紧接着又是政变和内战，许多人死在了街上，更多的人在逃亡过程中死掉，整个南明城就要灭亡了。”

叶萧有些等不及了：“告诉我，告诉我‘大空城之夜’！”

“这是一个奇迹——2005 年 9 月 9 日，当南明城就要成为人间地狱时，奇迹发生了。”

“什么奇迹？不要卖关子！”

“你真的要知道吗？”

“当然！”

她居然打了个呵欠说：“可你还没帮我完成第二件事情呢。”

“第二件事？好，第二件事是什么？”

“问题是——我自己脑子里还没想好，我要你做的第二件事是什么？”

叶萧几乎要被气得吐血：“哇，你又在耍我？”

“嗯，等我把第二件事情想好了，你又帮我做好了以后，我再告诉你‘大空城之夜’的真相吧。”

“你——”

一股血被激上脑门，他真想甩巴掌抽她了，可面对小枝楚楚可怜的眼神，却是无论如何下不了手。

“喂！难道你那么快就忘了？你可是发誓答应过我的，必须要为我完成三件事情，我才会把全部的秘密告诉你。”

“该死！”

叶萧抽了自己一耳光，脸上的手指印子清晰可辨。

“干吗要伤害自己？”

她起来抚摸着叶萧的脸，像摸着受伤的情人。

“别碰我！”

胸口郁积的怒火不知如何发作，只能握着拳头走出便利店。

金三角的阳光，依旧射入叶萧的瞳孔中。

同一时刻。

不知道在什么地方，伊莲娜从无尽的黑暗中醒来了。

头顶亮着耀眼的白色灯光，墙壁和天花板全是雪白的，四面却看不到一扇窗户，只有一道白色的房门，仿佛置身于死亡的世界。

脑子里仍恍惚一片，眼皮好不容易才完全睁开，抵挡住那刺目的白光。她感到喉咙像火一样干渴，便想要站起来找些喝的，却发现手脚完全动弹不得。但她能够使出力气，但越用力胳膊就越疼痛，她低头一看才发现——自己的手脚都被捆起来了。

“Shit！”

伊莲娜狂怒地吼了一声，狭窄的密室空间里，充满了她自己的回声。

不！自己怎么会在这里？她努力寻找着记忆，却无法确定自己是否还在沉睡之城？是谁将她捆绑了起来？最后见到的那个人又是谁？

“Help me！”

她开始大声求救了，期望外面能够有人听到，但直到她声嘶力竭之后，白色的门依旧紧紧关着。

毕竟是个女孩子，她感到浑身无力的绝望，撑不住开始哭了，热热的泪水涌出眼眶，无力地从脸颊滑落。

“别哭了，我的女孩。”

背后突然冒出一句英语，接着有一双手抚摸到她脸上，为她拭去横流的眼泪。

伊莲娜越发惊恐地挣扎起来，但手脚反而被绳索勒得更紧了。那只冰凉的手仍在她脸上，带着淡淡的烟草气味，接着摸了摸她翘长的睫毛。

然后，一张脸出现在她眼前——亨利。

果然是他！如幽灵般出现在密室中，原来他一直躲在伊莲娜身后，屏着呼吸不发出任何声音，被捆住的伊莲娜当然看不到他。

法国人用蹩脚的英文对她说：“你口渴了吗？”

接着他拿出一罐水放到伊莲娜嘴边，她抗拒地撇过头去，却被他强行抓住嘴巴，几乎是灌进了她口中。

虽然感觉受到了莫大的羞辱，但水仍然拯救了沙漠中的伊莲娜，让她的喉咙恢复了生机。同时分泌出一口唾液，飞快地射出嘴巴，正好击中亨利的鼻子。

亨利皱起眉头擦了擦鼻子，随即一个耳光打在她的脸上，让伊莲娜的眼泪又流出来了。

“你应该感谢我！”他冷冷地警告道，接着从后面拿出一包饼干，“亲爱的，你肯定饿了，快点吃午餐吧。”

她只感到脸上火辣辣地疼，双眼仇恨地盯着法国人，却再也没有勇气分泌出第二口唾液。亨利将饼干塞到她嘴边，这下她老老实实地咬了一口，居然味道还不错，起码没有超过保质期。

伊莲娜这才确实感到肚子很饿了，管它饼干里有毒药还是春药，伊莲娜从亨利手中吃了好几块。根本顾不得什么体面了，吃得衣服上到处都是饼干屑，亨利也温柔地将水送到她唇边。就这么在全身捆绑之中，伊莲娜吃完了这顿特殊的午餐。

“亲爱的，好吃吗？”

亨利凑到她耳边问道，两人的脸颊几乎贴在一起，仿佛情人间的私语。但他的声音又微微颤抖，让伊莲娜听着不寒而栗。

“你是不是疯了？”

她大着胆子问出一句，尤其是与亨利的目光对撞时，那似乎已不是人类的眼神，一会儿温柔如女子，一会儿又凶猛如恶狼，像有两个人在他体内交替掌控着。

亨利阴冷地笑道：“你有没有想象过？你们旅行团所有的人都疯了，包括你在内。”

“你是个精神病人！”她恐惧地大喊，眼泪忍不住又流了出来，“快把我放了！”

“这真是个22条军规式的悖论！如果我真的是精神病人，又怎会乖乖地听你的话？”

终于，伊莲娜忍无可忍了，她将自己所知道的所有的脏话，包括英文和中文甚至还有法文，全都源源不断地骂向亨利。

同时她的脑子里闪过许多念头，汇集在眼前这个疯狂的男人身上——

他并不是旅行团里的人，从天机故事的一开始，就是莫名其妙来路不明：大家在山间公路上发现了他，而山崖下有一辆大巴遇难爆炸，亨利是被摔出车窗的唯一幸存者。

天哪！这样的鬼话也只有他们这些善良的人们才相信！谁能证明亨利就是那辆遇难的大巴上的游客？说不定那辆大巴上的死难者全是他的受害人呢！如果他说的一切都是谎言，那么就是一个天大的阴谋了，他处心积虑地躺在公路上，把自己搞得浑身是伤骗取大家同情，又混在旅行团里进入沉睡之城。

伊莲娜不敢再看他的脸了，闭起眼睛回忆这几天来发生的一切。没错，所有意外都是在他出现之后才发生的，司机迷路进入隧道，导游小方在凌晨死于天台，加油站大爆炸，屠男神秘死亡——这些都很可能与他有关，甚至可能就是亨利干的？

当别人怀疑到他的时候，这家伙就悄悄逃走了，若不是做贼心虚干吗要逃？想着想着她已出了几身冷汗，抬头又看到亨利的脸，仿佛变成恶魔的双眼，对她喷出黑色的火焰。

"你究竟是什么人？"

她努力让自己镇定下来，冷眼看着亨利摄魂的目光。

"你觉得呢？你一定认为我是个恶魔——告诉你错了，我不过是一颗卒子，一颗无足轻重的卒子，随时都可以被抛弃。"

"卒子？"

他的口气变得无奈而悲凉："你也是一颗卒子！你们旅行团每个人都是一颗卒子，你以为你自己能掌握命运吗？"

"那又是谁？上帝吗？"

伊莲娜突然想起了虔诚信仰东正教的妈妈。

"比上帝更可怕的力量！"

"我警告你不要亵渎神灵，告诉我究竟是什么？"

"不，请不要逼我！"他痛苦地抓住头发，表情变得异常扭曲，就差抓着自己的头往墙上撞了，"我也是受害者，我和你一样可怜！我们注定要在这里相遇。"

"别拿我和你比。"

法国人又一次放声苦笑："你觉得我们有区别吗？此刻，在这座沉睡之城里的所有人，包括你和我在内——都是被命运选定之人！"

"被命运选定之人？"她低头沉思了片刻，喃喃自语道，"是谁选择了我们？"

"是一个比命运更难以抗拒的人。"

"该死的到底是谁？"

她全身在绳索里抽动起来，直到亨利按住她的身体，凑近她涨得通红的脸庞，缓缓亲吻她的嘴唇。

几秒钟之后，密室里响起一阵惨叫声。

亨利是捂着嘴巴跌倒在地上，一大片鲜血从指缝间流了出来。而伊莲娜则痛苦地吐出一口血——这是亨利的血，刚才在他强吻的时候，她趁机狠狠咬了一口，将他的嘴唇咬开一个大口子。

"我会惩罚你的！"

他捂着嘴巴吐出一句含混不清的法语，随后打开门冲出了密室。

狭窄的坟墓里，只剩下绝望的伊莲娜。

第三季

天空城之夜

13:00

第十二章 ■ 死而复生

绝望的空气笼罩着二楼的卧室，缓缓渗透过墙壁和地板，弥漫到沉睡别墅的每一寸角落。

“他快死了？”

林君如紧紧抓着床沿，看着奄奄一息的孙子楚。刚才又给他喂了一粒眼镜蛇毒药丸，但还是没把胃里的毒呕出来。现在他已经没什么反应了，平躺在床上如僵硬的尸体，脸色依然苍白得像纸，唯一好转的是瞳孔不再扩散。

“不知道，也许他随时都有可能死亡。”童建国也已束手无策，在床边来回走动叹息，“没想到这鱼毒如此凶险！钱莫争自己死了，还得赔上我们一条人命。”

“说这些有什么用！”

顶顶重重地埋怨了一句，叶萧和小枝逃跑以后，她感觉所有人也在怀疑自己，而童建国无疑是疑心最重的，这让她特别讨厌。

“快救救他！”林君如又走到童建国身边用乞求的语气说，“你一定会有办法的！”

他低头想了许久才说：“记得二十年前，我在金三角当雇佣兵的时候，老大的儿子因为误食了有毒的鱼，躺在床上三天三夜都没有醒过来，所有人都说他很快就要死了。老大只有这一个儿子能继承他的江山，于是派我火速去曼谷找一个德国医生，据说能够治东南亚所有的毒。我送去五万美元请来了医生，他用了一种特别的血清，很快就解了老大儿子的毒。”

“是什么血清？”

“一长串外文字母，隔了那么多年我怎么会记得？但那医生让我抄写过血清的名字，所以如果见到那串字母的话，我应该还能记起来吧。”

林君如像抓住了救命稻草：“也许南明医院里会有这种血清啊！”

“对啊,刚才我们怎么没想到呢？”玉灵也从孙子楚身边站了起来，“我们快点去医院找一找！”

“不行！”童建国立时打断了她们，“外面那么危险，女人绝对不能出去！”

顶顶冷冷地冲了他一句：“你是男人，那你去找血清吧。”

“好，我现在就去！”

童建国不想在女人们面前丢面子，再说自己裤管里还有一把手枪，那么多年枪林弹雨下来，这个风险值得一冒。

他立刻做了些准备工作，往包里塞了好多东西，收拾停当之后关照道：“你们不准离开这里一步！必须要等我回来。”

说罢他大步离开别墅，消失在午后的阳光中。

卧室里只剩下三个女人和一个半死不活的男人。

三个女人都面面相觑，气氛可怕得接近坟墓。临近死神的孙子楚，就是躺在坟墓里的尸体，身边有三个为他陪葬的女人。

林君如痴痴地坐在他的身边，却完全不知道该做什么，她把手放到孙子楚脸上，感到莫名的孤独和恐惧。她无法理解自己为何会这样？是什么时候开始牵挂他的？这个垂死挣扎的贫嘴家伙，究竟有什么吸引着自己？可当他命悬一线之时，却仿佛狠狠地揪着自己的心，她的心好像将要随着他的死亡而破碎。

该死的！这种感觉需要理由吗？不需要理由吗？需要理由吗？不需

要理由吗？

怎么又回到《大话西游》的台词里去了？林君如绝望地低下头，忘情地抱着他冰凉的脸，泪水无声无息地流了出来。

她的悲伤越来越强烈，发出难以抑制的抽泣声，顶顶和玉灵看着都很吃惊。

突然，孙子楚发出了轻微的呻吟。

也许是被林君如的眼泪刺激了，他喉咙里挤出含混的声音："渴！渴！"

"我下去烧一些水！"

说完，玉灵匆忙跑出了房间。

顶顶轻轻拍了拍林君如的肩膀："你和他已经？"

"上床？"林君如直接地说了出来，抬起头擦了擦眼泪苦笑道，"当然没有呢，只是我到现在才发觉：自己有些喜欢他了。"

"人永远都很难确定自己要的是什么。"

"是，我不知道，我不知道自己为什么会喜欢他。"

顶顶冷静地说："人的欲望太多，又受限制太多。感性就是欲望，理性就是限制。人的一生，就是欲望与限制之间的内战。"

"也许这就是命运？"

"任何时候，我们都会做出自己所认为的最优选择。"顶顶想到了另一个人，便仰头轻叹了一声，"我害怕的是，当局者迷，身陷其中者往往难以判断清楚。所以，我们只能在一定范围内冒险，然后再悄悄地退回来。"

林君如突然有些激动起来："可是，如果还有第二次机会，你还会选择当初那条路。"

"所以没什么可后悔的，一切都是必然的。"

"必然的同义词是命运？"

两个女子发神经似的探讨起命运哲学了，顶顶摇摇头说："我们永远都有机会，平静地面对命运吧。"

这时，玉灵捧着水上来了。林君如急忙倒了一杯，小心地送到孙子楚的唇边，他本能地张嘴喝了一大口。林君如把他扶起来拍了拍后背，照顾得无微不至的样子，让其他两个女子都有些尴尬。

玉灵只能回避着说："我去楼上看看秋秋。"

午后，她看到秋秋在睡觉，便轻手轻脚地走上三楼，打开房门却一下子愣住了。

屋子里连个影子都没有。

她立时心头狂跳起来，冲出去打开其他房间，结果找遍了整栋别墅，都没见到小女孩的踪影。

秋秋去哪儿了？

秋秋在沉睡之城的大街上。

二十分钟前，她悄悄走下楼梯，没有惊动到二楼的人们。十五岁的身体轻得像只猫，无声无息地走出别墅，像小鸟逃出牢笼，蝴蝶飞出茧蛹，来到金三角的阳光底下。

已经好些天没有沐浴在太阳下了，她毫不躲闪地大步走在马路中间，想要仰起头放声大笑，眼眶里却已满是泪花。

终于逃出来了，这是她尝试的第四次逃脱——第一次被钱莫争追了回来，第二次让成立在鳄鱼潭里送命，第三次让妈妈黄宛然摔死在罗刹之国，这一次不知道还会断送谁的性命？

可这次再也没有自由的感觉了，也没有仇恨任何一个人的想法，没有快乐也没有痛苦，只有永无止尽的孤独。

世界上最爱她的人都走了。

这一次的逃亡是茫然的，不知道目的地在哪里，只有心底深深的负罪感。

她的心里很清楚：成立、黄宛然、钱莫争三个人的死，其实都是因为她，十五岁的小女孩身上，竟然已背负了三条人命的罪恶！

她无法洗刷自己的罪恶感，也注定一辈子都无法赎罪，所以她无法相信钱莫争已死的事实。如果一定要给自己的逃跑找个理由的话，那就是要亲眼看到钱莫争的尸体——就像她亲眼看着成立和黄宛然的死亡一样。

如果他真的是自己的亲生父亲。

但秋秋出门时没有带上地图，她茫然地在街上走了许久，都没找到那条穿越城市中心的河流。越着急就越辨不清方向，只能沿着这条曾经繁华的大马路往前走。其实有一段溪流被修成了涵洞，所以从脚下流过她都看不到。

秋秋的双脚又有些酸痛了，越走越绝望的她，只能蹒跚地走到人行道上。她没走几步便一脚踩空，整个人往深渊里掉了下去。

天旋地转之后是无尽的黑暗，女孩终于大声哭了出来，还好并没有摔伤，只是胳膊和屁股上疼得厉害。她流着眼泪摸索四周，全是冰冷的水泥墙壁，狭窄得仅能容纳自己转身。再抬头却是刺眼的白光，眨了眨眼睛才渐渐适应——原来自己掉到阴沟里了。

哪个丧阴德的移走了窨井盖子？秋秋的哭声在阴沟里回荡着，宛如古时被投入井底的少女，变成不得往生的冤魂夜夜痛哭。她拼命地向上跳了跳，却根本无法够着出口。脚下的水都干涸了，一年多来没有过垃圾，阴沟底并不太脏，只是那深井中的感觉，让人压抑得要精神崩溃。

抬头仰望那方圆圆的小小的天空，好像漆黑夜空里的一轮圆月，她用力砸着井壁大声呼喊救命，声音却全被阴沟吸收了，不知道街上是否能听到——可惜这是一座沉睡之城，没有一个人会经过这里，更不要指望大本营里的同伴们，他们根本不知道去哪儿找她。

折腾得筋疲力尽之后，秋秋更加绝望地哭泣着，如果没有人来救她怎么办？现在看起来可能性很大哦，如果一天都没有人来，她首先会渴得饿得吃不消，大小便也只能就地解决。到了黑夜一丝光线都没有了，在无边的黑暗中幽灵会来亲吻她，将她带入井底之下的地狱。

如果一周都没有人来呢？她肯定会在渴死之前先吓死了，变成一具僵硬的尸体，阴沟就成为她的棺材。可是却没有人知道她埋葬于此，只能静静地等待腐烂，成为蝇蛆等昆虫的乐园，成为老鼠等小家伙的天堂。最后化为一把可怜的枯骨，连同沉睡之城一同沉睡到世界末日。

就在她想象自己如何腐烂时，头顶却响起一阵奇怪的声音，接着是一截软梯放了下来，沿着阴沟壁垂到她的身边。

是天使来救她了？还是已化为鬼魂的妈妈来了？

秋秋赶紧抓住软梯，用尽全力往上面爬去，身体在阴沟里剧烈摇晃，后背和额头几次重重地撞到井壁，但此刻都感觉不到疼痛了，唯有离开黑暗的欲望统治着自己。

终于，她的手搭上了地面。

当另一只手也伸出来时，她感到有一股陌生的气息，大手已紧紧地握住了自己。

毫无疑问这是一只男人的手。

钱莫争？

她心里一阵狂喜，只有钱莫争会奋不顾身地来救她，原来他并没有被大象踩死，童建国那家伙在说鬼话！

那只大手将她拉出阴沟，完全回到了阳光之下，可惜他并不是钱莫争。

一个老人。

鹤发童颜双目炯炯有神的老人，高大的身材套着一件黑衬衫，如天神一般昂首挺胸，紧紧抓着十五岁少女的手。

秋秋被突然出现的他惊呆了，进入天机的世界以来，她第一次看到这个老人，仿佛是从空气中浮现的，也仿佛是命中注定来救她的。

“谢谢。”

她下意识地说出两个字，却无法甩开自己的手，也无法说出其他的话。

“小姑娘，你叫什么名字？”

老人的声音粗重浑厚，还带有某种奇怪的口音。

“我叫秋秋。”

“你的爸爸妈妈呢？”

“他们——”女孩犹豫了几秒钟，才决然地回答，“都死了。”

老人摸了摸她的头发，叹息道：“可怜的孩子，你跟我来吧。”

他牢牢牵着秋秋的手，阔步走向前方的十字路口，那是个巨大的转盘，中间有个绿树成荫的街心花园。

秋秋茫然地随老人穿过大街，街心花园矗立着一尊雕像，黑色的与真人一模一样。老人带着她绕到雕像后面，地面居然裂开一个口子，露出一条黑乎乎的地道。

地道！

似乎有一股神秘的气息，正从地底喷到十五岁女孩的脸上……

“欢迎来我家做客！”

老人如是说。

同一时刻。

五十七岁的童建国，仰头看着午后的烈日，视线放下来掠过几栋楼房，便是四周葱翠险峻的群山。

路边有一辆黄色的现代跑车，他擦去玻璃上积满的灰尘，轻松地打开车门发动车子，迅速奔驰在沉睡之城的街道上。怀里还揣着一张南明城的地图，先辨别清楚南明医院所在的位置，也不需要 GPS 全球定位了，只要开过几个路口便能到医院。

路上没有一辆车，也不用考虑乘员的感受，这比在午夜高架上飙车更爽。童建国猛踩油门转动着方向盘，呼啸过空无一人的街道，时速转眼已接近二百千米。

童建国知道自己正在和时间赛跑，因为在新的大本营里，孙子楚随时可能一命呜呼！

若不是他从河边带回那些鱼，若不是他执意要玉灵给秋秋做鱼汤，若不是他忽略了沉睡之城的动物们的异常，孙子楚怎么可能会中毒？

虽然，孙子楚也犯了谗嘴和没心没肺之忌，但童建国觉得更大的责任在自己身上——解铃还须系铃人，他必须在医院找到解鱼毒的血清，救回孙子楚的性命，否则无法面对其他人，也无法真正取代该死的叶萧。

想到这儿他将方向盘猛然一打，跑车在狭窄的路口“漂移”起来，车轮与地面发出剧烈摩擦的声响，在几乎翻车的瞬间又平稳下来，大转过路口继续疾驰。

一分钟后，童建国在南明医院前刹停下来。

他快步冲入沉睡的医院，此时所有的灯都亮着，只是铺着一层厚厚的灰，墙壁上贴着通告和医学常识。电子提示板停留在 2005 年 9 月，是专家门诊的时间表，还有南明市政府的疫情公告。

走在空旷安静的医院里，墙壁间还残留着消毒药水的气味，童建国变得分外小心起来，仿佛太平间里的僵尸随时会跑出来作怪。他没有找到医院的指示牌，更不知道血清会存放在哪里？只能盲目地在底楼转了一圈，急诊室里横着几副担架，还吊着永远滴不完的葡萄糖瓶子。这里的气氛让人格外压抑，他忍不住轻轻咒骂了一声，这里肯定不会有血清的。

说不定药房里会有？童建国在底楼找到了药房，却发现门被反锁着，他飞起一脚就踹开了门，一阵浓重的药味扑面而来。有的药片和药水已经过期了，散发着难闻的恶臭，他也看不清楚那些药的名字，无头苍蝇般乱翻了一通。但他连一瓶血清都没有看到，不过想想这种珍贵的血清，也不可能放在底楼的药房里。

童建国快步跑上楼梯，二楼走廊里依旧都亮着灯。他轻轻地往前走了几步，便听到楼上传来一阵脚步声。

心立即悬了起来——除了自己之外，还会有谁在医院里？

如果不是僵尸的话，那么又会是谁？但若真是僵尸他也不害怕，他怕的是其他不可预测的人。

他迅速调整了状态，仿佛回到丛林杀手的年代，屏着呼吸走上楼梯，尽量不发出任何声音。三楼的走廊同样明亮，他锐利的眼神往两边瞟了瞟，却没有发现任何人影。

正当他怀疑自己是否幻听时，那脚步声又从走廊尽头传来——绝对是真实的声音，至少有一个人在那里！

不能再轻手轻脚地摸过去了，不然人家早就跑得无影无踪。童建国深深呼吸了一口，便撒开双腿冲刺过去。

沉睡的医院走廊里，充满了他的呼吸和脚步声，还有那愤怒而狂暴的低沉吼声。他必须要抓住那个家伙，看看究竟还有谁躲在无人的城市里？

一口气冲到走廊尽头，原来右面还有个拐角，果然有个黑色背影一闪而过。

童建国大喝一声："站住！"

冲过去发现旁边有个小门，他马不停蹄地转入门内，却没料到是医院后面的外墙，阳光再度直接射到了身上。有个消防通道直上楼顶，仰头只见黑影正往上爬。但这条通道非常狭窄陡峭，必须手脚并用才能上去，而且稍有不慎就会摔下来。

此刻已管不了那么多了，他奋不顾身地爬上消防通道，整个身体都暴露在外面。他抬着头向上高喊："喂！你给我站住！"

但那个黑影一个劲地往上爬，好像根本没有听到似的。这种角度也看不清那人的脸，但可以肯定这是个男人。

童建国就像个小伙子一样，不知疲倦地爬到了四楼。而黑影已通过消防楼梯，直接爬上了顶楼天台——医院总共只有四层楼。

"该死的！"

阳光里忽然卷起一阵风，悬在半空的童建国晃晃悠悠，他用尽力气往天台上爬去，刚刚把头探出来的时候，迎面却看到一只厚厚的鞋底板。

四分之一秒的瞬间，任何人都来不及躲避了，鞋底板重重地蹬到了他的额头。

五雷轰顶——霎时间脑子里金星乱转，在几乎要失去知觉的刹那，一只手已脱离了铁把手。

感到自己的身体飞了起来，眼前掠过许多闪光的碎片，在黑暗的夜空里无比灿烂。童建国仿佛坠落到了寂静的森林，那座孤独的竹楼里头，火堆旁坐着美丽的少女，穿着筒裙对他莞尔一笑。

"兰那。"他轻轻呼唤她的名字，终于说出了那句一直都不曾说出口的话，"我爱你。"

"对不起，我不爱你。"

罗刹女兰那满怀歉意地回答了他。

火堆下童建国的面容，从激动的微笑变成僵硬的绝望，也从二十多岁的青年变成五十七岁的老男人。

“不!”

他悲痛欲绝地高喊出来，却发现自己回到了阳光下，整个身体仍然悬挂在半空，只有一只手紧紧抓着消防楼梯的铁栏杆——是这只手救了他的命。

再往下看是四层楼的高度，双脚和身体都悬空着，全凭单手的力量挂着。面对医院的外墙，额头上仍然火辣辣地疼，脑门里仿佛有钟声反复回荡。

唯一可以确知的是：自己还活着。

童建国重新攀到了消防楼梯上，多年的战争锻炼了他强健的臂力，换作其他人早就摔下去送命了。

究竟是哪个家伙要杀他？天台上的那个神秘人是谁？早上刚被叶萧重击了一下，刚才又差点被踢下四层楼去，童建国真是郁闷得火大了，就像从井里爬出来的贞子，百折不挠地再度爬上天台。

这下没有鞋底来迎接他了。

迅速翻身爬上楼顶，那个黑色的背影就在空旷的天台上，童建国快步朝那人跑过去。同时对方也感觉到了，诧异地往天台另一侧跑去。

医院大楼呈长条形，从一头跑到另一头还是蛮长的。那人始终保持着十几米的距离，看不清他的面容，童建国只能从裤脚管里掏出手枪，警告道：“不要跑！再跑我就开枪了！”

但那个家伙毫无反应，笔直跑到了天台边缘。童建国对他已恨得咬牙切齿，必须用一枚子弹才能报一脚之仇。

于是，他举起枪对准那人的大腿。

在枪口发出爆破声的刹那，子弹旋转着射向神秘人，穿破十几米距离的空气，准确地钻入大腿肌肉。

童建国听到对方的一声惨叫，也仿佛听到子弹击碎骨头的声音。

这是自从离开金三角以来，他第一次真正用枪打伤别人。

杀人的快感再次油然而生。

同时，罪恶感也降临到了心头。

两种感觉如电流撞击在一起，让童建国痛苦地倒在地上。

一秒钟以后，等他再抬起头来时，神秘人却在天台上蒸发了。

他立即茫然地跑上去向四周张望，但再也看不到任何人影。阳光洒在空空荡荡的楼顶，就连一丝丝回声都听不到了。

不！不可能是幻觉！童建国确信开枪击中了他，并让他的大腿吃尽了苦头。

可那家伙怎么消失了？

他迷惑而小心地走到天台边缘，试着把头探出去俯视楼下，只见在十几米下的地面，横卧着一个男人——有一滩滩暗红色的血泊，正在那人身下渐渐扩散。

童建国心里暗说：可不是我要你死的，活该是你自己倒霉摔下去了？

他收起手枪爬下消防楼梯，又从四层楼顶爬回到地面上，鞋底已踩到流淌的鲜血了。医院的草地上飘着血腥味，悲惨的男子正头朝下俯卧于地，手脚似乎都摔得骨折扭曲了，只有上过战场的童建国才不眨眉头。

先检查一下死者的大腿，果然有刚被打中的弹孔，肯定是在中弹后失去平衡，一头从楼顶上栽了下来。这时童建国才有些后悔，刚才实在是在气头上，若能冷静一些就该制伏对方，让他说出沉睡之城的秘密，变成死尸才是最没有价值的。

缓缓将死者的脸翻过来，虽然头顶砸开惨不忍睹，但还是可以辨认血污之下的面孔——

几秒钟后，童建国牙齿颤抖着喊出了死者的名字：“亨利？”

这个法国人死了，亨利 · 丕平，他是第十个。

如果他算是旅行团中的一员，那他是第一个死于自己人之手的成员！

童建国不寒而栗地坐倒在血泊中，他恐惧的并不是自己杀死了一个人，而是恐惧一个更可怕的预兆——剩下来的人们是否会自相残杀？一直杀到最后一个人，或者一个也不剩下？

他绝望地跪在亨利的尸体前，闭起眼睛却听到某个奇特的声音，忽远忽近地灌入脑海之中——

“童建国，你已接近不可泄漏的天机。在即将到来的下一秒钟，《天机》的第四季也就是最后大结局的一季，将为你揭开所有不可解释的谜底。

请记住一句话：劈开木头我必将显现，搬开石头你必将找到我。

是的，你必将再度见到我！”

14:00

童建国在接近天机，叶萧同样也是如此。

北回归线以南的阳光直射在脸上，他紧紧抓着小枝的手穿过沉睡之城的街道。

“你要带我去哪里？”

小枝用力甩着自己的手，却像被铁钳一样牢牢地卡住了。

“警察局。”

“WHAT？你以为你是南明的警察？”女孩轻蔑地冷笑了一下，“就算你是，但我也不是贼！”

叶萧仍旧一言不发，没多久便来到一栋建筑前，坚固的大门上挂着“南明市警察局”的牌子。

“也许你对这里并不陌生。”

他将小枝拖入尘封已久的警局，迎面就是宝剑长矛保卫日月的警徽。

“不，我从没来过这里！”

小枝的发誓并没有任何作用，她像个被警察抓住的女贼，被拉到警局二楼的办公室。木地板在“咯吱咯吱”地呻吟，仿佛许多沉冤的案卷在档案箱里呼喊，而墙上挂着的酷似党卫队的警服随时可能站起来。

叶萧轻轻拉开一个抽屉，里面躺着一只黑色的手枪。

没错，就是这只枪——在来到天机世界的第二天，他就在这里发现了这支枪。屠男还拿起枪来差点闹出人命，是叶萧又把枪放回到抽屉里的。

现在是要用到它的时候了。

一只大手牢牢抓住枪把，将它从抽屉里拿出来，沉甸甸的枪体里还装着子弹。他的一只手抓着小枝，仅用另一只手就打开了弹匣，仔细检查了枪械内部的情况。里面还有二十多发子弹，足够杀死别人与保护自己了。

他重新给枪上了保险，然后别在腰际的位置，虽然硬硬的硌得肚子疼，但当警察的早就习惯了。

小枝看着他此刻的样子，不像警察倒像冷酷的职业杀手，女孩的嘴唇有些发抖：“为什么要拿这把枪？”

“这是为了保护你。”叶萧迅速将她拖出阴森的办公室，“因为童建国手里有枪，我们才会这么狼狈地逃命，现在我只相信它了。”

他拍了拍腰间别着手枪的位置，刚刚要准备下楼时，却听到走廊尽头传来什么动静。

他立刻对小枝做了噤声的手势，然后轻轻地往走廊里摸过去，随即见到一排坚固的铁栏杆，原来是临时拘押疑犯的囚室。

难道还有人被关在里面?

叶萧小心翼翼地打开电灯，囚室里面却空空如也，只有牢房的大门敞开着。虽然什么都没看到，但警官心底特有的第六感，却让叶萧比看到什么更加紧张。

他带着小枝仔细检查四周，发现了另一条往下的楼梯。两人悄无声息地走下去，又回到了警察局的底楼，果然有个影子从门口闪过。

叶萧心底猛然一抖，随即大喝一声：“站住!”

他放开小枝飞快地冲出去，那个人影也拼了命地往前跑，一口气就冲到了外面的大街上。

天机世界的烈日照耀着他们，叶萧撒开两条腿紧追不舍。前面的背影显然是个男人，看起来体形粗矮结实，留着乌黑的板寸发型，倒有些像泰国的本地人。

这下真成警察抓贼了，叶萧抖擞精神地追上去，似乎看背影还有些眼熟。那人显然慌不择路了，一拐弯竟跑入了一条死胡同，被一堵高墙拦住了去路。

绝路——男子绝望地站住了，几秒钟后缓缓地回过头来。

一张泰国人的脸。

四十岁的泰国男人的脸。

这张平淡无奇的脸，却如子弹一样射入了叶萧的瞳孔。

叶萧两只眼球都仿佛被击碎了，身体猛烈摇晃了几下，才艰难地重新站定下来，因为他认识这张脸。

从天机故事的一开始，从进入沉睡之城的第一晚，这张脸就出现在你们——千千万万读者的面前。

他就是我们旅行团的司机。

不！叶萧剧烈地摇起头来，这怎么可能呢？在来到南明城的第二天，司机就开着大巴去加油站，结果发生了油库大爆炸，整辆大巴连带司机都被炸成了碎片。叶萧还捡到了司机的一只断手，他把这只断手塞进了自己的行李箱——后来却被居民楼的大火吞噬。

可分明就是眼前的这张脸，虽然泰国人看起来都长得差不多，但叶萧永远都不会忘记这个人，尤其是在他被炸成人肉酱之后！

就是他！

我们旅行团的大巴司机。

这个在《天机》的第一季，整个故事的第二天就被炸死的人！

眼前的这个人是幽灵？还是另一场阴谋的开始？

司机面对叶萧惊恐万分，一直退到墙脚下动弹不得。他那胆怯的眼神已说明了一切，显然他是认识叶萧的，他知道自己不该出现在叶萧面前。

“你没有死？”

叶萧大步靠近了司机，突然感到自己被欺骗了，他就像一头愤怒的公牛，要把犄角抵在敌人的心口。

两个人距离不到一米了，叶萧大声喝道：“告诉我！这一切是怎么回事？”

我们可怜的司机，干裂的嘴唇嚅动了两下，终于要开口说出什么秘密了……

此刻，某个遥远的声音再度飘入耳中——

劈开木头我必将显现，搬开石头你必将找到我。

死而复生的司机究竟将说出什么秘密？亨利为何会亡命天涯？小枝究竟是什么人物？叶萧又即将发现什么真相？

请不要太着急，在即将到来的下一秒钟，《天机》的第四季也就是最后大结局的一季，将为你揭开所有不可解释的谜底。

感谢欣赏《天机》第三季“大空城之夜”，敬请期待《天机》大结局的第四季！

各位读者请注意：万众瞩目的《天机》第四季，定于2008年5月在全国各大书店隆重上市，在等待了将近漫长的一年之后，整个天机世界的秘密将全部揭开，敬请拭目以待！

第 三 季

人物故事

伊莲娜

2005年9月4日17点55分。

罗马尼亚，特兰西瓦尼亚。

黄昏，夕阳如血，仿佛四百年前基督徒与土耳其近卫军大战的祭奠，洒在这片欧洲最贫瘠的群山之间。

越野车在崎岖的山路上颠簸着，这里的景象至今仍停留在中世纪。伊莲娜透过车窗看着山巅，一座不起眼的残破城堡忽隐忽现。

四个小时之前，她刚失望地走出大名鼎鼎的德古拉城堡，那里挤满了来自世界各地的游客，曾经神秘的吸血鬼传说之地，如今却变成了热闹非凡的游乐场，充斥着劣质的旅游纪念品和小贩窃贼们，还有那些让伊莲娜觉得羞耻的嘈杂的美国游客们。

于是，伊莲娜拿出一张小纸条，那是妈妈失踪之前留给她的，纸上写着她们家族祖先居住过的地址。她找到了一个罗马尼亚向导，在预付了两百美元的酬劳之后，向导才答应租辆越野车带她去那里——据说是个非常偏远荒凉的山区，除了偶尔碰巧路过的背包客外，从来没有旅行者专程拜访过。

在几个小时的艰难旅途之后，她终于望见那座城堡了，这就是妈妈所说的祖先居住之地？一阵无法言说的压抑笼罩心头，仿佛那如血残阳的建筑里，还生活着一群饮血的怪物。

车子盘旋过一段更陡峭的山路，最终被迫停了下来，向导带着她爬上石头台阶，汗流浃背地来到城堡门前——终于确定他们走过了漫长的冷兵器时代，安全无虞地站在了门前。

“这就是弗拉德城堡！”向导擦着额头的汗,用磕磕巴巴的英语说,“很少有人知道这个地方，起码有几百年历史了吧。”

伊莲娜深呼吸着黄昏的空气，五体投地地仰视城堡的大门。其余部分的建筑大多倒塌了，唯有这大门还保留着当年的气派，高高的城垣之上敌台耸立，不知曾落下过多少人头。

这就是自己祖先居住过的城堡？多年前的那个风雪之夜，妈妈独自失踪在荒野中，只留下一张写着这个地址的纸条。妈妈为什么要留下这个地址？是要女儿有一天能去寻找祖先？寻找这荒凉山野城堡之上的幽灵？

她缓缓步入古老的大门，立刻进入幽暗阴冷的世界。向导为她打起明亮的灯光，但也只能照亮身前一丈之地。穹顶深处栖居着许多小动物，受到光线的刺激便飞了出来，扑扇到伊莲娜的头顶，她害怕地蜷缩到角落里，向导紧张地挥手驱赶它们并解释：“只是些蝙蝠。”

伊莲娜匆忙走上城堡内部的楼梯，她和向导的脚步声震响了整个建筑，房子摇摇欲坠的，似乎随时都会崩塌。在这巴尔干最偏远的角落，她强忍着内心的恐惧和身体的颤抖，深入到那最神秘的大厅里。灯光冲破黑暗照到墙上，隐隐透出一幅斑驳的画像，显然是文艺复兴时期的作品，但又带有浓郁的拜占庭风格。

向导在旁边说：“这就是弗拉德四世，出生于1413年，做过罗马尼亚一部分的统治者。他有两个绰号，一个是‘刺穿者’，因为他喜欢对别人施以木桩酷刑，就是——”

“我知道什么是木桩刑。”

伊莲娜打断了向导的解释，因为这种酷刑实在过于残忍，让人坐在削尖的木头上，木头尖会逐渐插入人体——从肛门进入从头顶穿出。

“他曾将一万名土耳其俘虏在木桩上刺死，从而成为中世纪最有名的屠夫，最终在抗击土耳其的战斗中被自己人误杀。他还有一个更有名的绰号，叫Dracula。”

“意思是魔鬼或龙。”

其实伊莲娜都知道这些，但向导依然滔滔不绝地说：“1931年，人们打开了弗拉德的坟墓，发现他的骨骸已破碎了，只有一条蛇形项链、一件连着金冠缝着戒指的红色斗篷，可惜这些宝贝不久就被盗走。”

就在她不厌其烦地听着向导述说时，忽然感到楼上有些奇怪的声音。她立刻抛开可怜的向导，独自提着灯走上更高的楼梯。

“不，不要上去！那里最危险！”

下面传来向导的提醒，但伊莲娜已越爬越高，渐渐再也听不到向导的声音。

没错，她听到了另一个人的声音。

穿过一条幽暗的走廊，灯光渐渐照出前方的背影。伊莲娜的心头狂跳不止，在距离只有几米远的地方，那个背影骤然回过头来。

她的眼睛瞬间瞪大了，看到了一张最不可思议的脸。

那张十年生死两茫茫的脸，相隔了许多年仍然会在梦中出现的脸，在这古老的弗拉德城堡里，在这黑暗阴冷的傍晚，这张脸竟然如此清晰。

“妈妈！”

伊莲娜再也无法抑制了，她扑到妈妈的跟前泪如雨下。

她的妈妈也不敢相信自己的眼睛，在确认就是自己的女儿之后，她也动情地抚摸着伊莲娜，口中喃喃着：“对不起！对不起！”

伊莲娜终于明白了，当年妈妈离家出走之时，为何又留下这张纸条，就是为了女儿今后可以来找到她！

妈妈已然老了许多，两鬓有不少的白发，脸上的皱纹让人伤心，只是胸口的十字架依旧。

“对不起，妈妈不该离开你。”母女两人都痛哭着抱在一起，“伊莲娜，你一定非常怨恨我，是我的懦弱使你那么多年来都没有妈妈。”

“不，妈妈，我不恨你，这是我们家族的使命吗？这是我们血液里命中注定的吗？应该说对不起的是我，我没有一直跟随着你，没有更早地根据你留下的地址找到你。”

“不要这么说，我的孩子。”

古老的古堡里，响起了风的呼啸，伊莲娜擦干眼泪说：“妈妈，我非常害怕，我不知道自己还将做什么？也不知道自己将到哪里去？所以才会来罗马尼亚旅行，才会想要看看你留下的地址。”

突然，妈妈的双眼在黑暗中放射着神秘的光芒，几乎一字一顿地回答："你将要去沉睡之城，一座只属于你的城市。"

林君如

2006 年 9 月 23 日 20 点 20 分。

泰国，清迈。

夜市里飘荡着各种气味，此起彼伏着吵闹的叫卖声。林君如只感到一阵头晕，仿佛要在人群中窒息了。她悄悄离开旅行团的同伴们，又从夜市的入口原路返回，才来到一条空旷的街道上。

山城的夜风习习吹来，拂乱了林君如的披肩长发，微微的凉意让她抱起肩膀，心底莫名地寂寞起来。她仰起头大口呼吸，空气中弥漫着一些芬芳，引她向路的彼端踱步而去。

"我醉了 / 因为我寂寞 / 我寂寞 / 有谁来安慰我 / 自从你离开我 / 那寂寞就伴着我……"

某个声音从街边的角落传来，如泣如诉地钻入林君如的脑中——居然是邓丽君的歌声，这无法混淆的辨识度，曾几度在梦中徘徊过的场景，竟如此清晰地重现在清迈街头。

她循着声音快步走去，来到一个昏暗的街角，一扇木格子门里面，隐隐闪烁着粉色的灯光。她小心翼翼地推门进去，邓丽君的歌声愈加透彻，引她穿过一条欧式装修的走廊，来到一间小酒吧里。

里面的空间还算宽敞，却看不到多少人影，几个泰国男人在默默地喝酒，清冷得宛如白昼。她找了个最安静的空位坐下，服务生是个四十多岁的大叔，为她端来一杯汽酒。林君如在歌声的陪伴中一饮而尽，同时目光扫射着酒吧里的每个角落，却未曾发现唱歌的人儿。

她确定这不是放的唱片，而是有真人在此演唱，林君如拉住服务生用英语问："是谁在唱歌？"

服务生指了指一道布帘子，原来歌声就是从那里传出的，只是这帘子遮住了歌者的身影。

"她是谁？"

"我不知道她的名字，但已经在这里好多年了。"

随后，服务生诡异地微微一笑，端着托盘悄然退去了。

林君如的目光投射到布帘上，后面覆盖着微弱的光线，依稀照出一个女子的轮廓，她正抓着话筒深情歌唱，现在又是一首邓丽君的歌——

“如果没有遇见你 / 我将会是在哪里 / 日子过得怎么样 / 人生是否要珍惜……”

布帘后的人唱得如此投入，酒吧里仿佛没有其他人，世界静得只剩下她自己，闭着眼睛抱着话筒，呢喃一片寂寞心事。

林君如痴痴地坐着听歌，不由自主地大口灌着汽酒，她很想现在就走上去，掀起布帘看看歌者的真容，是否是想象中的那张面孔。

但她站起来又犹豫着坐下，不忍心去打扰那唱歌中的人，只想安静地将这首《我只在乎你》听完。她回头看看酒吧的墙壁，才发现挂满了各种小相框。让她感到吃惊的是，墙上全是同一个人的不同照片——邓丽君。

这些照片拍摄自不同的年代，有十七八岁的豆蔻少女，也有二十来岁的美丽女郎，更有三十余岁的成熟风韵。但都是邓丽君一个人的照片，没有其他人陪伴在她左右，正如她孤独悲伤的人生。

林君如喝完最后一口汽酒，只感到有些晕晕沉沉，她情不自禁地走到墙边，触摸着那些陈旧的照片。

此时布帘后的歌者已唱到——

“任时光匆匆流去 / 我只在乎你 / 心甘情愿感染你的气息 / 人生几何能够得到知己 / 失去生命的力量也不可惜 / 所以我求求你 / 别让我离开你 / 除了你我不能感到 / 一丝丝情意……”

当这满怀深情的一曲终了之时，林君如终于按捺不住了，飞快地冲上去撩开布帘子，她必须要看到歌者的容颜。

然而，帘子后面空空如也，只立着一个长长的话筒。

难道刚才是幽灵在唱歌?

当她感到毛骨悚然之时，后台吹来一阵凉风，隐隐有个影子一晃而过。

林君如立即追了进去，酒吧服务生跑过来喊道：“对不起，你不能进去。”

V

她不顾一切地推开服务生，径直冲进幽暗的后台。里面是条弯弯曲曲的走廊，那个背影忽隐忽现，但她断定那就是唱歌的女子。

“等一等！你是谁？”

她在后面用中文大声问着，一路在狭窄的走廊里奔走，直到迎面遇见一扇木头房门。

林君如忐忑地收住了脚步，小心地敲了敲门说：“喂，我能进来吗？”

等待了十秒钟，门里没有任何回答，却只听到一阵轻微的音乐声。

于是，她自行转开了门把，不请自入地走进房间。

这是个温馨舒适的小屋，窗户正对着一个小花园。屋里有简单的家具和床铺，一切都收拾得干干净净。在一张古典的中式梳妆台上，镶嵌着一面椭圆形的镜子，正好映出林君如的脸庞。

音乐来自一台 80 年代的电唱机，一张陈旧的胶木唱片正在转动着，放出了一串熟悉的旋律——

“good - bye my love/ 我的爱人再见 /good - bye my love/ 相见不知哪一天 / 我把一切给了你 / 希望你要珍惜 / 不要辜负我的真情意……”

还是邓丽君的歌！

林君如默默地在房间里漫步，发现墙上依然挂着邓丽君的玉照，床头的书柜里整齐地排列着她的唱片，这一切都让人感到莫名诧异。

她轻轻走到窗前，却看到月夜的花园里，站着一个女子，正面对几丛兰花低头沉思。月下的兰花吐露着芬芳，伴着女子的背影如古人的画，歌声继续从电唱机里传来，似乎连花也在沉醉倾听。

林君如大着胆子，反客为主地问道：“你是谁？”

女子缓缓转过头来，月光突然变得特别明亮，照出兰花前的中年妇人——但她仍然那么美丽优雅，穿着一件短袖的旗袍，一如多年前某次演唱时的形象。

果然，果然就是她！

林君如已然目瞪口呆，十一年前死去的幽灵，如何又穿越岁月重现此地？

难道——当年她并没有死去，只是厌倦了可怜的人世，厌倦了剪不断的情丝，厌倦了众目睽睽，厌倦了人言可畏。于是隐遁于茫茫人海之中，在这泰北玫瑰的清迈城中，了此绚丽过又归于寂寞的人生？

但她无法厌倦的是歌声。

"你好。"

美妇人对她微笑了一下，明眸皓齿间满是万种风情，她已不再忧郁哀伤，有的只是淡定的从容。

电唱机里她的歌声仍在继续——

"我永远怀念你温柔的情 / 怀念你热红的心 / 怀念你甜蜜的吻 / 怀念你那醉人的歌声 / 怎能忘记这段情 / 我的爱再见 / 不知哪日再相见 / 我的爱我相信 / 总有一天能再见……"

童建国

1995 年 5 月 8 日 23 点 19 分。

东南亚，金三角。

距清迈四十公里的山谷中，夜雾笼罩着几栋吊脚楼。四十六岁的童建国，仰头看着一弯冷月，正好有一颗流星从天边划过——真是个该死的坏兆头。

当然，他不知道也不会关心，就是在同一天的清迈，邓丽君悄然离开了人世。

肩上的大行军包沉甸甸的，仿佛背着一具沉重的死尸。里面是他所有的东西，包括七万多美金和几根金条，这是他多年来当佣兵积下的卖命钱——每一张钞票上都有别人和自己的血。

村寨里的人都睡着了，绝对不能让老板听到声音，如果被抓住一定是乱枪打死。童建国屏住呼吸，下意识地摸了摸腰间，手枪里上着二十发子弹，任何风吹草动都会让他拔枪射击。平时再危险也没现在这么紧张，可能是终于决定要告别舔血的生涯，人生从此将走上完全不同的道路，心里一下子还没有适应过来——何况稍有不慎就会惹来杀身之祸，对于未来的路则是彻底的迷惘。

从吊脚楼底下悄然穿过，岗哨今天也打了磕睡，就在眼皮子底下让他越过篱笆。渐渐远离了村寨，四周全是茂密的树林和灌木，绿树和黑夜将他遮蔽起来，成为一只夜行的猫。

三天后他将抵达清迈，然后就是曼谷——香港——上海。

但沉重的包袱影响了他的速度，他又不敢发出太大的声音，更怕惊醒夜宿的飞鸟们，被村寨里的人们听到。

这样艰难地走了几十分钟，前方突然一阵奇怪的声音，又不像是某种动物发出的。童建国立刻将手枪掏了出来，警惕地对准前方的草丛。

当一个人影渐渐浮起时，他低声喝道："不许动！"

但对方闷哼了一声，便又倒在了草丛中。童建国万分小心地靠近过去，手枪指着对方的脑袋，用脚踢了踢那人说："你是谁？"

"救……救救……我……"

听起来像是受了重伤，但童建国丝毫不敢懈怠，因为他过去也演过诈伤的把戏，趁别人放松警惕时突然出击。

"别装死！"

他半蹲下来摸了摸那人，立时手上满是温热的鲜血。二十多年的战地经验，使他迅速摸到伤口——真实的枪伤，打在胸腹部伤得很重。

"你是谁？是谁打伤了你？"

童建国的语气软了许多，没想到这里会遇到一个重伤者，是附近哪两家武装火拼了？

伤者在不断轻微地呻吟之后，终于艰难地说话了："不要……不要管我是谁……我是南明城里的人……"

"南明城？"

早就听说过南明城了，在金三角某个神秘的山谷中，据说是最富裕最文明的世外桃源。

但谁都没有去过南明城，更不清楚那里的真实面目，许多人秘密地前往南明，但不是空手而归就是永远地失踪了。

这个男人的脸上满是血污，黑夜里也实在看不清楚，挣扎着说道："是！我们的行动又失败了。"

"什么行动？"

"刺……刺杀……刺杀……"

"谁？刺杀谁？"

"马潜龙！"

他咬牙切齿地说出了这个名字，童建国摇着头问："马潜龙？他又是谁？"

"十年……十年前……我们就想要杀死他……可惜……失败了……死了许多人……许多人……但我不会放过他的……这次算他命大……可我

快要死了……”

童建国听得似懂非懂，抓着他说：“为什么要刺杀他？”

“因为……因为……”

那个男人话还没说完，忽然射出恐惧的目光，随即吐出一口黑血，躺在地上再也不动了。童建国摸了摸他的脖颈，已然彻底断气了。

月亮，在乌云间隐去了，更黑的雾气弥漫在丛林中，掩盖了多年的冤魂。

不要再去管这个死人了，童建国又背起行军包，继续往夜的深处走去。

耳边却一直萦绕着那个名字——

马潜龙。